EL BALANCÍ

CARME RIERA

Una ombra blanca

Edicions 62
Barcelona

Primera edició: abril del 2024

Diagonal 662-664 - 08034 Barcelona
info@grup62.com
www.edicions62.cat

Fotocomposició: Moelmo SCP

DIPÒSIT LEGAL: B. 3.692-2024
ISBN: 978-84-297-8178-6

PEFC Certificat
Aquest llibre procedeix de boscos gestionats de forma sostenible
PEFC/14-38-00305
www.pefc.es

*Als lectors i a les lectores que m'han acompanyat
fins aquí.*

*I molt especialment a Geraldine Nichols,
que em va convidar a la University of Florida,
a Gainesville, i a Maria Camí, que m'hi acollí
amb afecte. A Beatriz Pastor, Miquel Valladares
i Paula Sprague que feren el mateix a Dartmouth
College. A Mario Santana que m'invità
a la Chicago University i a Rafaela Fiore
que m'hi feu l'estada més agradable.*

Somewhere, over the rainbow,
Skies are blue,
And the dreams that you dare to dream
Really do come true.

HAROLD ARLEN i YIP HARBURG

PRIMERA PART

I

Li havia passat altres vegades. Potser perquè estava acostumada a memoritzar. Però mai una frase, «el temps amortallat per teranyines de boira», li havia quedat gravada d'una manera tan insistent, assegurava, sense recordar on l'havia llegida. ¿En una novel·la de Coetzee, el seu autor predilecte, del qual solia endur-se algun llibre en els viatges? ¿O potser en el *libretto* que acompanyava una partitura? En rebia força. Sovint de joves compositors, o no tan joves, demanant-li suport per a poder estrenar l'òpera. Uns li asseguraven que tot seria més fàcil si ella acceptava el paper escrit a la seva mida, pensant en la seva veu excepcional. Altres es conformaven amb els seus consells, que tindrien sempre en compte, solien insistir, encara que el que veritablement sol·licitaven, de manera més o menys encoberta, era l'ajut d'una recomanació.

Repetia en veu alta la frase, tan literària, massa llibresca, però que ni pintada per traduir amb paraules, deia, el que li havia succeït durant aquell «temps amortallat» al qual necessitava tornar. Només així es diluiria la boira que li permetria contemplar-lo, després de netejar les teranyines que el cobrien. Si era capaç de fer-ho, podria respirar a plaer. En cas contrari, tornaria a l'angoixa de tantes nits. A les seves pors intermitents, l'origen de les quals era allà, en aquell passat a què havia decidit enfrontar-se. I per això em va fer escriure al seu representant per exigir que durant un any anul·lés o ajornés tots els contractes signats, li agradés o no, li costés molt o poc esforç. La seva decisió era irrevocable.

S'havia compromès amb si mateixa a enfrontar-se amb «el temps amortallat» quan Pandora Brunellesky, pocs mesos abans de morir-se, li va explicar què havia passat a Fosclluc, després de marxar del poble. A partir d'aquell moment la seva obsessió fou aclarir els fets. No sabia quant de temps l'ocuparia retornar el bon nom a qui havia estat considerat culpable i era innocent i, per contra, assenyalar el culpable, ni si comptaria amb l'ajut dels testimonis, en especial de Tina. Però no li importava emprar setmanes, mesos, el que calgués. Ho considerava necessari. A més, tenia el convenciment que allunyar-se dels escenaris durant un temps no li impediria tornar quan volgués i com volgués. Havia triomfat, s'havia convertit en una de les millors sopranos del món, i era respectada i admirada en tots els teatres del planeta.

Tal vegada necessitava un any sabàtic, més ben dit, *sanàtic*. I va triar ben a posta la paraula, i així ho va comunicar a Hans Meyer, el seu representant. Un any per a llevar la pols i netejar les teranyines, encara que acabés ratllant aquestes dues darreres frases i no les inclogués en la carta que, finalment jo, Rose Barnes, la seva secretària, vaig passar en net i vaig enviar per correu electrònic. Va suposar que a Hans, tan exquisit, aquestes referències a la neteja domèstica li semblarien impròpies d'una diva de la seva categoria, per més que en conegués els orígens humils i les dificultats amb què havia arribat fins a dalt de tot. Ben segur que Hans s'enfadaria i consideraria que el «sanàtic» que demanava era un caprici intolerable. Un caprici que intentaria impedir fos com fora.

Tant Barbara Simpson com jo sabíem —no era difícil coneixent-lo— com protestaria, i tot el que li diria, primer per telèfon i després directament, en persona, presentant-se de manera immediata a Nova York en el primer vol que pogués agafar des de Londres:

—Estàs sonada? T'has tornat boja? Si incompleixes els contractes qui sap si et tornaran a contractar. No t'adones del desprestigi que comporta? A banda, són molts milions de dòlars els que deixem d'ingressar —i això sí que li importava per damunt de qualsevol altra cosa.

Hans es passejaria d'un cantó a l'altre de la sala una bona estona. Després s'asseuria i, inquiet, s'aixecaria altre cop i, sempre sense deixar de parlar, faria referència als inicis de la carrera de la soprano, a la seva consolidació, gràcies a la seva feina. A la feina d'ambdós, puntualitzaria immediatament, tot just abans que ella l'interrompés amb un dels seus «Prou!» i el manés callar. I ell no diria res durant uns minuts, però aviat continuaria i li suplicaria:

—Pel que més vulguis, Barb, ara no, espera. Més endavant, d'aquí cinc anys ho puc negociar. Però l'any que ve, no. No. De cap manera.

Fins i tot —Hans era l'únic dels que envoltàvem la Simpson que gosava alçar-li la veu— l'amenaçaria:

—No. No ho penso tolerar. Si em fas això, ja pots cercar un altre representant, i jo soc el millor, prou que ho saps. A més, pensa en el públic. Creuran que estàs acabada. Vols abandonar la teva carrera? Un any sense cantar! Impossible. Un any sense trepitjar un teatre! Els teus seguidors no ho acceptaran. T'esperen els milanesos, els venecians, els napolitans, els londinencs, els catalans, els berlinesos, els australians...

Barbara el corregia. Hans en la seva fúria equivocava l'ordre. Per contra, ella tenia molt present els teatres on havia d'actuar durant aquella temporada, a partir de finals de setembre. Els contractes signats eren: primer el Covent Garden, després, la Scala, la Fenice, San Carlo, el Liceu, el Metropolitan i finalment el Sydney Opera House...

Però ara tant li feia, perquè les coses havien succeït d'una altra manera: inesperada, torta i perillosa. El «sanàtic» s'havia convertit en obligatori, per prescripció facultativa. I calia que Hans ho acceptés, sense discussió.

Els metges li havien exigit que fes un parèntesi llarg, no fos cas que la sort que havia tingut se n'anés en orris. Havia estat entre la vida i la mort. Fins i tot en la mort, perquè els seus paràmetres vitals, durant uns instants, foren una línia inexpressiva, però van aconseguir reanimar-la. El cor va tornar a bombar i el cervell, a rebre oxigen, i la respiració es va anar compassant.

Tal vegada havia tornat a la vida perquè no volia morir. Encara no. Abans havia de resoldre l'assumpte que l'obsessionava. No podia anar-se'n. No podia descansar i, no obstant això, havia tingut la percepció d'haver marxat, d'estar fora del seu cos, embolcallada d'una claror infinita, en la qual anaven formant-se els colors de l'arc de Sant Martí, en una calma absoluta.

Aquestes sensacions, però, les va recobrar després. Primer va passar un temps en una mena de nebulosa, un magma viscós en el qual semblava haver-se acomodat, en aparença sense sentir res, sota els efectes dels medicaments, a l'espera que, a poc a poc, sense un dolor excessiu i amb el mínim desgast, pogués anar reaccionant.

No van ser els ulls el que va obrir primer sinó les orelles i el que va sentir no pertanyia al present. Venia d'un altre lloc, un lloc que estava molt lluny. Tan lluny com la seva infantesa: va sentir el renou de la clau a la porta de l'habitació, el seu propi plor i després el seu nom, repetit, cridat per veus desconegudes. A aquestes veus llunyanes s'hi superposaven sorolls relacionats amb la seva vida actual: els aplaudiments, que van anar barrejant-se, ja molt més audibles, amb els xiulets i la remor dels cops de peu que arribaven del galliner. I llavors sí, de sobte, va recordar l'esforç amb què havia intentat per tercera vegada iniciar el «Vissi d'arte» i es va veure —ara sí que va recuperar la imatge— gairebé estirada a terra. Sempre cantava en aquesta posició l'ària meravellosa que no va deixar mai d'emocionar-la. Era, a més, la seva predilecta des del triomf apoteòsic de Lisboa, que va posar el teatre dempeus i li va dedicar, com abans a la Callas i al mateix escenari, un dels aplaudiments més llargs de la seva carrera. El seu rècord: vint-i-cinc minuts.

Es va veure posant-se la mà al coll, com si intentés abastar les cordes vocals i, finalment, la mà que interrogava, vençuda, en un gest buit, en adonar-se, horroritzada, que de sobte s'havia quedat sense veu. Durant uns segons encara va seguir comprovant que no podia articular cap nota, ni cap paraula. Alhora li va semblar sentir com es tancaven les cortines de vellut groc de l'escenari i com Scarpia, que ja no era Scarpia, sinó el seu amic de tantes *Toscas* junts, Ruggero Raimondi, que estava al seu costat, deia el seu nom, Barb, Barb, Barbara, molt baixet, gairebé a cau d'orella, i li prenia el pols.

I després, res. Res de res. Ni l'arribada dels metges. N'hi havia més d'una dotzena a la sala, ens digueren, i tots van pujar a l'escenari de seguida, absolutament sol·lícits, en ser reclamats, satisfets no tan sols de posar la seva ciència al servei de la diva, que molts consideraven la millor soprano d'Amèrica, sinó també de poder-ho explicar a amics i coneguts i els més eminents decidits potser a guardar l'anècdota per a dedicar-li una plana o si més no uns quants paràgrafs en les seves memòries. Els metges, la majoria d'esmòquing, per no perdre els bons costums de les funcions de gala, d'altres amb vestits foscos, ben encorbatats, van estar d'acord que el cas era greu i que calia avisar una ambulància amb urgència i enviar la pacient —en aquells moments havia deixat de ser la diva— a l'hospital.

La Simpson tampoc no es va adonar de l'arribada dels portalliteres, que miraven amb sorpresa l'escenari, amb més sorpresa encara la dona, poc o gens atractiva —una actriu importantíssima, una cantant extraordinària, els havien dit, i l'havien imaginat més guapa que Angelina Jolie—, que estava estirada a terra amb les cames aixecades per facilitar la circulació, el vestit llarg arrugadíssim, apujat fins a les cuixes i la cremallera abaixada per alliberar al màxim el pit i contribuir que oxigenés millor. No va percebre com amb molta cura la dipositaven en una llitera ni com li aplicaven un desfibril·lador i la traslladaven a una ambulància on l'esperava un altre metge. No va sentir la sirena que el xofer va connectar per demanar pas preferent, malgrat que en aquella hora el trànsit de Manhattan ja no era dens i podia circular ràpid, sense entorpir ni molestar cap conductor. Tampoc va notar com l'entraven de seguida al quiròfan, perquè havia arribat molt greu, amb només un fil de vida.

Tot això l'hi van explicar després, en sortir de perill. De seguida que va prendre consciència del que li havia passat, ja fora de l'UCI, instal·lada en una habitació, Barbara Simpson va voler conèixer els detalls de tot el que havia succeït després del seu infart. Com havia reaccionat el públic? L'hi perdonarien? Li passaria el mateix que a la Callas a Roma? Serien tan injustos amb ella com ho foren amb Maria? Molts les comparaven. Aquest fracàs de la seva salut era un altre nexe en comú.

Fou Ruggero Raimondi l'encarregat de tranquil·litzar-la. El públic li seguiria essent fidel. Podia estar-ne ben segura, l'animà abans d'explicar-li tot el que havia succeït al teatre. El director del Metropolitan havia intentat que la funció continués, després d'informar el públic que farien un descans d'una hora per veure si la senyora Simpson podia seguir cantant, restablerta d'un desmai, ben segur provocat per la calor i també per l'emoció amb la qual interpretava el paper de Floria Tosca, malgrat saber que era impossible, ja que la Simpson tal vegada ni tan sols havia sobreviscut a l'atac. Però, oferint al públic aquesta excusa, guanyava temps. Temps per trobar una soprano que se sabés el paper, una meritòria que hi hagués, qui sap, al teatre mateix o que pogués arribar amb rapidesa i amb la mateixa celeritat es posés en situació per continuar representant *Tosca* en el punt en què Barbara Simpson l'havia deixat, perquè la suplent del teatre, per a més inri, s'havia quedat també sense veu. Si no s'esdevenia el miracle, si no aconseguia trobar una soprano adequada, al director del Metropolitan se li va acudir que l'òpera seguís només amb el tenor i el baix, que tots dos cantessin les seves àries com en un recitatiu. Així el públic se n'aniria a casa amb la sensació que no havia perdut els diners, no fos cas que reclamessin i haguessin de retornar el preu de totes les entrades. Però tant ell com Plácido Domingo es van negar a cantar sense ella. Calia, per dignitat, per respecte, suspendre l'òpera. Cap dels intèrprets no estava en condicions de continuar com si no hagués passat res, perquè ni tan sols sabien si Barb, Barbara, la gran soprano Barbara Simpson, havia mort.

Ni a Raimondi ni a Domingo els motius econòmics els importaven, encara que poguessin no cobrar la funció; això els semblava irrellevant en aquells moments. A més, arribat el cas, els seus representants ja discutirien tots els detalls amb els directius del teatre i aquests amb les seves assegurances.

L'òpera es va suspendre i el públic va acceptar amb resignació que les entrades servissin per a un altre dia. Una programació especial si més no, amb els mateixos cantants i la diva en condicions. Però si no fos possible, el Met els compensaria d'alguna manera. El gerent va tenir l'ocurrència de proposar retornar el preu de mitja entrada, la qual cosa no quedava gaire bé, encara que, certament, quan la Simpson va deixar de cantar, eren al segon acte. No obstant, finalment, es va decidir que el més apropiat seria programar una funció extraordinària per a rescabalar-los.

Barbara estava enfadada amb el Met, la qual cosa significava que es trobava molt millor, i va enviar a cercar el director del teatre. No li havia agradat gens el que li havia explicat Ruggero.

La visita de Timothy Morgan va ser la primera que va rebre, a excepció de la de Raimondi, la de Hans, que va arribar immediatament des de Londres de seguida que el vaig avisar, i la de la gran Leontyne Price, de pas per Nova York. A la resta de persones que van anar a l'hospital se'ls va dir que, per prescripció facultativa, no podien veure-la.

Quan tingué al davant Timothy Morgan, al qual d'altra banda considerava un director mediocre, l'esbroncà. Segons el que li havia arribat, li semblava que el Met no havia estat a l'altura i després començà fent-li preguntes, com si Raimondi no li hagués dit res:

—De quina manera es rescabalarà el públic? S'ha queixat, la gent? Han acceptat que el que em passava era greu i no un caprici meu, un caprici de diva?

Morgan li contestava a tot molt afectuós, oferint-li els detalls que li demanava, i s'entretenia en lloances i comentaris encomiàstics que ella sentia com qui sent ploure, més interessada a continuar preguntant:

—Què han dit els diaris? Com ha donat la notícia el *New York Times*? Han estat comprensius? I la televisió? A l'NBC i la CBS em respecten, em consideren i no emprendrien cap campanya en contra meva, però els de la Fox em detesten. Què han dit a la conservadora Fox? Han inventat alguna mentida? ¿Han assegurat que he simulat un atac, sense tan sols admetre que mai he deixat de complir els meus compromisos? Fins i tot en els assajos ho he donat tot. Mai no balbucejava, com feien altres, per reservar-se la veu per a l'estrena...

Barbara no li deixava temps per contestar, li preguntava, inquieta, desassossegada. Tal vegada també la molestava el somriure de venedor de cotxes de segona mà que Morgan va mantenir durant tota l'estona i que a mi em va semblar massa obsequiós, quasi condescendent.

—Els mitjans americans s'han portat força bé. Tots, incloent-hi la Fox, li desitgen que es restableixi ben aviat i es refereixen a la seva veu incomparable...

—És molt amable, Morgan —el va tallar la soprano—. El meu representant s'encarregarà de rescindir els contractes amb el Met. Gràcies per la visita.

Després, dirigint-se a mi, em va demanar que acompanyés Morgan a la porta.

II

De seguida que Morgan va haver marxat, va exigir que la canviessin d'habitació immediatament. Deia que la que tenia li semblava diminuta, igual que la saleta d'entrada, tot i que no ho eren. Es queixava que les finestres donaven a un pati interior, per on entrava poca llum, i ella necessitava que la llum li fes companyia. Des de nena, des que havien succeït els fets que li canviaren la vida, no suportava la foscor. Segons va assegurar-me durant aquells dies, tampoc no suportava les habitacions petites, que la capbussaven en els horrors pels quals havia passat de menuda. A banda, l'espai actual no era suficient per encabir els rams de flors encarregats des dels llocs més remots per admiradors, companys i amics, pels músics, els directors d'orquestra i els gerents dels teatres on havia actuat.

La consolava que les flors fossin el primer que veia en despertar-se i per això no permetia que traguessin al passadís els rams que més li agradaven. Va dir-me que en obrir els ulls, mirant les flors, intentava oblidar que estava al llit, amb el braç immobilitzat per un parell de vials connectats a diferents tubs. Preferia imaginar-se al seu camerino. En tots els contractes exigia que l'omplissin de rams de roses grogues i blanques, les seves predilectes. Des que havia començat a ser reconeguda i famosa, cap teatre l'hi negava.

Les flors l'havien acompanyat sempre. La seva mare les hi posava entre els rínxols. Les collia onsevulga, dels camins, del bosc o dels parcs públics quan els diners no li bastaven per poder-ne comprar o no hi havia enlloc on comprar-ne. A vegades, en èpoques de poca feina, feia flors de paper i ella l'ajudava. En recordar-ho a l'hospital li havien vingut ganes de tornar-ho a provar, com si aquell fet li servís per reforçar els vincles mentals amb la seva mare, amb altres materials. Malgrat els anys que feia que faltava, la continuava enyorant i necessitava sentir-la prop com quan era petita.

A la nova habitació, la «suite reial» de la clínica, que acabava de quedar lliure —després de donar d'alta ni més ni menys que Sophia Loren, em digueren en confidència—, amb grans finestrals, més àmplia i lluminosa que la primera i que no em fou difícil aconseguir per a la Simpson —era molta Simpson!—, va anar recobrant forces. Però això li va fer preguntar-se obsessivament per què de sobte no havia pogut entonar ni la primera nota del «Vissi d'arte», malgrat que en sabia el motiu: un infart fulminant.

De manera maquinal tornava a posar-se la mà que no tenia immobilitzada al coll en un gest reiterat, un gest que, segons va dir-me, havia fet també en una època llunyana quan tampoc li sortia la veu, quan es va tornar muda de sobte. Muda per la pena, primer, i més endavant muda per l'horror que li va impedir pronunciar paraula, i unia els tres moments. Podria recuperar la veu per tornar a cantar com li havia passat aquelles dues vegades? O bé significava que estava acabada?

Jo la tranquil·litzava. Ben segur que tot era fruit de la casualitat, però ella em repetia que les casualitats no existeixen, que les coses passen per algun motiu que no podem deixar de tenir en compte.

Una tarda, quan el director de l'equip psicotècnic del Presbyterian Hospital, el doctor Ripper, va passar a preguntar-li si la podia ajudar i li va explicar que treballava en un estudi sobre les experiències pròximes a la mort, Barbara no va tenir inconvenient a referir-se a la sensació plaent i lluminosa que havia experimentat, com si estigués fora del temps i de l'espai, alliberada del cos, que podia veure sobre el quiròfan, manipulat pels metges. Cosa que al seu entendre no tenia explicació.

Podia estar alhora dins i fora del cos? Tenia algun problema mental? Ho havia somiat? Des de petita somiava força, fins i tot somiava desperta. D'imaginació no n'hi faltava.

El metge, després de demanar-li permís per asseure's al costat de la capçalera del llit, li va preguntar si li feia res que gravés la conversa. Li va assegurar que l'ètica professional li impedia divulgar res i que només empraria l'enregistrament per a ajudar-la, estudiant el seu cas. Ella va acceptar. Ripper va treure una petita gravadora de la butxaca de la jaqueta i la va engegar mentre tranquil·litzava Barbara. Li va dir que coneixia altres casos, que molts altres pacients havien experimentat la mateixa sensació i li va preguntar si creia que tenia cap motiu per no voler marxar, per no abandonar-se i deixar-se anar embolcallada per aquella llum. Si un impuls més fort que el seu desig de romandre allà li manava tornar per complir alguna cosa que hagués quedat pendent, una cosa inconclusa que li calgués tancar.

Barbara va assentir i es va sincerar amb Ripper. Li va dir que tenia el convenciment que si en aquells moments no tornava, si no podia tornar per complir el que considerava una obligació, no retrobaria mai la pau i l'amor que havia experimentat.

—Té alguna explicació científica, el que em va passar? —li va preguntar al metge. Ella havia pensat que podia tenir a veure amb l'obsessió per aconseguir el «sanàtic» i li va explicar fins a quin punt aquesta dèria s'havia convertit en primordial durant les setmanes anteriors a l'atac, i li va fer una altra confidència:

—Tal vegada em vaig quedar sense veu perquè jo, que estudio a fons cadascun dels meus personatges, no sols en els aspectes musicals, és clar, sinó en els psicològics, per poder entendre'ls i interpretar-los de la millor manera possible, no vaig estar a l'altura de l'ària de *Tosca*... No és veritat que jo «no feci mai male ad anima viva»; jo sí que he fet mal, encara que fos sense voler.

—Tranquil·litzi's —li va dir Ripper en un to afectuós, gairebé consolador—. Es va quedar sense veu a conseqüència d'un infart. No es turmenti. Puc assegurar-li que l'infart no té res a veure amb la lletra del «Vissi d'arte» i sí amb l'estrès. El «sanàtic» obligatori li anirà de meravella, n'estic convençut.

—Ho he aconseguit, sí, o més ben dit, aconseguiré el «sanàtic», però a un preu ben alt. Em pregunto si podré tornar a cantar.

—Estic segur que sí —va afirmar Ripper de manera convincent i de seguida va prosseguir—: Si us plau, si no és una molèstia, si no la incomoda, doni'm tots els detalls de la seva experiència, d'això que denominem EPM, experiència propera a la mort. L'esperava algú, allà? La doctora

Kübler-Ross, una de les científiques pioneres a estudiar les EPM, assegura que algú estimat, que ens va precedir en el trànsit, ens espera en aquest espai que identifiquem amb la llum. Vostè va reconèixer algú?

—Per uns instants em va fer l'efecte que veia la meva mare i també vaig notar una mena d'ombra blanca, com si fos la presència d'una altra persona, però no la vaig reconèixer. Van ser només uns segons. No n'estic segura. En canvi, tinc el convenciment, doctor, que aquesta sensació de benestar no me la vaig inventar, que em va embolcallar la llum, al costat de l'arc de Sant Martí, una obsessió de la meva infantesa. Vaig imaginar-m'ho?

El doctor Ripper, que seguia el mètode iniciat pel doctor Van Lommel, va insistir que podia estar tranquil·la, que no es tractava de cap fantasia. I li va repetir que moltes altres persones en el mateix tràngol havien experimentat unes sensacions semblants. No obstant això, la Simpson va voler saber com era possible l'experiència.

—Si jo vaig morir, si el meu cervell es va apagar, com vaig poder adonar-me del que passava?

—Des del punt de vista científic hi ha una explicació: la consciència pot no estar lligada a l'activitat neuronal i romandre estimulada. El meu col·lega Greyson, el fundador de la International Association for Near-Death Studies, entre altres metges, defensa que la ment pot funcionar al marge del cervell. De tota manera, caldrà investigar més i ser humils, malgrat tots els avenços de la medicina, hi ha moltes coses que encara no entenem.

Ripper parlava a poc a poc. Barbara, potser perquè era cantant, se sentia atreta per les persones amb veus atractives, i la del metge, segons em va dir, li va semblar encara més que agradable o persuasiva, captivadora, per la serenitat que transmetia. Això li feu rebutjar de seguida la prevenció que fos un aprofitat que volgués utilitzar el que ella li explicava per a difondre-ho aquí i allà, en alguna publicació, emprant el seu nom.

—És difícil d'entendre i acceptar —va prosseguir Ripper— fins a quin punt la física quàntica ha revolucionat els plantejaments científics en tots els camps. —I va afegir amb un gran somriure—: Tal vegada això, en el futur, permetrà que un pugui viatjar sense haver de moure's del lloc, quedant-nos aquí i sent allà.

—M'aniria de meravella que això s'aconseguís com més aviat millor, enguany mateix —li va dir Barbara—. Perquè així no hauria de fer l'esforç de marxar. Això que li he explicat, aquest impuls tan fort que em va portar a tornar, té a veure amb la necessitat de tranquil·litzar la meva consciència i per a això haig de viatjar... Li juro, doctor, que m'encantaria poder solucionar-ho tot des d'aquí, sense necessitat de moure'm.

—M'ajudaria molt si pogués explicar-me amb detall quin creu que és el motiu que la va impulsar a tornar. Si pogués descriure'm de què es tracta. Parla de tranquil·litzar la consciència... De quina culpa? Se sent culpable d'alguna cosa, veritat?

—Sí, van matar algú i jo vaig ser la responsable d'aquesta mort. Va ser fa molt temps —va dir gairebé al caire de les llàgrimes—. Aquesta culpa, doctor, em va portar a tornar, n'estic convençuda.

Vaig veure com Ripper li agafava una mà i l'acaronava. Ella, que evitava qualsevol contacte físic, probablement perquè les dives només s'ho poden permetre amb els seus iguals, que són pocs, devia sentir-se tan fràgil, indefensa i mancada de suport, que no el va rebutjar.

—Ens han imposat tantes culpes! Crec que a vostè l'ajudaria molt ordenar els seus records, recuperar les seves sensacions, especialment sobre tot el que es refereix a aquesta mort de la qual se sent culpable, encara que això li faci mal. No ara, per descomptat, sinó quan surti d'aquí. Quan sigui capaç d'analitzar tot el que va passar se sentirà molt millor. Reflexionar sobre això li permetrà considerar que el seu EPM no va ser una fantasia...

—Quan vaig recobrar per primera vegada les sensacions del que vostè anomena EPM no ho vaig descartar, ja l'hi he dit abans.

—Pensar que es tracta d'imaginacions, tranquil·litza i permet deixar de banda unes experiències anomenades despectivament paranormals. No s'investiga tot el que es considera per endavant pseudocientífic i això no permet avançar sobre el que no sabem. A més, no tothom té les mateixes capacitats, ni obertes les mateixes portes de la percepció, l'hi asseguro. Però ara no vull importunar-la amb explicacions. Ho faré més endavant, si vostè m'ho permet, és clar. Quan se senti forta. El que sí que li demano és que escrigui sobre la seva vida, sobre la seva infantesa, i especialment sobre la relació que ha establert amb els seus morts estimats, sobre aquesta culpa de la qual vol deslliurar-se... Tot el que recordi m'ajudarà molt, em permetrà comparar el seu cas amb d'altres ja estudiats. Alguns pacients m'han parlat d'una promesa incomplerta, d'un deute que calia pagar i que per això tornaven. Vostè es refereix a una qüestió més complexa, encara que conec altres casos que poden relacionar-se amb el seu.

—Quan em vaig despertar després de l'operació em va semblar que em trobava a la muntanya, potser perquè la nit abans de l'infart m'havia adormit recordant la llegenda de la Deessa Blanca. Una llegenda que té a veure amb la meva infantesa. I això sí, la llegenda, l'hi puc fer arribar demà mateix. La meva mestra, Pandora Brunellesky, a la qual dec tant, la va manar copiar per a mi, i en els darrers temps m'ha obsessionat...

—Passi-me'n una còpia, segur que m'interessarà. Les llegendes ens donen força referències sobre nosaltres mateixos, moltes més del que creiem i d'una manera més eficaç. Però també vull que escrigui sobre vostè.

—No crec que pugui, doctor. No sé escriure. De lletres, no en sé. Només sé de notes musicals... La música que no necessita paraules arriba a tothom, encara que jo m'aprengui molt bé els llibrets i procuri que s'entengui el que canto. La música transmet millor que qualsevol altre art l'emoció i no necessita traduccions.

—Hi estic d'acord, la música és universal, i vostè, senyora Simpson, sap cantar com ningú. He pogut comprovar-ho, però no crec que no sàpiga escriure. A més, segur que compta amb algú de confiança a qui dictar o explicar-li els seus records. Les grans dives com vostè no necessiten buscar biògrafs, els surten de sota les pedres, encara que jo no li demano una biografia. Li demano una altra cosa. Vull que s'enfronti amb el seu passat, que intenti entendre'l —i mentre l'hi deia es va aixecar per acomiadar-se.

Barbara em feu un senyal perquè m'acostés. De seguida vaig notar que davant de Ripper se sentia vulnerable. La personalitat del metge, la seva amabilitat i la situació en la qual ella es trobava li havien fet oblidar el seu paper de diva, que tan bé sabia interpretar quan li convenia o li venia de gust. Es va adonar que Ripper la mirava als ulls d'una manera inusual, molt poc americana, tal vegada perquè Ripper no renunciava als seus orígens polonesos:

—M'ho promet?

—Sí —va dir la Simpson, sorpresa per la mirada directa i profunda del metge—. Si el que jo pugui explicar-li el pot ajudar... li demanaré a la meva secretària que escrigui, jo li dictaré.

—Gràcies. Aquí té la meva targeta personal, amb les meves dades privades. L'espero, quan torni del seu viatge o abans, quan vulgui, però no tardi. I si us plau, faci'm arribar la llegenda com més aviat millor. Marxo a Londres a un congrés d'aquí un parell de dies i m'agradaria llegir-la abans, si és possible, o durant el viatge.

III

La visita de Ripper va afectar molt la Simpson. Ho sé perquè jo vaig ser-hi present. Per desig de Barbara, que em va demanar que no sortís, sense importar-li que sentís les seves confidències, em vaig quedar a la saleta annexa amb la porta oberta.

De seguida que el metge va haver marxat, em vaig acostar al capçal i la vaig trobar en un estat d'inquietud extrema. Em vaig alarmar, i vaig estar a punt de cridar la infermera per veure si podien administrar-li un tranquil·litzant, però ella m'ho va impedir.

A poc a poc va anar calmant-se. Va passar una estona amb els ulls clucs i després en veu molt baixa es va referir a la seva conversa amb Ripper, a què suposaria el compromís que acabava d'acceptar, no només per a ella sinó també per a mi. M'ho va dir somrient, la qual cosa em feu pensar que es trobava millor. De seguida, després de demanar-me un vas d'aigua, em va advertir que pensava delegar en la meva persona, com havia fet amb tot o quasi tot després de sortir de l'UCI, la petició del metge d'escriure sobre la seva infantesa.

Haig d'assenyalar que durant els dies que Barbara Simpson va estar internada a l'hospital no em vaig moure del seu costat. Sabia com era d'important per a ella preservar la seva intimitat i alhora sentir-se abrigallada per l'afecte d'algú proper.

Barbara no tenia quasi família, uns cosins llunyans que vivien a Nova Orleans i que veia de tard en tard, quan actuava en algun teatre de Louisiana, cosa que d'un temps ençà no passava perquè els seus compromisos se centraven en els grans teatres d'òpera del món. Pel que feia a les seves relacions sentimentals, eren força precàries. Feia poc que havia despatxat la seva última parella, massa dependent de la diva, en qualsevol nivell, però sobretot en l'econòmic. Per tot això, jo, que de bon començament no era més que una secretària que portava el dia a dia de la seva agenda —de l'Agenda amb majúscula se n'ocupava Hans—, a poc a poc em vaig convertir en la persona que Barb tenia més a prop, i en moltes ocasions em va demostrar la seva estimació, especialment durant aquells dies en què em va demanar, sense dir-m'ho, només amb la mirada, que no la deixés sola.

Per part meva, jo també li vaig anar agafant afecte, malgrat els rampells del seu caràcter, a estones el seu despotisme —jo no aconsello, jo ordeno, li vaig sentir dir més d'una vegada, la primera a un tenor jovenet que li demanava consell—. També a pesar de les arbitrarietats i les imposicions capritxoses, més amb l'ànim de refermar el seu paper de diva, de sorprendre, marcar territori, que amb qualsevol altre interès, i tot això, potser, per emmascarar una fragilitat infinita.

Aquella tarda de tantes confidències, em va dir que l'endemà d'hora anés a casa seva, entrés a la seva habitació i obrís el calaix de la dreta de la tauleta de nit, on trobaria un quadernet en la coberta del qual constava en lletres de motlle «La Deessa Blanca» i, amb molt esment de no perdre'l, me l'emportés a una copisteria de confiança. Va insistir que fora alguna de recomanable, on, amb molta cura, poguessin fer-ne una còpia de bona qualitat. Li vaig proposar la que jo coneixia i on solia anar en els meus anys d'estudiant perquè m'imprimissin els treballs universitaris de manera presentable, i més endavant també la vaig fer servir quan vaig treballar al diari *Impacto Latino*, tot just abans que la Simpson em contractés. Eren seriosos, eficients i el preu no era car, tot i que això era el que menys importava a Barbara.

Em va ordenar —la qual cosa em feu suposar que anava recuperant forces malgrat el to apagat de la veu— que fes tota la via possible. Volia lliurar-li a Ripper, com més aviat millor, una còpia del quadernet i, com que tenia por que el traspaperessin —per a ella, pel que semblava, era un document fonamental—, em va exigir que fessin el treball davant meu, que jo muntés guàrdia mentre descosien els plecs, feien la fotocòpia en el mateix format i hi posaven unes tapes al més semblants possible a les de l'original, no plastificades, sinó de cartolina de qualitat. La Simpson detestava el plàstic, el seu contacte li feia feredat, i una vegada va estar a punt de cancel·lar una actuació perquè l'escenari estava adornat amb flors de plàstic, que va exigir canviar per flors de debò.

Li vaig suggerir, donada la importància que tenia per a ella aquell text, que en comptes d'una còpia n'encarreguéssim almenys dues, i em va fer cas. Fins i tot em va dir que jo guardés la que no havia de lliurar a Ripper.

Com que sentia una curiositat enorme per conèixer de què es tractava, i ja que una còpia havia de ser per a mi, encara que no sabia si el fet que la guardés incloïa el permís de llegir-la, ho vaig fer abans que me'l donés o me'l denegués, mentre anava amb metro cap a la copisteria. Deu estacions des de Grand Central, on el vaig agafar després de baixar del tren que m'havia portat de Long Island fins a Manhattan. En obrir el quadernet em va caure a terra un paper que vaig recollir a l'instant, alleujada. No em volia ni imaginar què hauria passat si l'hagués perdut. La soprano no m'ho hauria perdonat i qui sap si m'hauria quedat sense feina. De manera immediata, potser no, perquè em necessitava. Però tal vegada més endavant —difícilment oblidava les faltes o errades dels altres, tampoc les seves—, perquè la nota estava signada per la seva mestra tan estimada, Pandora Brunellesky, i es referia al fet que no havia d'oblidar mai la importància de la Deessa Blanca ni deixar d'invocar la seva protecció. Això va accentuar encara més les meves ganes de saber de què tractava la història. La vaig llegir amb tanta concentració que no em vaig adonar que el metro havia arribat a la parada següent a la qual jo havia de baixar, per sortir al més a prop possible del 2082 de Broadway, on era i és la copisteria. I vaig haver de retrocedir caminant.

Si m'avanço a copiar aquí el que vaig llegir llavors, és perquè em sembla una peça fonamental per a entendre el comportament de la soprano després de l'infart, que, en efecte, la va propulsar a enfrontar-se d'una vegada per totes amb el seu passat.

La llegenda de la muntanya sagrada de *La Deessa Blanca* és un relat, segurament en els seus orígens de transmissió oral, que Pandora Brunellesky va manar transcriure, amb lletra clara i cal·ligrafia anglesa, i anava adreçat a Barbara.

Va haver-hi un temps en què totes les muntanyes eren considerades sagrades.

Algunes, a conseqüència, gairebé sempre, dels depredadors humans, van anar perdent aquesta condició, però d'altres, com la del Teix, la teva muntanya, Barb, estimada, la van conservar.

La deessa que hi habitava, la reina del lloc, vetllava perquè es complissin els pactes antics que formaven part d'una aliança ancestral entre els humans i la natura, quan la sang vermella que circulava per les venes dels nostres avantpassats no es considerava millor que la sang blanca de la saba que nodria les arrels, els troncs, les branques i les fulles dels arbres.

Totes les criatures, la natura i els seus elements, l'aire, el foc, l'aigua i la terra, formaven part d'un mateix principi indissoluble i així ho sentien i ho consideraven els humans.

La deessa que protegia el lloc tenia la facultat de decidir qui romandria per sempre en el seu temple. I allà, després d'un seguit de ritus d'iniciació, atorgaria a la persona triada, si la considerava digna, el do de l'eterna joventut i una vida plena, sense cap dolor, sense penes ni traves, amb l'única missió de cuidar la muntanya i tot el que la muntanya comporta, per tota l'eternitat, en un gaudi absolut dels sentits, sense cap prohibició dels desitjos que cadascun d'ells sol portar aparellat.

Per això, en els temps antics als quals fa referència la llegenda, eren molts els joves que arribaven des de diversos llocs de l'illa de Mallorca per pujar fins al cim. Uns altres venien de terres llunyanes, després de viatges llargs per un mar curull de perills, atrets per la història de la deessa i els seus miraculosos atributs que havien sentit explicar a molts llocs de la Mediterrània. Peregrinaven fins a la muntanya, la falda de la qual limitava amb els pobles de Fosclluc, Foscgran, Deià, Valldemossa, Sóller i Bunyola per emprendre, sense més equipatge que la roba apropiada i unes bones espardenyes, el camí de pujada cap al cim, a començament de la tardor o a la primavera.

No ho solien fer tots sols sinó en grups perquè la muntanya era perillosa. Sabien, però, que només un seria l'escollit entre els pocs que, finalment, passades moltes proves, arribessin a trobar-se amb la senyora que anomenaven també la Deessa Blanca perquè, segons alguns que l'havien vista, no sols anava vestida de blanc, amb una llarga túnica, sinó que emanava una claror com si tota ella fora feta de llum. Una llum pàl·lida, com la de la lluna, que ens permet mirar-la sense encegar-nos. No com la del sol, que crema i priva de la vista qui s'atreveix a fixar-hi els ulls sense protecció. La de la Deessa era una llum diferent, encisadora, benèfica, llum d'eternitat. L'eternitat que ella prometia a qui mereixés restar al seu costat.

Per arribar fins al seu temple calia pujar força amunt i conèixer bé els preceptes de la muntanya, parlar el seu llenguatge. Els que no els coneixien o no estaven disposats a respectar-los aviat desistien.

El primer precepte era el de l'aigua. Calia seguir el camí on brollaven les fonts que permetien alleujar la set i aportar l'energia que només aquella aigua i no cap altra proporcionava. Calia, a més, emprar sols la necessària, beure només la justa per continuar l'ascens fins a la propera font sense fer cap provisió.

Si el camí cap al cim no era errat, si es respectaven les lleis de la natura, no calia passar pena perquè la set seria apaivagada igual que la fam. La muntanya proveïa de fruits del bosc per poder-se alimentar i seguir cap amunt, amb la frugalitat imprescindible que s'exigia per a la iniciació, sense agafar-ne cap per fer-ne provisions.

A partir de la primera font hi havia dos camins: un que feia drecera i un altre de més llarg. Només els elegits sabien que calia agafar el llarg, perquè la seva purificació, fins a arribar al cim, no podia ser breu.

Calia pujar gaudint del paisatge, omplir els sentits de tot el que oferia el bosc. Ensumar les aromes del romaní, de l'estopa, de la resina dels troncs o de la fullaca. Escoltar les diferents remors de les branques mogudes pel vent, el so dels cants i les piuladisses de les diverses castes d'aucells, el carrisqueig de les cigales tan punyents els dies de sol, el brunzit dels insectes.

Mirar els verds tan diversos, els colors diferents de la terra, els grisos i blancs de les pedres i roques. Aixecar els ulls al cel, contemplar-lo llis, com estovalles o llençols acabats de planxar o, per contra, fistonejat entre randes i entradors de niguls dansaires, que van i venen, fent-se i desfent-se entre clarors o boires. Tocar la fullaca, tocar les mates de romaní, abraçar els arbres.

Els que passaven per alt aquesta premissa i optaven per la drecera, amb les presses oblidaven olorar, veure o tocar, aviat s'adonaven de les dificultats del camí triat. A estones el bosc s'atapeïa i la fullaca el feia força llenegadís. A més, segons quins dies, compareixia de sobte la boira. Una boira densa i magmàtica que impedia veure-hi, i aleshores no sabien si les passes eren les encertades perquè es quedaven sense cap punt de referència i sovint no feien altra cosa que seguir donant voltes en el mateix entorn, sense avançar i sense poder tornar enrere, demanaven auxili a crits sense que ningú els sentís o els volgués sentir per poder-los anar a ajudar.

Alguns havien acabat morint de set i de gana, però les seves veus, les veus dels seus esperits, vagaven eternament per la muntanya, i eren molts els que les havien sentit a hores d'ara, perquè de vegades les veus dels esperits són més persistents que les que surten de la boca dels vius.

Però les proves per als que havien triat el bon camí, que no era precisament el que conduïa més recte ni més de pressa, no s'havien acabat. N'hi havia d'altres.

Tal vegada el desig d'arribar els havia fet oblidar la primera i més senzilla. Ja albiraven, a la banda dreta del cim, la construcció meravellosa del temple de la deessa i la seva lluminària d'encantament, i això els omplia d'esperança. Però tenien molta set i molta gana i intentaren calmar-les amb els fruits de les arboceres, els pinyons i fins i tot els aglans, que havien anat trobant pel camí i dels quals havien fet provisió, sense recordar que els estava prohibit endur-se res del bosc ni tan sols per apaivagar la fam.

Només un dels quatre que pujaven plegats tenia les butxaques buides i alleujava la set i la gana amb el desig d'arribar, malgrat el cansament.

La llum mansueta del capvespre, que anava aclucant-se, ja no els permetria avançar gaire, perquè fer-ho a les palpentes implicava la possibilitat d'una caiguda perillosa, ja que a mesura que el camí s'enfilava vorejava el precipici d'un espadat. Però calia seguir, per intentar arribar abans que la fosca els ho impedís i haver de passar la nit en la intempèrie del cimal, gelat, malgrat la primavera.

Ja no faltava gaire. El temple de la deessa semblava quasi a tocar i irradiava una llum blanca meravellosa, un halo màgic. I per això tots s'afanyaren. Però de sobte un d'ells va caure, va redolar cap a unes roques, camí del precipici.

Si s'entretenien a ajudar-lo no arribarien dalt a temps que les portes fossin encara obertes, i la decisió de pujar hauria estat inútil. Però si no ho feien, si el deixaven allà malferit, moriria. Havien de decidir què fer amb rapidesa. Ja eren molt a prop. «No podem caure en la temptació de la pietat», digueren dos, hem de ser forts si volem ser immortals. I continuaren. Només un va intentar ajudar el ferit i aconseguí retornar-lo al camí i el carregà a coll. Potser encara que les portes estiguessin tancades quan ells arribessin els farien la caritat d'obrir-les per gua-

rir-lo. «Demanau que ens deixin entrar», va suplicar als que els havien pres avantatge, però ells no pogueren sentir-lo, perquè, de sobte, del cim davallà una allau de pedres que els feu redolar muntanya avall. I diuen que ells també quedaren convertits en pedres.

El que havia tingut pietat, amb el company carregat a l'esquena, va esquivar les pedres del talús i, amb molt esforç, va arribar fins al cim. Les portes encara eren obertes i allà, voltada de donzelles, vestides de blanc, l'esperava la Deessa Blanca:

—Aquesta era la tercera prova —li digué la deessa en acollir-lo—. La pressa per arribar no pot impedir mai ajudar qui ho necessita. Passa i descansa. Sadolla la set i la gana i dorm. D'avui endavant viuràs aquí i per sempre m'ajudaràs a protegir la muntanya.

—I ell, el meu company, el ferit?

—El guarirem —li contestà la deessa— i demà les meves donzelles l'acompanyaran de baixada a Fosclluc perquè tothom conegui el que ha passat i recordi fins a quin punt aquesta muntanya és sagrada. Jo la seguiré custodiant pels segles dels segles per protegir aquells que mereixin ser protegits.

IV

Vaig tornar a casa de Barbara per deixar l'original i una còpia, i amb l'altra vaig anar al Presbyterian Hospital. Vaig trobar Barbara molt més animada. Em va demanar que busqués immediatament Ripper i que li donés en mà, de part seva, una còpia, després d'aprovar-ne la presentació.

Vaig complir les seves ordres de seguida. El to de la soprano era dels que significaven urgència. Vaig anar a recepció perquè em posessin en contacte amb Ripper. I vaig tenir sort perquè tot i que eren quarts de nou encara treballava al seu despatx i acceptava veure'm al cap de deu minuts. El temps, em va dir en un to molt amable, per fer unes trucades que no podien esperar.

Ripper em va rebre amb un somriure. Tot just vaig entrar al seu despatx, es va aixecar de la cadira que ocupava darrere de la taula de vidre —neta de papers i presidida per un marc de plata amb el retrat d'una nena, i amb el seu portàtil obert— i va anar a asseure's, després de demanar-me que ho fes jo, davant meu, en unes còmodes butaques tipus Bauhaus. Em vaig fixar de seguida que sobre una tauleta auxiliar que quedava al costat hi havia un ram de roses grogues, que a Barbara li haurien encantat. Igualment li hauria agradat que el despatx fos lluminós.

Em va semblar que el metge estava força interessat «a ajudar la soprano americana més important del món», m'ho va dir exactament així. Per això, llegiria amb atenció el fullet que li portava i es comunicaria amb Barbara quan ho hagués fet. Però, més que la llegenda de la Deessa Blanca, el que li interessava era que la soprano escrivís sobre la seva vida. Si jo era la seva secretària, podia ajudar-la millor que ningú.

Estava disposada a fer-ho? Podia confiar en mi? Em va mirar als ulls i em va somriure, al mateix temps que contestava abans que jo:

—Estic segur que sí.

Immediatament va voler saber, encara que ho va preguntar gairebé sense preguntar, amb excessiva delicadesa, si Barbara m'havia confiat la seva EPM quan va sortir de l'UCI.

Li vaig dir que m'ho havia explicat, però que jo no era especialment procliu a creure en aquesta mena d'experiències. Vaig apuntar que la senyora Simpson, abans de l'infart, passava per un mal moment, havia trencat amb la seva parella no feia gaire, estava deprimida, se sentia feble. Havia tornat a sotmetre's a un règim per aprimar-se i potser per això havia tingut aquella mena d'al·lucinació, qui sap si no era producte de la debilitat. Necessitava pau, descans.

Li estava comentant tot això quan Ripper em va interrompre:

—Creu que hi ha vida després de la mort?

La pregunta em va sorprendre. No l'esperava, hauria pogut divagar però li vaig contestar amb sinceritat:

—La meva educació, en un col·legi de monges irlandeses, i també la influència de la meva mare, cubana i força creient, fou catòlica. La religió cristiana assegura que hi ha un cel per als bons i un infern per als dolents... Es tracta d'una qüestió de fe. La meva flaqueja, en aquest sentit. A mi em sembla que després de la mort no hi ha res. Més aviat crec que ja que venim del no-res, tornem al no-res.

—He viscut a Nicaragua, i un gran poeta nicaragüenc, Rubén Darío, té uns versos que em recorden la seva afirmació: «No saber a on anem, / ni d'on venim»...

—Seria fantàstic pensar que venim de l'amor, que fórem engendrats per amor, que l'espermatozou que triomfa i penetra l'òvul és fruit del desig, de l'amor, que som el producte de la unió de dos éssers que s'estimen. Però què li puc dir, doctor Ripper, que vostè no sàpiga? Soc periodista, no científica.

—M'agrada el que m'explica, és poètic, encara que no sempre som engendrats per amor.

—No, és clar, cal no oblidar els engendrats per un violador.

—I tornem a l'amor?

—Això em sembla més difícil, doctor.

—Aquesta llum protectora a la qual per uns instants va accedir Barbara, podríem denominar-la amor, plenitud. Aquesta potser és la vida que ens espera després. Vostè, Rose, no ho creu així?

—Ningú ha tornat per explicar-nos-ho. No li sembla estrany, doctor Ripper? Si hi hagués alguna cosa després de la mort ho sabríem...

—No necessàriament. La nostra percepció és diferent de la dels qui han estat desencarnats. Ningú, cap de nosaltres, fa servir percepcions que li permetin accedir a alguna cosa diferent de les tres dimensions en les quals ens movem. ¿Que potser veiem les ones electromagnètiques amb què ens és possible gaudir del nostre programa de televisió predilecte? La ciència, curiosament, i per paradoxal que sembli, reforça la possibilitat que hi hagi vida després de la mort. I no només gràcies al record deixat aquí, a la Terra.

—Seria meravellós, tots volem sobreviure a la mort. Inventàrem les religions...

Ripper em va interrompre i va seguir amb el que jo anava a dir:

—Sí, segur que vostè pensa que fins i tot inventàrem els déus perquè ens garantissin aquesta immortalitat, no ells a nosaltres. Els creàrem perquè no volíem morir...

—M'ha llegit el pensament?

—Esclar —i va deixar anar una riallada—. No soc cap bruixot, pot creure-ho. Era fàcil que vostè continués amb aquesta afirmació, i m'he atrevit a llegir-l'hi... Però, tot i això, li diré que conten que Einstein, quan un físic teòric amic seu li va dir que creia en la telepatia, ell li va respondre: «Potser això es relaciona més amb la física que amb la psicologia».

Després Ripper va desviar la conversa:

—I ara expliqui'm coses de la senyora Simpson. Quant temps fa que treballa amb ella?

—Al juny farà cinc anys.

—Temps suficient per conèixer algú i saber-ho tot o gairebé tot —va afegir amb un somriure ampli i còmplice—. Ajudi-la, ho necessita. No li serà fàcil enfrontar-se a una ferida oberta tan greu com la seva. Escrigui al dictat, gravi el que li digui, prengui notes i després elabori el text. Ho farà molt bé.

—No sé si en sabré prou.

—Estic segur que sí. No m'ha dit que és periodista?

V

Al Presbyterian Hospital van donar d'alta Barbara Simpson quasi un mes després d'haver-hi entrat. Va passar la convalescència a Long Island, prop del far de Montauk, en el lloc més salvatge del comtat de Suffolk, on, sempre que podia, es refugiava, disposada a complir la promesa feta a Ripper.

Feia un parell d'anys que hi havia comprat una casa a una mezzo ja retirada, que l'havia avorrit perquè qui l'hi havia regalat, un amant milionari amb el qual finalment va casar-se, l'acabava de deixar.

Se n'havia anat insultant-la dient-li que tenia un cul d'hipopòtam, caminava com una elefanta i la seva veu era inodora, del tot insípida. Per més que la pobra dona posava la música enllaunada que sempre l'acompanyava al màxim de decibels que li permetia la potència dels aparells, continuava sentint els crits insultadors del seu ex i no se sentia amb forces de prolongar una humiliació tan vexatòria. Era com si la veu del maltractador hagués penetrat fins i tot les parets, les quals en propiciessin l'eco, que la perseguia pertot arreu, inclús quan sortia al jardí o nedava a la piscina. Els calmants que li van receptar els terapeutes no van aconseguir posar fi al malson. Els amics li van aconsellar que marxés d'allà, que es mudés, assegurant-li que en un altre lloc deixaria de sentir els insults, que els malvats consideraven veritats, que tan difícils són d'aguantar. Era cert que la pobra Eudora Wellis havia acabat sense veu i tan deformada i enorme que els elefants i els rinoceronts s'enrabiarien força si fossin capaços d'entendre les al·lusions del seu ex.

La decisió d'Eudora va jugar a favor de Barbara, que cercava una casa per la zona. Va procurar que li rebaixés el preu i ho va aconseguir emprant el mètode del consol i la insistència que les opinions arbitràries i desballestades d'aquell home estúpid eren mentida. Les dues, Eudora Wellis, «la venedora», i Barbara Simpson, «la compradora», es van sentir satisfetes, especialment la compradora. Sempre havia desitjat tenir una casa com aquella, lluminosa i alegre. Va canviar els mobles i la decoració per complet. Malgrat que la mezzo no va voler emportar-se ni un sol objecte per evitar que li recordés els anys passats amb el seu ex, Barbara tampoc va aprofitar res. Durant una setmana va convocar pintors, fusters i tapissers i els va donar instruccions perquè comencessin la feina com més aviat millor. Era la primera vegada que decidia sola, sense un home al costat, sense haver de fer cap concessió respecte a com havia de ser la casa on volia viure, i això l'animava. Va triar colors clars per a les parets perquè convidaven a la calma, mobles de línies simples, en absolut barrocs, llits de dos metres, especialment els que va manar posar a les habitacions dels convidats perquè els seus amics, la majoria cantants, solien ser de talles més aviat XXXL, d'acord amb la potència de les seves veus.

La casa tenia uns finestrals enormes oberts sobre el penya-segat, i adormir-se bressolada per la remor de les ones era un vell desig que ara acomplia. A més, podia cantar sense que ningú li cridés l'atenció, a qualsevol hora, quan li vingués de gust. El jardí era extens, i els xiprers que envoltaven el reixat que el tancava li van semblar un molt bon auguri perquè li recordaven la Toscana, on havia estat feliç. Els havien sembrat ben atapeïts per minvar el soroll que pogués venir de fora i ella va considerar que també li servirien per recollir-hi la seva veu i les dels seus amics i deixebles, als quals li agradava reunir, sempre que podia, almenys una o dues vegades l'any, depenent dels contractes, per cantar junts àries improvisades, blues o les benvolgudes cançons de folk americà, gràcies a les quals havia trepitjat per primera vegada un escenari, a més de la seva predilecta «Over the Rainbow».

Ara, però, hauria d'esperar a recuperar forces abans de comprovar si podria tornar a cantar, si les seves facultats havien minvat, si estaria en condicions de continuar la seva carrera amb la mateixa qualitat de veu. El primer que li calia fer era prendre's les coses amb calma tal com, en to autoritari, li havia manat el cirurgià que la va retornar a la vida, fent-la néixer per segona vegada, segons li va insistir, amb un somriure ple de dents blanquíssimes, l'únic element atractiu de la seva cara, de pell més aviat verdosa —així m'ho va dir Barbara— que li recordava la de les granotes, amb ulls prominents, com els del mateix animal. Potser havia estat granota en una altra vida, aventurava la Simpson, i s'havia reencarnat en un dels metges més respectats de Nova York.

—Cal que sigui molt i molt obedient —va insistir ell.

I després li va explicar que el seu cor funcionava gràcies a un bypass, i aquest fet, al qual havia d'anar-se acostumant, la condicionava.

Barbara li va demanar detalls i ell li va contar el que li havia passat per haver d'entrar al quiròfan en una situació desesperada: l'artèria se li havia anat estrenyent i endurint fins a bloquejar el pas de la sang cap al cor. «Tens el cor massa dur», li havia retret el seu darrer marit abans de separar-se, i ara havia comprovat que, en certa manera, era veritat, ella ho acceptava. Amb un cor tou, amb un cor dòcil, no hauria arribat enlloc, n'estava segura.

—He necessitat un cor dur, doctor, encara el necessito —li va dir somrient—. Espero que vostè no me l'hagi estovat massa...

El metge no va fer cap comentari. Les metàfores no li agradaven, tampoc l'òpera, per això no la va tractar amb cap deferència especial. A ell no li interessava res més que la seva feina, que considerava fonamental i, en les seves visites ràpides, utilitzava poques paraules. A més, pertanyien a un vocabulari tècnic amb el qual augmentava la seva respectabilitat clínica, però quan creia que no l'entendrien, com era el cas, perquè la Simpson no li devia semblar cap llumenera, es limitava a traduir-lo a la parla comuna i corrent. Així, va tractar d'explicar-li com havia realitzat l'angioplàstia. Havia tallat una artèria sana de la cuixa i l'havia empalmat, com fan els bons lampistes amb les canonades, amb la coronària per un lloc sa, encara no endurit.

L'operació, com totes les que ell feia, havia anat molt bé. En comprovar que la cicatriu estava tancada i que tot funcionava com esperava, gràcies al bypass, li digué que podia anar-se'n a casa, sense cap altra prescripció que una convalescència llarga, un seguit de píndoles per a tota la vida i les revisions pertinents.

Va ser el seu metge, el que sempre l'atenia amb tot afecte —que la diva confiés en ell l'afalagava moltíssim—, l'encarregat de dir-li que si volia que la recuperació fos ràpida era imprescindible que fes bondat. I li va donar una llista de prohibicions: de moment, calia que evités viatges, sobretot els transatlàntics. Durant una llarga temporada s'havia de quedar a casa. Les habitacions d'hotel, per luxoses i confortables que fossin, no li convenien, i encara menys l'estrès de les representacions, la fatiga dels assajos. Tampoc els cursos de cant, als quals tantes joves promeses desitjaven assistir i s'examinaven per ser admeses. Necessitava complir un règim estricte, sense una gota d'alcohol i absència total de carns vermelles. Adeu als entrecots que tant li agradaven i als platerets mexicans amb força espècies que sovint es feia preparar. Havia de fer repòs i integrar gradualment l'exercici físic. Mai no havia fet esport; per a perdre quilos, a banda dels règims, li servien les actuacions. En acabar cadascuna, estava segura que s'havia aprimat.

Va acceptar tot el que el metge de capçalera li va exigir amb una sola excepció: fer el viatge que havia planejat com una promesa irrenunciable. Un viatge, va insistir al metge, que no tenia res a veure amb la seva feina com a cantant i molt, moltíssim, amb la seva vida i per al qual havia de preparar-se. Havia de recuperar forces per a poder remoure coses fosques, aspectes del passat que tal vegada podrien fer-li mal, però no podia deixar passar l'ocasió, calia aprofitar el «sanàtic».

Encara faltava molt de temps perquè hi hagués la possibilitat de no moure's i ser alhora en un altre lloc, com havia apuntat el doctor Ripper, però l'acceptació que la seva sensació al quiròfan no havia estat fruit d'una al·lucinació sinó de la consciència, que el que havia notat era cert, l'havien ajudat a seguir els consells de Ripper. Abans d'emprendre el viatge, havia de començar pel principi. Recuperar els seus records d'infantesa li permetria lligar caps i per a això la llarga convalescència prescrita li aniria molt bé. Potser tot començava a tenir sentit. El retorn tenia una justificació.

Ripper li havia telefonat diverses vegades per a saber com es trobava i li havia enviat una nota des de Londres, molt afectuosa després de llegir el fullet de la llegenda, que, segons li deia, li havia interessat molt i volia comentar-la amb ella quan es tornessin a veure. Però això seria quan Barbara li lliurés el que li havia encomanat que escrivís, li feia saber, segurament per incentivar el seu interès en els deures pendents.

SEGONA PART

I

Des que va sortir de l'hospital, encara força dèbil, Barbara es va proposar complir la paraula donada a Ripper. No es veia, però, amb cor de començar sola i per això em va demanar que m'instal·lés al seu costat. Em va oferir pagar-me com a hores extres totes les que em quedés a casa seva, fins i tot les que dediqués a dormir.

Em va assegurar que m'ho agrairia eternament perquè per a ella, en aquelles circumstàncies, malgrat comptar amb tres persones de servei de tota confiança —Claire, la cuinera, dona de Stephen, el xofer, i la neboda d'aquest, Melany—, jo era, en aquells moments la peça fonamental per al bon funcionament de l'ordre domèstic.

Va dir peça i no persona, tal vegada per la seva nova afició als puzles —s'hi entretenia perquè li costava menys que concentrar-se en la lectura, una de les seves aficions— i potser per no mostrar-se emotiva i conservar la ironia, una mica minvada des de l'operació.

Perquè no li posés cap mena d'entrebanc i acceptés de seguida la proposta, em va prometre no atabalar-me, deixar-me hores lliures perquè pogués passejar pel jardí, banyar-me a la piscina o fer esport. Però per complir la promesa feta a Ripper —no sols la seva, sinó també la meva, va remarcar—, havia de romandre a casa seva. I continuà insistint, molt seductora, que, per convertir-me en la mà que bressola la ploma o la tecla de l'ordinador, havia de canviar l'horari d'oficina d'abans per una dedicació *full time.*

No estic segura que fos només per una qüestió de feina que em va demanar, d'una manera tan convincent —abans m'ho hauria exigit—, que em traslladés a casa seva, sinó perquè se sentia molt més feble i mancada de la protecció que sovint fa la companyia d'algú en qui poder confiar.

Vaig traslladar-me, doncs, del meu petit apartament del Soho, que no arribava a trenta metres quadrats, a la torre de més de mil de Barbara Simpson i vaig ocupar una de les habitacions de convidats. Em va deixar triar la que volgués i vaig escollir la de la planta baixa que s'obria al jardí. I, tot i que era la més petita de les tres, em va semblar que el meu apartament hi cabria sencer.

Vaig esperar que Barbara em donés instruccions sobre el mètode que volia seguir. Estava acostumada que em dictés i fins i tot de vegades que dictés a un magnetòfon cartes i altres tipus de comunicacions que jo m'encarregava de transcriure, passar en net i, després que ella hi donés el vistiplau, enviar, i suposava que treballaríem de la mateixa manera. Barbara em digué, però, que primer volia rellegir uns quaderns de la seva mare, per extreure'n el que considerés fonamental. I així ho va fer durant un parell de dies, prenent notes per a passar-me-les. Era evident que preferia reservar-se aspectes que no s'atrevia a confiar a ningú.

El contingut dels quaderns, sens dubte, tenia un enorme valor per a ella, i a mi, precisament per això, m'hauria estat molt útil accedir directament a la seva lectura. No obstant, va impedir que jo els veiés amb l'excusa que em farien perdre molt de temps. «La meva mare ho anotava tot, des dels comptes domèstics fins a les seves sensacions, passant per la llista dels pobles on actuaven, o la lletra de les cançons que havia d'aprendre», em va assegurar.

Naturalment, vaig evitar dir-li que malgrat el batibull que pogués trobar-hi, examinar el contingut sencer era primordial per a la meva missió, que no era diferent de la seva sinó exactament la mateixa. Intuïa que en els quaderns hi havia aspectes que Barbara volia passar per alt o que no gosava transcriure a les seves notes, encara menys verbalitzar, i que a Ripper li podrien ser útils per comparar el cas de la soprano amb el d'altres pacients.

Jo ja sabia que la seva mare, Margaret, era importantíssima, fins i tot més que Pandora Brunellesky, la seva mestra, a la qual sempre repetia que ho devia tot. Margaret era la figura fonamental en la vida de la soprano i per això, en la seva EPM, havia vist o cregut veure que l'estava esperant a l'altre costat, vora d'algú més, una mena d'ombra blanca que no encertava a identificar.

La percepció d'aquesta trobada durant l'EPM, de la qual cada dia que passava deia sentir-se més segura, va motivar, sembla, que durant la convalescència, quan es despertava molt sovint enmig de la nit, es desvetllés, segons em va confessar, interrompent un somni en el qual apareixia sempre la seva mare. El que més li venia de gust era sentir la seva veu, però no ho aconseguia. No obstant, quan era petita li bastava la veu de la mare per a tornar a agafar el son, tant si eren als motels atrotinats on començaren a hostatjar-se quan aconseguiren alguns contractes, com quan dormien a la caravana on vivien. Escoltant el seu cantusseig se sentia agombolada. Potser per això estava convençuda que si fora capaç d'evocar la veu de la seva mare amb precisió, si pogués tornar a sentir-la, recuperaria amb nitidesa la seva infantesa remota, com va escriure en el primer paper que em va passar i on va apuntar que el més llunyà que la seva memòria li portava era la música a la qual, sense saber-ho, estava predestinada.

La mare cantava blues acompanyant el pare, que tocava el saxo, i així intentaven guanyar-se la vida, anant cap al sud a l'hivern i cap al nord a l'estiu, pendents de la feina que els sortia o actuant pel seu compte, com a músics de carrer.

Durant els primers dies del nostre treball conjunt, Barbara, amb la intenció que jo pogués començar la seva història pel principi, em va descriure amb detall com es varen conèixer els seus pares. Els ho havia sentit explicar mil vegades a ells i ho havia imaginat d'altres, i així m'ho va confiar de viva veu.

Margaret i Mike s'havien trobat per primera vegada de manera casual, a Lambeland, comtat d'Apalakawa, un poble de la vorera del Missouri, on vivia ella.

Vaig comprovar de seguida —no era gens difícil— que es tractava d'un poble vulgar, un de tants pobles de l'Amèrica profunda, situat enmig de la monotonia d'un paisatge pla, amb grans extensions d'aparença erma, abans plantades de cotó i ara pràcticament sense cultius, amb l'excepció dels camps frondosos a prop del riu.

Barbara, a més, a les seves notes, va afegir molts detalls sobre l'enamorament dels seus pares, tan viscuts com si ella els hagués presenciat realment i hi va donar molta importància, tot i que, de manera estricta, encara no tenien a veure amb l'encàrrec de Ripper. ¿Intentava dilatar el que de debò importava? O volia que Ripper conegués el que concernia als pares? Jo vaig anar transcrivint tot el que em va explicar de viva veu, va gravar i fins i tot les notes que em va passar.

La soprano va començar referint-se al fet que la seva mare tenia una bona posició, força superior a la del seu pare, ja que era filla del pastor anabaptista del poble. Havia après música i els diumenges cantava a l'església com a solista. Els dies feiners treballava d'ajudant de la mestra a l'escola que acollia també els nens dels llogarets veïns de Lambeland i de les granges disseminades per la rodalia.

A Michael, a qui tots anomenaven Mike, que acabava d'arribar al poble amb la seva banda per actuar en el casament de l'alcalde, Margaret li semblà la noia més preciosa que havia vist mai. «Deu ser casada», va pensar i decidí acostar-se-li per preguntar-l'hi directament abans que comencés la seva actuació. Ho feu amb la mateixa naturalitat del qui pregunta quina hora és.

—Encara no —li contestà ella—, però aviat ho seré. Tot just acabi de brodar la sanefa del darrer joc de llençols —digué, enrojolant-se de cap a peus.

—Prohibit acabar de brodar res —l'amonestà ell, somrient-li, i, enllaçant-la per la cintura, la va treure a ballar, perquè encara era el torn dels músics dels pobles propers a Lambeland que prenien part en la festa.

Mentre ballaven li xiuxiuejà a cau d'orella amb decisió:

—Només et pots casar amb mi i no necessitem cap llençol brodat.

Després feu befa sobre quina mena de marit seria el que com a promès deixava que anés sola a la festa i no la volia acompanyar. Ella li contà que era pastor, com el seu pare, i que des de l'Església anabaptista de Saint Louis l'havien convocat a un curset i per això no era a Lambeland. Tornaria al cap d'un mes per a la boda.

La festa del casament de l'alcalde fou de pinyol vermell. Els porxos de les cases es guarniren amb les *Old Glory*, les antigues banderes que només s'empraven en els grans esdeveniments. Hi hagué focs d'artifici i petards a dojo que espantaren els gossos i precipitaren l'arribada al món d'un vedell abans de terme en una granja de la rodalia, per la qual cosa, malgrat que l'alcalde convidà a tothom i no s'escatimà ni el menjar ni el beure, no tots al poble recordarien la boda amb gust. Alguns fins i tot arribarien a desitjar que no s'hagués celebrat.

Durant les hores que durà el sarau, el saxofonista i Margaret només se separaven quan ell, Mike, era reclamat per seguir tocant. Ho feia sense deixar de mirar-la, sense dissimular gens ni mica, sense importar-li que tothom ho notés. Els ulls d'aquella joveneta, d'un blau estrany quasi violeta que no havia vist a cap altre rostre, l'havien imantat i no podia fer-hi res. Ni ho volia. Així m'ho explicà Barbara tot dient-me l'enveja que li feia l'*amour fou* dels seus pares i es referí amb orgull als dots seductors del pare, a la capacitat de dir a cadascú el que volia sentir, i així vaig intentar explicar-ho:

Tot i que Mike havia tingut força aventures, mai no s'havia arriscat a casar-se i defugia de mantenir lligams duradors, però estava convençut que el que ara sentia per Margaret era diferent i definitiu.

Mike queia bé a les dones, sabia com tractar-les i en presumia. Duia ben apuntada la recepta de les paraules que calia utilitzar en cada moment i segons les circumstàncies. Hi havia paraules que servien per fer drecera i d'altres per returar. Paraules que posaven entrebancs grossos, bastons a les rodes i més paraules que podien esbucar en un segon el que havia costat anys aconseguir. Sovint ajudava els companys de la banda que li demanaven frases infal·libles per entendrir el cor d'alguna soltera, i més encara per doblegar la voluntat de les casades difícils, les considerades més fidels, amb resultats excel·lentíssims. Però els seus amors havien estat sempre efímers. Mai no havia volgut comprometre's fins aquell capvespre del 5 de setembre de 1959 en què de cop notà que havia deixat de ser lliure. I per això li calia esforçar-se a trobar les paraules més apropiades, les infal·libles que li permetessin vèncer totes les dificultats per fer seva l'ajudant de la mestra de pàrvuls de Lambeland. Encara que s'estigués a punt de casar, considerà que no el rebutjaria, que calia insistir i preparà les paraules que li paregueren més encertades, les més precises per no fallar.

Margaret tornà a casa de matinada, acompanyada per Mike. Ell havia desitjat que la festa no s'acabés mai per poder seguir allà, mirant-la, i per això aconseguí que els músics toquessin mitja dotzena de peces més de franc, fora de les pactades, perquè en el contracte s'estipulava amb detall les hores de feina.

Quan l'alcalde i la seva dona pujaren al cotxe, amb el cartell de *Just Married* enganxat al capó, i marxaren de Lambeland amb el brogit de les llaunes fermades a la carrosseria i la gent s'anà retirant, Mike encara demanà als seus companys que continuessin tocant perquè d'aquesta manera ella seguiria allà, escoltant. Fou quan notà que Margaret se n'aniria, perquè gairebé no quedava ningú al camp de beisbol on se celebrava la festa, que ell mateix, des de la petita estrada on actuaven, la donà per acabada i s'acomiadà en nom de la banda. Guardà el saxo a la funda i es va acostar a Margaret per dir-li que només podia ser seva i que volia saber on vivia, per tornar-la a cercar. Ho faria ben aviat, quan passés altre cop per Lambeland de tornada cap al sud. I sense demanar-li permís es va posar a caminar al seu costat.

—T'esperaré a la porta tots els matins, totes les tardes, totes les nits que facin falta, fins que em diguis que sí, que m'estimes i que et casaràs amb mi.

Margaret negava amb el cap i intentava desviar la conversa cap a la música que havien interpretat i que coneixia. No debades també a ella li agradava cantar.

—Un motiu més per casar-te amb mi. Farem música plegats. Mira en quin moment t'ho dic. Quin dia és avui?

—5 de setembre, dissabte, el dia del casament de l'alcalde...

—No, ja és dia 6, diumenge —rectificà ell—. Un dia de bona sort. De la teva i de la meva —va afirmar amb la mateixa arrogant convicció amb què havia dit la resta, des del primer moment que se li va acostar.

S'acomiadaren davant el reixat del petit jardí de la casa de Margaret. Ell intentà besar-la, però ella retirà la cara. Des de qualsevol finestra, el pare o la mare, que ben segur l'esperaven desperts, la podien veure. I li donà la mà. Ell, primer, la va estrènyer amb les seves i se la va posar sobre el cor, i després l'acostà als llavis, però no el dors, on les mans solen ser besades, sinó el palmell, «on les besades hi fan estada i s'hi queden per sempre», li digué, un instant abans que ella envermellís i quasi tremolant corregués cap a la porta.

Tot just entrar, el reverend John Frederik Johnson la rebé a crits. Li digué que no vetllava pel seu bon nom, que es posava en evidència acceptant les galanteries d'un foraster, ballant amb ell tota la nit i, encara més, deixant que l'acompanyés a casa. Havia d'haver tornat molt abans, si no amb ells que marxaren aviat, almenys quan ho feren les veïnes, a una hora decent i no ben passada la mitjanit, al costat d'un desconegut. Sa mare estava tan disgustada que se n'havia anat al llit, avergonyida del que havia passat. No guardava les absències del seu promès, la qual cosa era imperdonable. Segur que molts correrien a escriure a en Thomas per explicar-l'hi.

Ella s'excusà. No havia fet res mal fet. Ballar quan tothom ballava en un casament no era pecat, però admeté que a Thomas no li hauria agradat gens.

Mentre es desvestia a l'habitació, pensà que en el fons era una sort que Mike amb els seus companys del quartet hagués de marxar del poble aquell mateix matí, ben d'hora perquè l'endemà actuaven en un altre lloc del comtat, lluny, a una distància de quatre-centes milles. Una sort i també una desgràcia. Mai, ballant amb Thomas, havia sentit que els peus se li convertien en ales que la feien volar lluny, ni mai ningú l'havia mirada com el foraster, amb uns ulls que li buscaven l'ànima, ni li havia dit paraules tan entendridores, paraules que només havia sentit a les pel·lícules, les poques vegades que havia anat al cine a Saint Louis. Però a quantes noies Mike els devia haver dit el mateix que a ella? Valia més oblidar-lo, perquè ell potser ja hauria oblidat les seves promeses. Ben segur que ho devia prometre amb la mateixa vehemència a totes les noies que trobava agradoses. I donà gràcies a Déu per no haver de veure'l mai més.

Déu, però, feu el sord o si la sentí no acceptà les seves gràcies anticipades, perquè ell decidí tornar.

Aquella mateixa nit, Mike va dir als companys que telefonaria a un amic, Bobby Milton, que també tocava el saxo, estava sense feina i era de la zona, per si el podia substituir, perquè ell havia d'anar a Lambeland a casar-se amb l'ajudant de la mestra, al més aviat possible. Va tenir sort.

Bobby va acceptar i va encaixar bé amb la banda, i quatre dies després Mike s'acomiadà dels companys.

Un camioner que traslladava bestiar i passava per la carretera de Lambeland s'avingué a portar-lo. Mike va anar directe a l'únic motel del poble, on ja havia estat. Va pagar deu dies per endavant i va pregar que li ajustessin el preu. Necessitava estalviar tot el possible perquè volia casar-se de seguida, els va dir, amb el seu millor somriure, perquè ho difonguessin arreu, i això comportava despeses. Després va demanar que el despertessin a les sis perquè volia esperar Margaret a la porta de ca seva, net, ben afaitat i amb la clenxa dreta.

Ella, tot i haver passat aquells dies com magnetitzada per aquella trobada, amb el desig que complís la seva promesa de tornar, en veure'l li suplicà que se n'anés. L'hi demanà per Déu, malgrat desitjar amb totes les seves forces que fes el contrari. Li recordà que estava compromesa, que el seu pare no li perdonaria que no es casés amb el pastor, una mena de fill per a ell, al qual l'havien destinada des de ben jove.

Mike la mirava somrient i embadalit sense fer cas de les seves paraules. Va esperar que acabés i buscant-li els ulls li va dir:

—He tornat per tu, he deixat la feina per tu i no penso anar-me'n fins que no trenquis el teu compromís —afegí amb la vehemència arrogant que el caracteritzava—. Per cert, com es diu el teu expromès?

—Thomas Curtis, contestà —sense protestar per allò d'ex.

—Caldrà que l'avisis —l'aconsellà—, com més aviat millor. No el pots entretenir. No estaria gens bé. De seguida que ho facis aniré a parlar amb els teus pares.

Durant aquells deu dies, Mike aconseguí el que s'havia proposat i Margaret va escriure a Thomas una carta breu i concisa. Li demanà perdó pel mal que li feia, un mal que estava per sobre de la seva voluntat. Admeté que no hi podia fer res, que de sobte s'havia adonat que no l'estimava prou. Per això considerava que no s'hi podia casar. El matrimoni no funcionaria per culpa seva.

Mike acompanyà Margaret a dipositar el sobre a la petita oficina de correus del poble i, quan jutjà que la carta devia haver arribat a Saint Louis i donà per desfet el compromís, es presentà a casa dels futurs sogres per dir-los que volia marxar amb la filla, però que abans s'hi casaria. El reverend podia celebrar la cerimònia religiosa quan li vingués de gust, perquè ell ja havia emparaulat el jutge. El futur sogre, però, no el volgué rebre i el maleí des d'una finestra, sense tan sols baixar a obrir la porta. Maleí també la filla, insultant-la, i maleí els fruits del seu ventre, perquè tenia la seguretat que havia cedit a les temptacions de la carn, induïda per aquell dimoni de foraster abans d'hora, abans que Déu els unís.

Als crits del clergue comparegueren alguns veïns gustosos d'assistir a l'espectacle. Al poble mai no passava res que cridés l'atenció i, tret d'aquells dies, amenitzats primer pel casament de l'alcalde i després pel músic foraster que havia seduït la filla del pastor, l'avorriment es respirava dins el mateix aire que omplia els pulmons. Ben segur que a Lambeland trigarien molts anys a tornar a tenir uns esbarjos tan saborosos com aquells.

II

Mike i Margaret marxaren del poble legalment casats pel jutge, però no pel reverend Johnson, que, a partir d'aquell dia contava arreu, a qui el volgués escoltar, que havia perdut la filla. Fou debades que Margaret hagués intentat explicar-li que el seu amor per Mike era molt més fort que el que mai sentí per Thomas i que no es casaria amb algú de qui no estava enamorada. Només es podia casar amb Mike i com més aviat millor.

Tant el reverend com la seva dona desaprovaven una decisió tan precipitada. També li retragueren que no tingués cura de les seves obligacions filials i que abandonés la carrera de mestra, pagada per ells amb esforç, l'escola on feia les pràctiques, que tant li agradava i on havia descobert que l'ensenyament, més que no el cant, era la seva vocació autèntica.

Els dies abans de la partida, els pares intentaren encara més que Margaret reflexionés sobre el que suposava deixar la vida segura i tranquil·la de Lambeland, on tothom fins aleshores, fins que va arribar el foraster, la respectava, per una altra de ben incerta i marxés lluny amb algú que no tenia més ofici ni benefici que tocar el saxo.

El reverend Johnson suposava que hi havia altres interessos foscos, en aquella boda precipitada, a banda dels carnals, temptacions del dimoni, on era massa fàcil caure. Qui sap si el mateix dimoni no s'havia disfressat de músic per emportar-se la seva filla robant-l'hi a qui estava destinada. Tampoc podia acceptar de cap manera la minva de la seva autoritat si es desfeia el compromís de la boda concertada per ell. I per tot això, la tarda abans que Margaret marxés, el reverend, amb la Bíblia a la mà, com quan preparava les prèdiques més importants, va cridar la filla i la va fer seure al seu davant per sermonejar-la a consciència:

—El dimoni és hàbil —va començar dient—, tria amb gran sigil les seves preses, i no és ni de bon tros la primera vegada que utilitza la música com a reclam. No només els profetes o els reis d'Israel, com David, van ser músics. També abans de la creació de la Terra va haver-hi àngels músics que amb els seus instruments lloaven Déu, però es van rebel·lar.

Johnson va fer una pausa i va obrir el seu exemplar de la Bíblia per buscar el passatge d'Ezequiel 28,11-19. Però no el va llegir, es va limitar a resumir-lo: Llucifer, l'àngel músic més preuat, es va rebel·lar contra Déu i a partir d'aquell moment els sons de la seva música es van convertir en malèfics. La supèrbia va perdre Llucifer igual que el rei de Tir, posseït pel dimoni. I, després d'una pausa dramàtica, va preguntar a la filla:

—¿No és superb, el tal Mike Simpson, que es creu superior a Thomas Curtis, un ministre del Senyor? ¿Sembla que no ho has pensat, que ni tan sols t'ha passat per l'enteniment?

Margaret feia que no amb el cap. Havia intentat interrompre el pare en diverses ocasions, però ell, tal vegada massa acostumat a pronunciar llargs sermons que ningú s'atrevia a tallar si no era amb aplaudiments, no l'hi havia permès. No obstant això, les darreres preguntes sí que exigien resposta:

—El diable tria amb tot sigil els seus ostatges, ho diu la Bíblia. Ho sabies?

—Sí —va contestar ella—, però jo no soc l'ostatge de ningú.

—Estàs equivocada, Margaret, encara ets a temps d'alliberar-te d'aquesta possessió. Demana perdó a Thomas. Ell ho espera i et perdona. Hem parlat i m'ho ha dit i tot tornarà a ser com abans.

—No vull enganyar-lo, això sí que seria pecat. No, no puc casar-me amb ell.

Margaret, segons va trobar escrit Barbara en els quaderns de sa mare i ho va transcriure perquè jo ho emprés, esmentava amb detall la darrera tarda que va passar a Lambeland. En les notes d'aquells dies, va incloure la conversa amb el seu pare i també dos aspectes consoladors i familiars als quals va parar esment, ben segur per tal que les amonestacions del reverend li causessin menys dolor: l'aroma del pastís de pomes que la mare acabava de treure del forn, com a postres del sopar de diumenge, i havia posat sobre la taula de la cuina, entorn de la qual estaven asseguts, i la de les roses que aquell matí ella mateixa havia tallat del gran roser del petit jardí.

També va apuntar el desig de tornar a veure els pares, sobretot a Rita, la mare, quan els hagués passat el disgust pel fet que ella marxés lluny d'aquella manera, tan insospitada quinze dies enrere i tan sobtada que ningú l'acabava de creure. Margaret considerava que el reverend en part havia fet seva la decepció de Thomas, perquè n'era l'avalador. A més, dominant com era, ja no podria continuar imposant la seva voluntat sobre la de Thomas. A Mike, en canvi, encara que fos un rodamon, no el podria manipular, ell no ho permetria i això també el molestava.

Margaret no estava disposada a cedir. Li havien ensenyat el respecte als pares, la importància de l'obediència i la submissió que com a dona li pertocava, però ara havia decidit oblidar-ho, i es disposava a ser lliure per primera vegada. Les prèdiques del clergue sobre Mike i el dimoni no l'havien convençuda. Per contra, estava segura que Déu amb la seva infinita misericòrdia li havia enviat un àngel bo i protector, enfront dels àngels terribles dels quals li parlava el seu pare. A més, no tenia en compte tot el que li havia dit la seva família sobre que li calia pensar-ho bé abans de casar-se amb Mike o almenys esperar uns mesos per conèixer-lo millor, perquè no sabien res del passat del músic. Assegurava —ho va deixar escrit— que no necessitava temps per a conèixer-lo perquè ja el coneixia. El seu passat no li importava perquè ell era el seu futur. A banda, no volia viure al mateix poble on, al cap d'un parell de setmanes, tornaria Thomas. No se'l volia trobar, tampoc ser el blanc de les xerrameques locals i encara menys volia separar-se de Mike. Ell no podia quedar-se a Lambeland, on no tenia feina com a músic. La seva decisió era ferma, es buscarien la vida plegats en un altre lloc.

Va apuntar també, segons Barbara va transcriure per a mi, que durant aquella setmana la seva mare plorava sense parar i que va ser ella qui li va confiar que el seu pare havia insinuat que potser seria necessari avisar altra vegada el seu col·lega, el reverend George Dunnam. Per això li va aconsellar que se n'anés abans que el seu marit prengués la decisió de recórrer a Dunnam.

El matí que Margaret va marxar, a Rita, la seva mare, ja no li quedaven llàgrimes. Amb els ulls vermells i la tristor clavada a les nines, la va acompanyar fins al reixat i la va abraçar molt fort. El seu pare, per contra, no es va moure de la cadira on seia i va seguir llegint o simulant que llegia el vell exemplar de la Bíblia que sempre tenia a la vora. No li va fer ni una besada ni va deixar que ella el besés. Va substituir les paraules habituals de comiat per un advertiment cruel: «Déu, que sempre acaba fent justícia, s'encarregarà de fer-ne i et castigarà». La seva dona li va demanar que no digués aquelles coses horribles. Però a Margaret no li van fer mossa, Déu no podia castigar-la pel fet d'estimar Mike. D'això n'estava segura.

En els fulls que Barbara em va passar sobre la ruptura de Margaret amb la família em cridaren molt l'atenció dos detalls: la referència al consell de la mare i la maledicció del pare. La soprano no ho passava per alt pel que, al seu entendre, podrien significar per al seu futur. A més, eren unes dades que, ben segur, a Ripper li interessaria molt conèixer.

III

Amb els pocs estalvis de Mike i els diners que Margaret guardava per ajudar a parar la nova llar amb Thomas, compraren una caravana de segona mà. Ja no els caldria cercar les raconades d'ombra per estimar-se, furtius, i restar abraçats pendents dels rellotges. La caravana els serviria de casa i alhora els permetria traslladar-se on trobessin feina fent música. Mike decidí que actuarien junts. No volia deixar Margaret sola i li ensenyà a cantar els seus blues predilectes. Fou una alumna perfecta: tenia una veu esplèndida, càlida i embolcalladora que, de bon començament, quan treballaven sense cap mena de contracte, els servia de reclam.

Arribaven als pobles en diumenge. Cercaven tot d'una l'església, i esperaven la sortida dels feligresos. La veu de Margaret atreia el públic, que de seguida s'aturava a escoltar-la, fent rotllana. Després, ell atacava amb el saxo i, abans de passar la gorra, amb els seus dots de mag de les paraules, les deixava anar perquè la propina fos més generosa. També els anunciava les moltes possibilitats del seu repertori per si els volien contractar en algun esdeveniment privat.

Alabava sempre el lloc, la gent i el paisatge —igual que solia fer Barbara en els seus inicis, segons vaig poder saber— com si fossin els més bells, amables i hospitalaris que hagués topat mai, tant, concloïa, que a la seva dona i a ell els agradaria molt quedar-s'hi una bona temporada, tota la vida, si fora possible, si hi trobessin una mica de feina com a músics, rematava amb el somriure més afalagador.

Al poble, no hi havia cap parella que volgués casar-se?, preguntava. Ell estava a favor del matrimoni i mirava Margaret amb ulls tendres i, de vegades, fent-li una reverència, se li agenollava al davant, li agafava la mà i, adreçant-se al públic, deia:

—Jo li vaig demanar que es casés amb mi, així, d'aquesta manera, agenollat, i és el millor que he fet a la vida.

Ella, amb sorpresa la primera vegada, després ja amb desimboltura, li contestava:

—Li vaig dir que sí adormida. De tant repetir-m'ho em va fer agafar son.

—I a mi se'm va adormir la cama per haver d'aguantar la mateixa postura tant de temps.

I es posava dret i feia el coix una estona, intentant que la concurrència li rigués la gràcia. Després, de manera molt més seriosa, però sense perdre l'humor, passava llista als motius que tots tenien per fer més gustoses les alegries, que ho serien encara més, assegurava, si anaven acompanyades de música:

El primer, les noces. Ells podrien fer música per al ball, a un preu força assequible, per això no calia patir. Després, l'arribada d'un fill al món. Margaret sabia moltes cançons de bressol per ensenyar-les a les mares primerenques. I no voldrien celebrar la victòria de l'equip local? Segur que havien guanyat o aviat guanyarien. Això sí que mereixia una festa per a tothom. I l'aniversari d'una noia en complir divuit anys? I el d'unes noces de plata? ¿No valia la pena convidar la família i els amics per celebrar vint-i-cinc anys de vida junts? Qualsevol excusa era bona per escoltar el duo Mike and Margaret, rematava amb convicció.

En funció de la gent que tenia al davant, utilitzava un repertori o un altre, no sols tocant el saxo sinó parlant. De vegades es referia a les virtuts salutíferes de la música, que explicava amb una gran convicció, però les variava segons els interessos, l'edat i el sexe dels que l'escoltaven. Si eren grangers granats, solia recomanar la música per apaivagar una llista de mals.

—Escoltar música calma l'ansietat —deia—, enforteix els ossos, minva els mals de cap, ajuda que la sang circuli més lleugera. Si els malalts senten música, es curen abans que els que no ho fan. Per a les persones grans que es poden bellugar poc, per a les impossibilitades a causa de l'artrosi, la música és una mena de gimnàstica mental, oxigena el cervell i torna l'alegria de la joventut... Bé, no tota, no sencera —es corregia—, però almenys la meitat o la meitat de la meitat —i es fixava en alguna dona empesa d'anys però agradosa de les que tenia més a la vora i li picava l'ullet.

Quan hi havia embarassades entre el públic, els assegurava que la música acurçava els parts, a banda d'afegir-hi altres beneficis:

—Fa arribar sans i estalvis els infants al món. A mi em va passar; no vaig fer patir gens ma mare..., vaig sortir de pressa i ben xalest. Vinc de família de músics —deia, amb un aire orgullós—. I està científicament provat —i repetia la paraula *científicament*, amb una gran convicció— que des del ventre matern els fetus senten els sons i això els estimula, i fins i tot alguns ballen dins del ventre de les seves mares. Jo ballava, o almenys, així m'ho va explicar la meva.

En altres llocs, on li semblava que la gent sols estava pendent de les seves granges, el que més els importava al món, perquè en depenia la subsistència de tota la família, es referia al fet que la música no només beneficiava els humans, sinó també les collites i els animals, excepte els gossos, admetia, per justificar amb aquella al·lusió la versemblança de les seves paraules, ja que era l'excepció que confirmava la regla. Per contra, les vaques produïen més llet si sentien música i parien vedells més forts que si no en sentien. Ells s'oferien, insinuava rient, per anar a fer un concert benèfic, quasi de franc, a qualsevol estable dos o tres dies cada mes, a un preu mòdic, només perquè fessin la prova.

Altres vegades, si amb les paraules havia tingut èxit i els veia receptius amb les monedes, tot mirant Margaret, amb una gran complicitat, els explicava el mite d'Orfeu i Eurídice, que el seu germà Bob li havia contat amb pèls i senyals quan havia tornat a casa, acabada la guerra europea. L'hi havia sentit explicar a un amic italià i li havia agradat força. Mike, amb els seus bons dots d'actor, mig l'escenificava mentre tocava el saxo. Canviar-lo per la lira no tenia gaire importància, davant un auditori dejú de mitologies gregues.

Entre la soprano i el seu pare hi havia altres coincidències, a més de l'amor per la música. Tal vegada per això va abundar a mostrar-me-les. Barbara, que durant la convalescència es referia sovint a la seva experiència EPM i semblava que cada vegada més la considerava transcendental, seguint els consells de Ripper, va ser, però, des de sempre, o almenys des que jo la vaig conèixer, procliu a acceptar, no sé si de manera absoluta, però almenys bastant de debò, certs aspectes relacionats amb l'esoterisme que deia compartir amb el pare. Per exemple, creia que era molt millor debutar en dia set o acabat en set que en qualsevol altra data i així ho demanava al seu representant, encara que afegia, amb una ironia molt raonable, «sempre que sigui possible i no perjudiqui els nostres interessos».

Els gustos esotèrics de Mike, en realitat la possibilitat d'actuar com el que avui en diríem un mag de saló, em van semblar molt més conjunturals que no pas altra cosa, sens dubte subjectes a les seves necessitats alimentàries, ja que amb ells, pel que deia, atreia un públic molt més ampli que amb la música. Així va començar fent jocs de mans que deixaven bocabadats els nens i alguns no tan nens. També s'atrevia a endevinar els colors predilectes de les persones i els encertava en un tant per cent elevat. De vegades per pura intuïció. Sense fer cap mena de trampa, quan ho veia molt clar, per exemple quan alguna joveneta d'ulls blaus anava vestida del mateix color, deia blau immediatament. I deia blau i ho endevinava quan observava l'embadaliment amb què la parella de la dona d'ulls blaus la mirava. Si no era aquest el seu color, hauria estat una inconsideració molt poc adient declarar-ho davant de tothom. A banda, el blau era un color que tenia força adeptes; ell ho sabia per experiència pròpia: foren els ulls de Margaret el primer que el va encisar.

Sovint encertava els colors llegint-los en unes targetes que abans havia mostrat a la concurrència perquè passessin de mà en mà i tots poguessin comprovar que no hi havia engany possible. Després, Margaret, que li feia d'ajudant, les recollia i les endreçava en una sola pila: zero, blanc; u, vermell; dos, taronja; tres, groc; quatre, verd; cinc, blau;

sis, violeta; set, rosa; vuit, negre, tot i que aquest darrer era un color poc sol·licitat.

Mike demanava al públic quin color volien que els tragués i després, amb rapidesa, començant a comptar per l'esquerra, mostrava la coincidència amb la targeta endevinada. També feia desaparèixer monedes dins la mà i altres vegades emprava un vas màgic amb capacitat d'amagar-les i de tornar-les a trobar. Quan va adonar-se que, després de les sessions de màgia, les propines eren més fàcils de fer sortir de les butxaques, força escurades i no massa generoses, dels camperols, d'altra banda també pobres com ells, va decidir que calia afegir més trucs.

Si no hi havia més remei, en lloc del duet The musical duo Mike and Margaret es presentarien com els músics mags, The Magic Musicians Mike and Margaret, perquè malgrat que sovint fossin els jocs de mans el que els permetés viure, Mike no renunciava a ser músic ni a fer música davant un auditori que la sabés apreciar. Però s'imposava la necessitat d'ampliar el repertori màgic. Calia buscar més informació; ben segur que hi havia llibres on trobar-ne. Per això quan entraven en algun poble gran o en alguna ciutat petita —deixaven sempre de banda les ciutats importants d'on la policia els hauria fet fora de seguida i potser multat per no tenir els permisos corresponents—, Mike deia a Margaret que preguntés si hi havia una llibreria i hi anés a remenar. Li semblava que li farien molt més cas a ella perquè estava convençut que la lectura era un entreteniment femení; en el seu cas, cosa perfectament demostrable.

Un matí que passaven vora Crystal City, al comtat de Jefferson, on havien trobat alguns llocs amb gent més hospitalària de bossa, Margaret li digué que hi entressin. Tenia la intuïció que hi hauria una llibreria on, a banda d'alguna novel·la que li pogués agradar, i si el preu l'hi permetia comprar-la, trobaria algun llibre amb trucs de màgia. Quan feia d'ajudant de la mestra, el corredor d'una editorial que passava cada any per l'escola n'hi havia ofert un per entretenir les criatures, però ella no l'havia comprat. Tenia massa feina per poder jugar amb els alumnes. El que li interessava era que aprenguessin aviat a llegir i escriure, abans que els pares no els manessin deixar l'escola i els obliguessin a treballar al camp al seu costat.

L'única llibreria de Crystal City, la Mac Millan Book Store, quedava al centre, al costat de l'església. La va localitzar de seguida i va tenir sort: en unes piles, amb el rètol de «sales», on hi havia exemplars de segona mà, va trobar els dos llibres que buscava: un volum sobre jocs de mans, *Magic Made Easy*, i una edició barata de la novel·la *Gone with the Wind*, que havia deixat a mig llegir a casa seva, d'on se'n va anar sense endur-se gairebé res, tret d'una maleta amb la roba.

Quan fosquejava, si no tenien altre aixopluc que la caravana, solien aturar-se a qualsevol lloc que els semblés adient i no massa perillós. Sovint sentien contar històries terribles d'homes que per robar quatre dòlars eren capaços d'apunyalar fins a la mort el primer desprevingut. Acabat de sopar, un sopar més o menys breu, en funció del que Margaret hagués pogut cuinar, perquè de vegades s'havien de conformar a obrir unes llaunes, i després que ella, com tenien costum de fer a casa dels pares, llegís un o dos passatges de la Bíblia, es dedicaven a assajar.

El llibre sobre màgia els va proporcionar molts trucs nous i era Margaret la que millor aprenia a fer-los perquè els entenia de seguida. A Mike, per contra, com que no estava acostumat a llegir, li costava més, però després de practicar-los unes quantes vegades semblava que no hagués fet altra cosa a la vida, a banda de posar-hi tot l'encant de la seva seducció.

Calia, li deia a Margaret, que la gent els veiés com uns veritables mags i no com uns aprenents necessitats de guanyar-se la vida. No obstant, tampoc no volia abandonar la música i convidava Margaret a aprendre cançons noves i ell practicava tant com podia amb el saxo perquè no acceptava deixar de ser músic ni tampoc que la seva dona oblidés que ho era.

IV

Els papers de Margaret havien arribat a Barbara gràcies al seu pare, quan, poc abans de morir, van retrobar-se. La soprano va aprofitar una de les seves gires triomfals pel sud, on va actuar a Atlanta, Savannah i Miami, per a anar fins a Coral Gables, on Mike vivia als afores amb la seva tercera dona, vint anys més jove.

Feia molts anys que no es veien, molts anys d'allunyament, va insistir a dir-me, sense fer referència al motiu, només va insinuar que la seva vida, amb actuacions seguides en tres continents, no li deixava gaire temps lliure. Però això no em sembla prou excusa per a perdre el contacte.

Fou en aquesta darrera trobada quan Mike, com a comiat, li va lliurar els escrits de Margaret. Li va dir que ho feia perquè no l'oblidés. Ho va puntualitzar, com si desconegués que el seu record era cabdal per a ella, i alhora li va demanar que també el recordés a ell i el perdonés. Perdonar-lo per què? De què li havia de demanar perdó? Barbara no m'ho va dir i jo no em vaig atrevir a preguntar-l'hi. En realitat no podia fer-ho.

M'havia compromès, tal com ella m'havia exigit la primera setmana en què començàrem a treballar, després de fer-li una pregunta sobre la relació, possiblement mitificada, dels seus pares, que no n'hi faria cap més. Em limitaria a transcriure el que m'expliqués. Jo complia, encara que sovint em quedessin molts interrogants per tancar.

De moment, doncs, vaig haver de continuar sense saber per què el pare li havia demanat perdó. Què havia passat entre tots dos? Però sí que puc constatar l'esforç que li costava a Barbara referir-se a aquell record trist, la qual cosa em va cridar força l'atenció perquè fins llavors l'evocació de Mike sempre havia estat alegre.

Aleshores vaig deduir que devia ser la figura del seu pare, no la del Mike d'abans de ser-ho, la que romania «amortallada per teranyines de boira» i ella es referia a això quan em va dictar la frase, que, ara ho puc constatar, no procedeix d'una novel·la de Coetzee, com va suposar llavors la soprano, sinó d'una d'un altre escriptor, Jesús Moncada, un autor català de qui li havien parlat a Peralada, quan va actuar per primera vegada en el Festival, i la novel·la del qual, *The Towpath*, traducció anglesa de *Camí de sirga*, vaig trobar entre els seus llibres, amb una dedicatòria molt afectuosa de la seva amiga Carmen Mateu, a la família de la qual pertany el castell de Peralada i que durant molts anys fou l'ànima del Festival. Vaig llegir la novel·la casualment, o no tan casualment, i per això he pogut identificar la cita i restituir-la al seu amo legítim.

Va ser a continuació de les referències de Barbara a la darrera visita al seu pare, tal vegada perquè em va llegir el pensament, com havia fet Ripper, quan va insistir que durant aquells dies de repòs estava començant a «llevar les teranyines». I va riure pensant en l'expressió que Hans —altre cop instal·lat al seu quarter general de Londres, des d'on ens trucava cada diumenge— consideraria inapropiada i que per a ella tenia un significat fonamental: les teranyines havien estat teixides per les aranyes per a emprar-les com a parany per caçar insectes dels quals després s'alimentarien i també com a habitatge protector.

Els fils de seda d'un blanc brut, que aviat es tornarien de to gris, podien servir d'embolcall preservador de secrets. Les aranyes, a més, no sols teixien, també desteixien —com Penèlope, paper d'una òpera no massa coneguda de Fauré, que havia interpretat per a ser enregistrat en un disc— i això la remetia als aspectes misteriosos que comportaven els seus hàbits i a la necessitat de dissimular i d'enganyar. Quan era petita s'havia entretingut a observar-les i li cridava l'atenció la seva immobilitat. Algunes es quedaven al centre de la teranyina, altres semblaven adormides en un extrem. En diversos fils presos entre les finíssimes xarxes hi havia mosques i mosquits, els preuats aliments que esperaven al rebost per a ser deglutits, o que ja ho havien estat i només restava la carcassa de l'embolcall com a trofeu.

Precisament la tarda en què feu referència a les aranyes, Barbara va treure d'un armari un petit bagul de fusta, que Pandora Brunellesky, a la qual tantes coses devia —insistia a remarcar cada cop que l'anomenava—, li havia regalat feia trenta anys perquè hi amagués, a resguard de possibles ulls tafaners, els primers secrets d'adolescent. Barbara, segons em va dir, va desar-hi, a banda d'un sobre gran amb els records dels seus primers amors, que ni tan sols va obrir, les poques fotografies que tenia de quan era petita, algunes dels seus pares, els programes dels teatres on figuraven, entre molts altres noms, els de Mike i Margaret, dibuixos seus, proves d'operacions d'aritmètica i dictats corregits per la seva mare i un parell de llibres infantils.

La soprano va escampar-ho tot sobre la gran taula del menjador, que només emprava quan hi havia convidats, ja que ella preferia esmorzar al llit i dinar i sopar en un menjador petit que quedava vora l'office. I va anar mirant i classificant tot aquell material en dues piles: el que no necessitava per a preparar-se per afrontar les coses que li havien passat i el que, per contra, creia imprescindible. D'aquest darrer aplec va agafar una mena de quadern petit que a la coberta portava el títol de *My diary* i me'l va atansar.

—Són notes de ma mare joveneta, pots llegir-lo.

A mi, a banda d'aquesta oferta de lectura, el que més em va cridar l'atenció va ser una fotografia d'estudi dels seus pares en la qual posaven com a artistes del duo The Magic Musicians Mike and Margaret.

Va ser llavors quan em vaig fixar que la fotografia emmarcada de la seva mare, que Barbara tenia sobre el canterano de l'habitació, procedia d'aquella, de la qual havia estat eliminada la figura del pare. D'ell, de Mike, no hi havia cap fotografia enlloc de la casa. Per què, tan atractiu que semblava? I de nou, com si una altra vegada Barbara em llegís el pensament, em va dir:

—Mira que maco, alt i fort, li treia dos caps a la meva mare... —I li vaig notar els ulls enterbolits per les llàgrimes.

Vaig examinar minuciosament *My diary*, segons Barbara d'una època anterior a la dels quaderns d'on copiava les notes que m'anava passant i als quals només m'havia deixat accedir de manera parcial, sempre sota la seva supervisió. Per contra, de seguida em va oferir *My diary*, sense cap impediment, i va permetre que me l'emportés a l'habitació o on més còmoda estigués per a poder examinar-lo amb tranquil·litat, segons em va dir, cosa que em va deixar força perplexa. A què venien ara tantes confiances, sobretot si les comparava amb la determinació d'amagar i censurar els altres quaderns? ¿Potser perquè a Margaret encara li faltaven uns quants anys per a ser la seva mare em permetia veure els seus escrits i, en contraposició, em prohibia els de quan ja ho era?

Probablement una amiga li havia regalat a Margaret aquella mena de llibret, de menys d'un pam, 20 × 20, *My diary*, enquadernat amb tapes blanques de tela setinada i amb cantons metàl·lics, i un pany molt petit que es devia tancar amb una clau diminuta que s'havia perdut.

Vaig buscar a internet i vaig trobar que, en efecte, era un regal d'aniversari molt freqüent. S'havia posat de moda i el solien emprar les adolescents a finals dels cinquanta, l'època en què Margaret era jove, per a apuntar, en un alt percentatge, el seu despertar sentimental i, de vegades, les més agosarades i menys puritanes, el despertar sexual, un tabú que les dones d'aquell temps no solien ni tan sols mencionar.

De seguida que el vaig llegir em vaig adonar que en aquelles planes hi havia aspectes que esmentaven sense embuts, de manera clara, el desig de Margaret d'abraçades més aviat íntimes i feien referència a la sensació de liquar-se per dins, com si tot el seu cos «es convertís en un fluid que anés a parar al lloc per on M. es va fondre amb mi la primera vegada que vam fer l'amor» i com aquesta sensació persistiria durant molt de temps.

Qui era M.? No semblava que pogués ser Mike, tret que tot el que Barbara m'havia explicat sobre la primera trobada dels seus pares fora mentida i fossin amants des de temps ençà, cosa més aviat inversemblant. M. semblava la inicial del nom d'algú amb qui havia mantingut una relació anterior. Anterior a Thomas Curtis, el seu promès?

En aquelles pàgines no constava ni dia ni any, per la qual cosa resultava molt difícil datar res amb exactitud.

També hi havia al·lusions, o almenys m'ho va semblar, a un embaràs. De bon començament, per aquestes referències, vaig creure possible que Margaret se n'hagués anat de Lambeland embarassada abans de casar-se, la qual cosa clarificava la maledicció del reverend. ¿Intentava transmetre'm això, la soprano? ¿Desitjava que ho sabés sense haver-m'ho de dir? Però, ben mirat, no era factible: si Margaret se n'havia anat de casa no arribava a un mes després d'haver conegut Mike, com s'insistia en les transcripcions de Barbara, no era fàcil que la seva família constatés que ja esperava una criatura. ¿Van passar més temps a Lambeland abans de marxar definitivament? Per la data del naixement de Barbara, o almenys per la data oficial, 6 de juliol de 1960, aquesta sí coneguda per tots, la concepció de la nena era posterior a les noces dels seus pares, que segons les dades aportades s'haurien casat a la fi de setembre o principis d'octubre de 1959.

¿O, per contra, volia que jo m'assabentés que la seva mare havia tingut un altre fill abans que naixés ella, avortat, tal vegada? Tan important era aquesta informació? Jo no aconseguia entendre que allò pogués ser rellevant de cara a la feina que Ripper ens havia encomanat.

En canvi em va cridar molt més l'atenció un paràgraf en què Margaret insistia que era innocent. «No l'he empès, ho juro», repetia fins a tres vegades. «Linda va rodar per l'escala sense que jo l'empenyés. No soc Caín, encara que el pare insisteixi, mai li faria mal a la meva germana. No puc sentir-me culpable d'un pecat tan horrible», així ho havia escrit. Un pecat que el seu pare, el pastor, li atribuïa i per això Margaret va anotar que es passava les nits plorant sense consol, horroritzada davant l'amenaça de l'arribada de George Dunnam.

M'havia compromès amb Barbara a no fer-li preguntes i, en conseqüència, tampoc podia demanar-li aclariments sobre el que havia escrit Margaret i sobre qui era Dunnam, la visita futura del qual la tenia terroritzada i que ja havia esmentat en les notes transcrites per Barbara. Per això, malgrat que la meva curiositat era gran, vaig decidir esperar que em fes algun comentari aclaridor, que no va arribar mai. Pel meu compte, però, vaig buscar informació a internet sobre el reverend George Dunnam. M'imaginava que es tractava d'un pastor anabaptista com John Frederik Johnson i, gràcies a una sèrie de perquisicions d'un enllaç a un altre enllaç, relacionades amb l'església anabaptista de Geòrgia, vaig localitzar un tal George Dunnam, exorcista important a finals dels anys cinquanta i principis dels seixanta del segle passat, en l'haver del qual es comptabilitzava haver expulsat els esperits malignes d'almenys una trentena de persones posseïdes, les famílies de les quals havien acudit a ell cercant ajut. ¿Aquestes dades explicaven l'horror que Margaret sentia davant la possibilitat de la seva arribada?

Estava segura que, si Barbara m'havia permès llegir les pàgines de *My diary*, no era només com a deferència i perquè no recordava què hi havia escrit Margaret, sinó que més aviat devia considerar importants les informacions aportades per la seva mare i, arribat el moment, caldria tenir-les en compte, encara que tal vegada jo, no ella, hauria de ser l'encarregada de transmetre-les a Ripper.

V

Barbara em va explicar que va venir al món la tarda del 6 de juliol de 1960, a unes quantes milles de Dodge City, comtat de Cullman, Alabama. El part va anar molt ràpid. Mike, en el cas que s'ho hagués pogut permetre, no hauria tingut temps de portar Margaret a l'hospital.

La nena va néixer a la caravana aparcada al costat d'una benzinera que tenia cantina sobre la qual hi havia unes quantes habitacions de lloguer per a hostes d'emergència. Van tenir força sort perquè els encarregats de la benzinera els van ajudar. James va transportar un gran cubell d'aigua calenta per rentar la criatura, i la seva dona, Joan, li va tallar el cordó, la va embolicar amb una tovallola suau i la posà sobre el pit de la Margaret. Després oferí a la partera un brou de gallina ben suculent perquè recobrés forces. Ben segur que mai haurien imaginat en aquells dies que els seus noms, Joan i James Brown, apareixerien en un llibre sobre la vida de Barbara Simpson, la nena que amb el seu ajut vingué al món.

Barbara em va contar que li encantava que la seva mare li expliqués com havia estat el seu naixement i encara més que quan passaven prop de la benzinera, es paressin a saludar els Brown, perquè Joan li regalava caramels i pel seu aniversari sempre li comprava alguna joguina i l'hi guardava per a quan es retrobessin. L'economia dels seus pares no els permetia cap despesa supèrflua, especialment les temporades en què no aconseguien cap contracte i s'havien de conformar amb les actuacions dominicals al costat de les esglésies.

Durant els primers mesos de Barb, Margaret cantava amb la seva filla penjada a l'esquena o a coll. A vegades els seus plors els interrompien l'actuació. Però no van pensar mai a deixar-la, malgrat que els Brown s'havien ofert, de franc, a acollir-la. No tenien fills i podien fer-se càrrec de la nena, el temps que fes falta. Però Margaret i Mike no es volien separar de la seva filla, segurs que la mala ratxa passaria. Margaret ho demanava a Déu cada nit, i Déu la va escoltar.

Un empresari que tenia uns petits teatres en algunes ciutats de Florida els va veure actuar a Jacksonville i li va agradar, aquella mescla de música i jocs de mans, i els va proposar un contracte per un parell de setmanes. Tampoc llavors no es van plantejar deixar Barb durant aquell temps. Van decidir llogar els serveis d'una noieta que es quedava darrere de l'escenari amb la criatura mentre durava l'actuació dels pares i per això alguna vegada el públic havia sentit els seus plors. Margaret, en aquells casos, anunciava que Mike els oferiria un solo amb el saxo o avançava la pausa de la mitja part per a alletar la filla i adormir-la, abans que l'auditori protestés.

A partir d'aquell primer contracte, en van aconseguir d'altres, i, malgrat que eren a locals de baixa categoria i cobraven poc, els van servir per a poder tirar endavant una temporada, a banda que, de vegades, els paguessin una habitació de motel, una comoditat infreqüent en la seva vida de músics ambulants.

Com a marca publicitària i reclam, van pintar el seu nom artístic amb grans lletres, THE MAGIC MUSICIANS MIKE AND MARGARET, a la caravana i la van aparcar davant del teatre.

La vida nòmada dels pares no havia permès que Barbara anés a escola. Havia estat la mare la que li havia ensenyat les beceroles en un llibre que encara guardava, una de les poques pertinences infantils que tenia i que em va ensenyar, però sense deixar ni tan sols que el toqués: «Es desenquaderna», va dir-me. També Margaret, tal vegada amb la nostàlgia de la seva feina de mestra, li havia ensenyat a fer sumes i restes, una capacitat que la soprano conservava, ja que no feia servir mai la calculadora i tenia meravellat Hans per la celeritat amb què era capaç de comptar mentalment fins i tot quantitats acompanyades d'un reguitzell de xifres.

Em va explicar que, cantant, havia començat a aprendre les taules de multiplicar i, als marges dels periòdics o a les bosses de paper del supermercat, va provar de fer les primeres divisions. Però això va ser l'últim any que van passar junts tots tres, quan ella ja en tenia vuit. El mateix any que va aprendre el repertori de cançons de Margaret sense cap esforç, només de sentir-la, i va demanar que la deixessin participar en algun dels números de les seves actuacions. El pare al principi s'hi va oposar, però sa mare va intercedir perquè sabia com era d'important per a Barbara, que des de molt petita afirmava, amb una convicció extraordinària, que volia ser cantant.

Margaret somiava per a la seva filla un futur en els grans escenaris d'òpera, que la fascinava. L'havia descobert escoltant la ràdio a la caravana, mentre feien quilòmetres d'un lloc a l'altre buscant feina. Una emissora retransmetia les funcions que s'estrenaven al Metropolitan, i Margaret les escoltava amb una fruïció enorme i deia a Mike que se sentia feliç perquè la seva història d'amor era comparable, per la intensitat amb què l'havia viscut, a les històries d'amor de les heroïnes de les òperes. A banda, havia acabat bé, sense que l'abandonessin com la pobra Butterfly, sense haver de suïcidar-se com la desgraciada Tosca, o morir-se de tisi com la Violeta de la *Traviata* o la Mimí de *La bohème*.

Se sentia feliç, insistia, d'haver-se casat amb Mike Simpson en lloc de Thomas Curtis, i continuava resant a Déu perquè mai se n'hagués de penedir. Ho deia rient davant la filla, quan el marit li recordava, mig de broma mig de debò, el promès que havia deixat plantat. Llavors Margaret assegurava que amb Thomas no hauria pogut tenir Barb, que els fills amb ell no els hauria estimat ni la meitat del que l'estimava a ella.

La seva filla, Barbara Simpson, arribaria on ells no podrien arribar mai. Resava cada nit perquè més endavant poguessin pagar-li professors de cant. Si actuava amb ells, qui sap si algú no es fixaria en la seva veu meravellosa i li oferiria una oportunitat. A la ràdio hi havia concursos de tota mena per descobrir joves talents. Margaret va pensar que aquesta podria ser una boníssima manera de començar i va parlar amb Mike. A ell no li feia gràcia, però va prometre a la seva dona que si es presentava l'ocasió que els acompanyés a l'escenari no s'hi oposaria, i també que se les enginyaria per a buscar-li una professora de cant, encara que l'haguessin de raptar i endur-se-la a la caravana.

VI

Als vuit anys, Barbara va començar a actuar amb els seus pares en alguns pobles del comtat de Liberty, Geòrgia. Recordava de manera molt precisa aquells dies del seu debut, quan el pare li va permetre que acompanyés la mare a l'escenari per cantar a duo un parell de cançons que el públic aplaudia molt més que no als altres intèrprets. Margaret estava molt contenta. Tenia la intuïció que aviat es presentaria l'oportunitat que Barbara necessitava, que la seva vida estava a punt de donar un tomb importantíssim.

Aquell hivern les coses els anaven bé, ja mai no actuaven a la intempèrie, a la sortida de les esglésies com abans. Havien pujat de categoria perquè ho feien sota contracte.

A mitjans de març van acampar en un càmping prop de Savannah. La ciutat es preparava per celebrar Saint Patrick's Day i estava plena de forasters. Molts, com ells, havien arribat amb les caravanes. Uns, per a buscar feina. Altres, venedors ambulants, per a cercar compradors de les seves mercaderies: roba, sabates, estris domèstics o artesania a bon preu, a més de conserves, melmelades o galetes i pastissos de fabricació casolana. Tots productes de bona qualitat i força econòmics, segons asseguraven els cartells de les parades, instal·lades en una esplanada al costat del riu.

Els visitants més rics s'allotjaven en hotels. Vestits amb robes d'una elegància que Barbara no havia vist mai, es passejaven ociosos i tafaners pels carrers de Savannah, on hi havia figurants que lluïen la indumentària de l'època en què els primers irlandesos es van assentar en el lloc. El nombre dels seus descendents continuava sent important a la ciutat. Per això la celebració de Saint Patrick era sonada i atreia molta gent per la vistositat de les festes. L'ajuntament manava tenyir de verd l'aigua de les fonts i cobrir amb garlandes del mateix color els vells troncs dels roures. Els cotxes de cavalls, ornats també de verd, es passejaven per Savannah i s'oferien als qui volguessin conèixer-la, còmodament asseguts, a la manera d'abans, quan encara no hi havia automòbils.

Mike va preguntar què costaria fer un volt. Va acordar un preu que podia permetre's i va convidar Margaret i Barbara, que estava molt contenta. Era la primera vegada que pujava a un cotxe de cavalls. El cotxer els va explicar, com si fos un guia turístic, que si Savannah, un quant temps el principal port d'Amèrica per on s'exportava al món el cotó, produït en les grans plantacions per mans esclaves —va puntualitzar Sam, que era negre, als seus passatgers—, no havia estat incendiada com Atlanta, de la qual no va quedar res, era perquè en acostar-se a la ciutat el general ianqui William Tecumseh Sherman amb intenció de destruir-la, l'alcalde acompanyat d'un grup de ciutadans il·lustres va sortir a rebre'l i li va oferir la rendició de Savannah. A canvi, havia de jurar no arrasar-la i conservar la vida dels seus habitants.

Sherman hi va accedir i va enviar un telegrama al president Lincoln que encara ara els nens de les escoles de Savannah se sabien de memòria: «Prego que accepti com el meu regal de Nadal la ciutat de Savannah, amb cent cinquanta canons i munició abundant. Així com vint-i-cinc mil bales de cotó». Si algun foraster, especialment entre els arribats del Nord, qüestionava l'actitud de l'alcalde considerant-la antiheroica, els cotxers, com a bons savannesos, orgullosos de la seva condició i amb la lliçó ben apresa, solien ponderar l'actitud dels que pactant havien evitat una catàstrofe. Si no ho haguessin fet així, els que avui defensaven les heroïcitats estúpides condemnades al fracàs, mai no haurien pogut contemplar la ciutat de Savannah que tant els agradava. Tot se n'hauria anat en orris, el traçat dels carrers, les vint places i els edificis històrics, perquè res d'això no existiria.

Tant Mike com Margaret van escoltar amb atenció el discurs enllaunat del cotxer i l'única cosa que va comentar Mike va ser que l'alcalde devia ser un home molt ric, amo de camps de cotó, com els que l'acompanyaren a rendir-se. Tots ells més interessats a preservar els seus béns que als seus conciutadans. Margaret, per contra, va assegurar que «per conservar el que tenim de vegades és necessari sacrificar alguna cosa. Segur que els que van rendir la ciutat també van perdre, però van aconseguir salvaguardar-la per a la majoria». Barbara, que m'explicava amb un gran luxe de detalls aquella estada a Savannah, em digué que sempre havia tingut molt en compte aquestes paraules de la seva mare.

El passeig incloïa una visita al cementiri principal de la ciutat, el de Bonaventure. L'abundància de flors i plantes havia contribuït a fer-ne un gran parc. Igual que en tot Savannah i l'entorn, abundaven les flors de tota mena, avançades de la primavera a punt d'arribar: camèlies, glicines morades, que penjaven dels troncs com a raïms, lligaboscs, massissos d'azalees de colors diversos, roses, fúcsies, vermelles i blanques, per darrere de les quals apuntaven les espirees i les flors de núvols.

Després del passeig, van decidir passar el temps que els quedava fins a l'actuació al teatre Price —on els havien contractat amb motiu de les festes— als carrers, que bullien d'animació, amb innombrables desfilades, no sols de savannesos d'origen irlandès, sinó d'altres procedències: escocesos, alemanys, també de persones de color. Hi havia carrosses que recordaven els dies de les lluites entre confederats, amb uniformes grisos, i unionistes, amb uniformes blaus.

Margaret va explicar a la filla el que havia suposat la guerra de Secessió per a l'alliberament dels esclaus. La nena la va escoltar, com sempre, atenta, encara que el que més li va cridar l'atenció van ser les bandes de música, que lluïen casaques verdes, i els gaiters, que feien sonar els seus instruments amb absoluta dedicació, conscients que Savannah havia de ser la capital del sud que avantatgés qualsevol altra en la importància de Saint Patrick's Day. Els gaiters, pagats per una societat que tenia com a missió restaurar el centre històric de la ciutat, van fascinar Barb. Potser per això, molts anys després, en la festa del seu quarantè aniversari, que vaig ajudar a preparar, tot just incorporada a la meva feina de secretària, va sorprendre els seus amics amb els sons de les gaites, però aquesta vegada tocades per dones.

A la ciutat, a més, s'havien organitzat curses, concursos de tir al blanc, exposicions d'animals, cavalls, gossos i gats, tómboles benèfiques. En un descampat a prop del riu s'havia instal·lat una roda enorme, a la qual Barbara també va pujar per primera vegada. Savannah li encantava. Seria la seva ciutat predilecta, va dir a la mare, especialment perquè allà, ella, Barbara Simpson, havia actuat sola per primera vegada a la vida. Va ser Margaret la que, sabent que se sentiria molt feliç, la va anunciar com una propina del concert de The Magic Musicians Mike and Margaret. Va cantar unes quantes cançons folklòriques i es va emportar molts aplaudiments i una rosa groga que un senyor li va tirar a l'escenari des d'una llotja del prosceni. La primera rosa aconseguida gràcies a la seva veu. La va recollir a l'aire i també, per primera vegada a la vida, la va besar, com havia vist fer a la seva mare un cop. Qui l'hi havia tirada ho havia fet amb tota intenció, com qui tira el llaç a un poltre jove per domar-lo. Era l'empresari del teatre, el gerent del qual havia contractat The Magic Musicians per a tres actuacions. La d'aquell dia, 17 de març de 1969, era la darrera.

De seguida que van abaixar el teló, un teló pintat amb una enorme varietat d'arbres que simulaven un bosc, va voler conèixer Barbara, i va anar cap al passadís estret que conduïa als camerinos. Sabia bé el camí i creia que ser el propietari li donava dret a entrar a qualsevol lloc d'improvís i, si li venia de gust, anunciar-se esvalotant i cridant. Feu, doncs, una entrada triomfal, com molts anys després Barbara veuria fer a altres personatges amb ínfules semblants però amb molt més poder en algun dels grans teatres del món.

—On és la nena prodigi? Que vingui a saludar-me.

Margaret i la seva filla recollien amb cura els vestits llogats que havien emprat per a l'actuació i estaven gairebé a punt de sortir del camerino de les dones, on encara hi havia alguna de les actrius que també havien actuat en aquella representació organitzada com una mena d'espectacle amb números diversos, semblants als de varietés.

—On és la petita que ha cantat «Oh Susanna» com un angelet? Que surti de seguida —cridava amb veu autoritària l'empresari, passejant-se amunt i avall del passadís.

Barbara, afalagadíssima, es delia per conèixer aquell senyor que preguntava per ella i ja tenia la mà al pom de la porta per sortir, quan la mare l'aturà. Margaret encara havia de tancar la maleta on acabava de desar la roba i no volia que la seva filla anés sola a trobar-se amb aquell tipus. A més, preferia esperar que Mike sortís del camerino dels homes. Havien quedat que les esperaria vora el seu.

La veu d'aquell home els arribava cada cop més propera. Barb somreia i feia cara d'embadaliment.

—On és la nena prodigi? La vull per a mi, que surti ara mateix —va repetir en el to contundent dels que estan acostumats a manar.

Vist de la banda de davant, el que més sorprenia de l'amo del teatre era la seva afició al vermell: cara molt vermella, a conjunt amb una corbata també vermella i un clavell vermell al trau de la solapa d'una americana de ratlles. Amb la mà dreta aguantava un barret i a l'esquerra, un bastó, com una caricatura de si mateix.

Va ser Mike i no Barbara qui se li va acostar primer:

—Potser es refereix a la meva filla —li va dir, en el mateix to de veu contundent que emprava ell—, i ningú pot voler-la per a ell. Però té raó, és una nena prodigi —va afegir amb orgull.

L'empresari va semblar sorprès en sentir Mike. I encara més en adonar-se que aquest no el coneixia, perquè el saxofonista li va preguntar amb un punt d'ironia:

—Amb qui tinc el gust de parlar?

—Brad Reynolds, productor, empresari i caçatalents. Li sembla poc? —li va contestar mentre li oferia una mà grossa i suada, que Mike va considerar massa tova perquè en estrènyer-la li va fer l'efecte que estrenyia un fetge de vaca.

—Alguns tenen molta sort... —va sentenciar Mike sense acabar la frase que tenia a la punta de la llengua amb la paraula *immerescuda*.

—M'agradaria veure de prop la seva filla i sentir-la cantar una altra vegada. Suposo que això sí que m'ho permetrà, senyor... —va afegir amb ironia.

—Mike Simpson. Li preguntaré a la meva dona què li sembla i a ella, a Barbara, per descomptat, suposo que no hi tindrà inconvenient.

—Si l'obliguen a sortir a l'escenari —va apuntar Reynolds, de manera impertinent—, no m'explico que ara necessiti el seu consentiment. —I va riure amb un riure fort, profundament burleta.

Vist per la banda de darrere, des d'on el veien Margaret i Barb, Reynolds semblava un gegant de coll curt i cap pelat. El braç dret s'acabava en un bastó i l'esquerre, en una mà que aguantava un barret. Les dues s'acostaren de pressa i fou Margaret la que, amb el somriure més agradós de què va ser capaç i el to més afable, es va dirigir a l'empresari abans que el seu marit l'enviés a pondre ous de lloca.

—Gràcies per lloar la nostra filla, senyor Reynolds. Com pot veure, és una nena preciosa, amb una gran veu. Potser no és correcte que jo, que en soc la mare, ho digui, però és veritat. Quina prova voldria fer-li i a on? A nosaltres ens agradaria assistir-hi, com comprendrà.

Barbara mirava Reynolds amb certa por. Era més alt que el seu pare i molt panxut, tenia un aspecte estrany, com una mena de gegant, però la flor a la solapa li va agradar, i li va cridar l'atenció que la cinta del barret es rematés amb un petit ocell de drap i plomes de veritat, que li va semblar preciós.

Reynolds se'n va adonar i, deslligant la cinta, l'hi va oferir:

—Per a tu, preciosa, la setmana que ve vindràs al meu estudi i faràs unes proves, i si m'agrada la teva veu et presentaré a un concurs de Radio Savannah aquest mateix mes. Què et sembla? Hi estàs d'acord?

—Gràcies —va contestar Barb mirant els seus pares, amb ulls suplicants, sense atrevir-se a dir que sí.

—No podem esperar una setmana —va intervenir Mike—. Som músics pobres —va puntualitzar—, però ara tenim una bona ratxa.

—Té raó —va afirmar l'empresari—, m'han trobat a mi.

Margaret va somriure i va ficar-hi cullerada de seguida endolcint la veu perquè sabia que la frase de Reynolds no seria del gust del seu marit, precisament perquè ell solia deixar-les caure del mateix estil:

—El meu home vol dir que tenim contractes signats per a la setmana que ve i no podem anul·lar-los, no podem quedar-nos aquí, esperant.

Mike la va interrompre:

—Ja sabem que la nostra Barbara té una veu preciosa, la seva mare, la meva esposa Margaret, també l'hi té, com vostè ha pogut comprovar, però només podem quedar-nos a Savannah tres dies. Si vol, pot fer-li la prova demà. Doni'm l'adreça de l'estudi i l'acompanyaré. Tu vols fer la prova, Barb? T'agrada el que diu aquest senyor?

—Sí —va contestar la filla. I encara va afegir, com una persona adulta—: Amb molt de gust. —I va fer una reverència com les que havia vist fer a la mare quan l'aplaudien molt.

Brad Reynolds va treure diverses targetes d'una petita cartera de pell que portava a la butxaca i en va triar una. Després, mirant els Simpson va semblar que dubtés sobre a qui havia de donar-la. La va atansar a Mike, però de seguida la va retirar i la va oferir a Barbara.

—Aquí tens l'adreça del meu estudi. T'espero demà a les quatre. Siguem indulgents amb els músics pobres.

Margaret va estrènyer amb força el braç del marit perquè es mossegués els llavis i passés per alt la impertinència del productor i ella es va avançar a contestar:

—L'hi agraïm. I miri, tinc el convenciment que Barbara, la nostra filla Barb, el dia de demà serà rica, molt rica gràcies a la música.

VII

Li vaig passar a Barbara la reescriptura de tot el que m'havia explicat sobre la trobada amb Reynolds per tal que em digués si ho havia interpretat bé. Ara hi afegeixo de manera directa les seves paraules posteriors, que complementen i continuen el relat. Les vaig gravar i per això les puc reproduir de manera exacta:

«La meva mare, Rose, estava molt il·lusionada amb la prova que jo havia de fer. Creia que el pretensiós de Reynolds, per més que li semblés tot un fatxenda, en el fons era una bona persona. Fins i tot acceptava que, en efecte, estaven de sort per haver-lo trobat, com ens havia dit ell, perquè em volia ajudar, encara que també, naturalment, com puntualitzava el meu pare, per treure'n partit com a promotor, la qual cosa calia tenir molt en compte. No es deixarien engalipar. Tampoc permetrien que jo em quedés sola amb Reynolds amb l'excusa de preparar-me per als concursos radiofònics. A més, allò de "la vull per a mi", el meu pare ho considerava intolerable. La mare li deia que era una manera de parlar. S'assemblava molt a la que ell emprà amb ella quan la va conèixer. Però jo era una nena amb pare i mare, li replicava ell, els únics que tenien dret a voler-la per a si, insistia.

»Jo els escoltava dissimulant, unes passes per endavant. Caminaven agafats de la mà de tornada al càmping només a un parell de milles de Savannah. Un recorregut que solíem fer a peu, perquè el pare assegurava que anava molt bé estirar les cames. Jo, com sempre, parava esment en el que parlaven. En aquells moments es referien que havien de fer el que fos perquè jo arribés a ser cantant. De sobte, ma mare va veure que m'havia tret la jaqueta i em va manar que me la tornés a posar, però ho feu al·ludint a les meves possibilitats:

»"Tens una veu preciosa, Barb, i cal cuidar-la. Et podries refredar i no és bo per a una nena que pot arribar a ser la millor cantant del món, no ho oblidis..."».

Barbara feu una pausa. Em va semblar que s'emocionava. Després es referí al fet que al llarg de la seva vida havia intentat seguir els consells materns, especialment els d'aquells dies de març, tan excitants, en què tot indicava que aviat se li obririen les portes d'un paradís particular. Tal vegada per allò del refredat, sempre que l'acompanyava havia de recordar-li que agafés un xal —en tenia tants que pareixia que en fes col·lecció— per si de sobte sentia fred, i a l'estiu em feia passar calor perquè detestava, com la majoria de cantants, l'aire condicionat.

La tarda que m'explicava el que havia succeït després de l'entrevista amb Reynolds, insistí en fins a quin punt la trobada amb l'empresari va marcar la seva vida d'una manera que no hauria gosat imaginar-se i hi va afegir aspectes trets dels quaderns de la seva mare, dels quals em va llegir uns paràgrafs:

«Aquesta tarda ha fet calor, quasi 68 °F, un Saint Patrick més que primaveral. Hem tornat a la caravana caminant, i vorejant la carretera hi havia massissos d'azalees florits, que Barb ha vist per primera vegada. Li han encantat, com a mi, encara que no sap que les azalees verinoses poden causar la mort si se'n xucla el nèctar, confonent-lo amb el de les inofensives, que és molt dolç. Segons el llenguatge de les flors, l'azalea significa felicitat misteriosa, encara que la felicitat mai no deixa de ser misteriosa i a vegades la felicitat d'uns comporta la desgràcia d'altres».

Barbara feu una altra pausa per dir-me que la seva mare, en escriure això, tal vegada pensava en Thomas, de qui no sabia si havia arribat a tenir-ne notícies. ¿Es devia haver quedat solter o es devia haver casat? ¿Margaret havia seguit mantenint contacte amb els seus amics de Lambeland? I amb els seus pares?

Per les notes, Barbara sabia que la seva mare havia escrit als seus pares per a comunicar-los que ella acabava de néixer i els havia enviat una fotografia de nounada en un sobre sense remitent. No en va posar perquè no en tenia. No tenia un lloc fix on poder recollir el correu perquè no sabia on els portaria la seva vida de músics ambulants. A més, en el moment de tancar el sobre, el fet de no disposar d'una adreça on poguessin contestar-li no li havia semblat un inconvenient. Per contra, d'aquesta manera evitava que els pares aconseguissin retornar-li la foto de la seva petita, mostrant-li el rebuig. A més si la fotografia de la seva filla, en comptes d'anar a parar dins d'un marc a una taula de la sala d'estar, per a ensenyar-la a les visites, acabava a les escombraries, trencada en mil trossos, no li arribaria la notícia. No tenir adreça fixa, ni tan sols una taquilla en alguna oficina de correus de la zona per on se solien moure, diferent a l'estiu que a l'hivern, evitava saber-ho, cosa que considerava millor. Li semblava que així l'amenaça del seu pare, en nom del Déu justicier que representava, tindria menys efecte. No obstant això, malgrat el temps transcorregut des que se n'havia anat de casa, a vegades encara pensava que Déu continuava sentint les ofenses que ella li havia fet sense voler, la darrera, enamorar-se de Mike i no casar-se amb Thomas. Per això resava demanant perdó i feia resar la filla. Tot i que ara que les coses els anaven bé, sens dubte Déu devia haver oblidat les súpliques del seu pare i escoltat les seves.

Barbara va saber igualment per les notes de la mare que durant molts anys, la vespra del dia d'Acció de Gràcies, Margaret intentava trobar una cabina per telefonar a la seva família. Si era el pare qui es posava al telèfon penjava de seguida, sense dir-li res; en canvi, si tenia la sort que l'agafés la mare, hi parlava força estona. Trucava d'amagat de Mike, que s'havia sentit menyspreat pels sogres i s'havia promès que els oblidaria, desitjós que la seva dona fes el mateix, especialment des del naixement de la filla.

La tarda en què la soprano m'explicava tot això, potser perquè se sentia cansada, en comptes de llegir-me els paràgrafs que extreia de les notes de la seva mare, em va oferir el quadern perquè jo el llegís en veu alta, i així ho vaig fer, mentre ella, amb els ulls tancats, el cap recolzat al respatller de la chaise-longue, que a vegades utilitzava perquè li permetia estar estirada i li servia per ironitzar sobre les meves qualitats de psiquiatra, es concentrava a escoltar:

«Aquesta tarda com tantes vegades he sentit un rampell de nostàlgia per la meva vida a Lambeland i m'he dit que havia de tornar a veure els pares. Fa tant de temps que no en tinc notícies! Com si mogués un calidoscopi han anat entremesclant-se records positius amb d'altres negatius, que he tractat de rebutjar. L'accident de Linda em ve massa sovint a la memòria aquests dies. La veu de la meva filla demanant-me que li posés flors als cabells m'ha alliberat del passat i he anat fins als massissos d'azalees que, com a tants llocs de Savannah, envolten el càmping, i que segons els colors simbolitzen coses diferents. He triat les blanques, que ofereixen serenitat i puresa d'acord amb l'amor maternal, l'amor immens que sento per ella. Les blanques, que influeixen en l'èxit quan s'ha de superar una prova important, com li passarà a Barb demà. Les hi he anat col·locant entre els rínxols, subjectades amb agulles de cap. També ha volgut que li posés l'ocell que li va regalar Reynolds, per veure'n l'efecte. Després, molt contenta, m'ha demanat el mirall que porto a la bossa. S'ha mirat i s'ha agradat força. Vol que demà la pentini de la mateixa manera. Com que és una nena generosa, m'ha volgut correspondre. Ha sortit a buscar azalees per a mi i ha escollit les de flors grogues. M'imagino que abans de collir-les ha pensat que les grogues s'adeien millor amb el meu vestit color de palla i ha demanat al seu pare que l'ajudés a tallar-ne. Tots dos me les han ofert. Barb amb una reverència, la mateixa que aquests dies fa amb gràcia al públic.

»Després de rebre-les, he recordat que la meva mare sempre deia que les grogues porten mala sort. Encara que el seu malefici no es deu complir, quan qui les regala el desconeix, com és el cas de Barb. Em pregunto si no hauria d'haver-les rebutjat. El que sí que he fet ha estat deixar-les fora de la caravana, una mica amoïnada per si les azalees grogues podien influir de manera negativa en l'actuació de Barb o en alguna altra cosa que la pogués afectar. Naturalment no li n'he dit res. Tampoc a Mike. He intentat oblidar-me de les flors i m'he posat a preparar el sopar. Vull que Barb es fiqui al llit aviat. Ha de recuperar forces per estar exultant demà, encara que és probable que li costi adormir-se, com li passa sovint si no estic al seu costat. Avui, ben segur, m'hi hauré de quedar molta estona, i acaronant-la dir-li que l'homenet que porta la son al seu sac acaba d'entrar i l'està escampant, com si fossin grans de sorra diminuts, sobre les seves parpelles. Barb i Mike ja han tornat de comprar llet. Fins demà, diari».

Això fou el darrer que va escriure Margaret, amb data de 17 de març de 1969, segons Barbara em va dir. Després va afegir que l'endemà es va despertar molt d'hora. Volia assajar les cançons que interpretava millor i que sa mare l'ajudés a triar les més adequades. Mike opinava que havien de ser les mateixes que havien agradat a l'empresari, però Margaret creia que valia més escollir-ne d'altres que no hagués cantat davant d'ell. D'aquesta manera Reynolds veuria que el seu repertori era més ampli i la seva veu, versàtil. Finalment, van decidir que n'interpretaria alguna que l'amo del Price no li havia sentit, i «Oh Susanna», que, pel que semblava, li havia cridat tant l'atenció. En cantaria només dues, però en portaria preparades fins a mitja dotzena.

—Estava molt nerviosa, Rose, molt més, crec, que el dia del meu debut al Met, o almenys així ho recordo, i no feia més que repetir: «I si al senyor Reynolds no li agrado? I si ho faig malament?». «Li agradaràs», em contestava la mare, «ja ho veuràs. I ho faràs molt bé. Has de tenir molta seguretat en tu mateixa, la necessitaràs, Barb».

L'estudi de Brad Reynolds quedava al centre, just darrere de Whitefield Square. Una secretària molt circumspecta ens va fer passar a una saleta d'espera. Havíem arribat tan puntuals, o impuntuals, ens va advertir amb un mig somriure que es podia interpretar com un retret amable, a l'estil dels de Hans, ja el coneixes, perquè faltaven deu minuts per a les quatre. Per això, el senyor Reynolds, que era com un rellotge, encara no havia arribat. L'hauríem d'esperar. ¿Ens venia de gust una mica d'aigua? Estàvem acalorats, la temperatura havia pujat molt.

Just quan la secretària entrava amb una safata i tres vasos d'aigua, vam sentir la veu de Reynolds des del porxo d'entrada.

—Ja és aquí, la nena prodigi?, que surti a saludar-me.

Mon pare feu una ganyota, però ma mare em va empènyer cap a fora perquè saludés Reynolds. Ho vaig fer amb una reverència, perquè veiés que portava el seu ocell entre els rínxols.

—Molt bé, petita. Tens ganes de cantar per a mi?

—No suporto aquesta manera... —digué el pare a la mare en veu baixa. Ella amb un dit sobre els llavis li demanà que callés.

L'espai on em jugaria el futur estava insonoritzat i no tenia finestres. Reynolds em va fer pujar a una petita estrada i ell es va asseure en una butaca que semblava doble, potser encarregada especialment per a encabir-hi la seva corpulència. Després va demanar a la secretària que portés dues cadires per als meus pares, que continuaven drets.

El primer que vaig fer, com m'havia aconsellat ma mare, fou agrair al senyor Reynolds l'oportunitat que em donava d'actuar davant un públic tan distingit. Jo era una nena tímida, espantadissa i semblava sempre avergonyida, no obstant, a l'escenari canviava. Me n'havia adonat aquells dies. Ja llavors, sense saber-ho, de manera inconscient, no sols tractava de captar l'atenció del públic, sinó d'atreure'l. Després, ja saps que els crítics han dit que soc una de les poques cantants que he aconseguit que la veu serveixi de reclam de l'auditori; d'aquesta manera tu no vas cap al públic sinó que fas que el públic vingui cap a tu. Així com passava amb el cant de les sirenes, com feien les sirenes...

La prova va sortir molt bé. T'asseguro, Rose, que no he oblidat mai els aplaudiments de Reynolds, ni el seu veredicte.

—Seràs cantant. I tens sort. La teva família no haurà d'esperar gaire. Només tres dies. D'aquí a tres dies hi ha concurs a Radio Savannah. T'hi presentaré. Guanyaràs, guanyarem, n'estic segur.

VIII

Barb va passar el matí de l'endemà de la prova assajant amb sa mare a la caravana, i a la tarda, com a premi, la van portar al cine de Savannah. Era la primera vegada que hi anava i la pel·lícula, *The Wizard of Oz*, no sols la va entusiasmar, com suposava Margaret, perquè ella ja l'havia vist, sinó que la va deixar bocabadada.

Va insistir a explicar-me en detall l'efecte enorme que li va produir:

—De seguida que s'apagaren els llums de la sala, vaig deixar d'estar asseguda entre el pare i la mare al cine Kursaal, i per art de màgia em vaig sentir empesa cap a la pantalla i després capbussada dintre del que hi succeïa. Tot el que li passava a Dorothy era com si em passés a mi, de tan intensament com ho vivia, encara que jo tenia la immensa sort de no ser òrfena com la pobra Dorothy, que no tenia més remei que viure amb els seus oncles.

»Em semblava que era a mi i no a Dorothy, o jo dins el cos de Dorothy, a qui li passava tot el que veia. Primer a Kansas on vivia amb els oncles, després dins la casa voladora, impel·lida pel cap de fibló. Em vaig fer amiga de l'espantaocells sense cervell, de l'home de llauna sense cor i del lleó que volia ser valent, i vaig marxar amb ells a cercar el mag.

»T'asseguro, Rose, que les aventures de Dorothy no em van semblar fruit d'un somni, sinó ben reals. Jo dormia poc, per contra somiava molt, i de vegades explicava a ma mare els somnis, que ella trobava força divertits i estrambòtics, com el de la caravana-vaixell.

Margaret el va incloure amb ets i uts en les seves notes, apuntant que Barb segurament s'havia inspirat, per convertir la caravana en navegable, en les barcasses que havia vist davallant els rius, des de les carreteres secundàries que els vorejaven i que sovint agafaven per arribar als pobles on els havien contractat, i el va titular: «Barb i la caravana voladora», i així la soprano em feu transcriure'l.

Dins la caravana convertida en barca, anàvem i veníem i ens alimentàvem dels peixos que el pare pescava i tu cuinaves, fins que un peix gran, encara no pescat, ens va escridassar des de l'aigua.

—No permetré que us mengeu cap membre de la meva família i us juro que si ho proveu, si feu mal a algun dels meus fills, em venjaré. Us enfonsaré aquesta barca merdosa, que no se sap ben bé què és... O potser us passarà una cosa pitjor.

—Au, ves, beneit, si no vols ser pescat, ja pots espavilar-te i marxar ben de pressa. A mi ningú no em crida i menys un peixot com tu. Què t'has pensat? —li va dir el pare i va tirar l'ham tantes vegades com li va semblar perquè tinguéssim un bon sopar.

Vam sopar els peixos pescats, que tu vas cuinar al forn, però en acabar ni tu ni el pare us vau trobar bé. Teníeu molta picor per tot el cos i us vau començar a rascar. Mentre us rascàveu vau comprovar que la picor us venia del fet que us sortien escates. I de sobte des del front fins a les ungles dels peus us anàveu convertint en salmons. El pare, en un salmó immens que feu trontollar la caravana-barca, i tu, mare, en una salmona també força gran...

—I a tu què et passava? No et converties en peix? —vaig preguntar a Barb.

—Jo no. Jo em quedava igual, però de la boca i les orelles em van començar a sortir uns peixets que devien ser els fills dels salmons i, quan el pare i tu us tiràreu a l'aigua, perquè ja no podíeu aguantar més, jo em vaig quedar sola a la barca, voltada de peixets, però sense ser un peix. I m'hauria agradat molt ser un peix per poder anar amb vosaltres.

—Ja sé com acaba la història —li he dit—. No eres cap peix, eres una sirena, et vas convertir en una sirena.

I li he contat la història de la Sireneta, però l'hi he explicat força edulcorada, perquè la que vaig llegir als contes d'Andersen és una història massa trista. A Barb el fet de ser una sirena li ha agradat molt, però de seguida m'ha preguntat si haurien de viure separats dins els fons marítims, perquè no serien de la mateixa família, i això no li ha fet gràcia.

—Quina relació hi ha entre els salmons i les sirenes?

M'agrada que Barb tingui somnis tan imaginatius i fins i tot que consideri que només pot ser somiat tot allò que imagina.

Barbara, després de llegir-me les notes de la mare, em va insistir que era cert que a Margaret li agradava que tingués imaginació, perquè amb la imaginació podria suplir moltes mancances de la vida. També li agradava que fos capaç d'inventar-se jocs per jugar sense companyia, quan ella i Mike assajaven o actuaven i ella els havia d'esperar tota sola.

Fins i tot Barb va arribar a inventar-se que tenia un gos, Totó. Ella mateixa se l'havia fabricat amb una capsa de sabates plena de draps vells, lligada a un cordill i, quan aparcaven la caravana en algun lloc tranquil, el treia a passejar. Desitjava un gos, i als pares els costà molt no deixar que s'endugués un cadell abandonat que trobaren en una granja deshabitada. Però no s'ho podien permetre, tot i que els ho demanava i tornava a demanar i plorava enrabiada quan li deien que no. Però ara el seu gos, el Totó, el gos que ella havia fabricat amb la capsa de sabates i els draps i havia deixat a la caravana, havia passat a la realitat, era allà amb Dorothy i coincidia en el nom.

Barbara també em va explicar que algunes vegades havia somiat que la caravana es convertia en un helicòpter, perquè el seu pare inventava un motor per poder volar. A més, posava sobre el sostre de la caravana unes grans pales fabricades per ell expressament i aconseguia que s'enlairés de manera vertical, cel amunt. La caravana es transformava en helicòpter i mai en avió. Tal vegada perquè l'helicòpter, per les seves proporcions i l'aire d'ocellot grotesc, no gens elegant, contràriament al que li pareixien els avions que volaven alt, li semblava més apropiat per a la seva caravana vella i atrotinada.

Amb l'helicòpter anaven més de pressa, però el pare, que el conduïa, havia de tenir molta cura de no atropellar els ocells, que ella saludava cantant i que ben sovint li tornaven la salutació amb grans piuladisses. El que més li agradava d'anar amb helicòpter —acceptava que no sempre somiava adormida sinó també desperta— era perseguir els esbarts d'oques, que quan notaven el soroll del motor que s'atracava encara volaven més ràpid i ells no els podien seguir. Havia observat, la mare li havia fet observar, que sempre avançaven en forma triangular. Una oca obria camí i la resta la seguia; quan la primera estava massa cansada, una altra oca, també experimentada, la rellevava, perquè fer de capdavanter massa estona resulta esgotador, puntualitzava Margaret, i afegia que això també els passa a les persones.

A Barbara, de la seva onírica experiència voladora —m'ho explicava amb grans dosis de nostàlgia—, el que li va agradar més de tot, fou veure des del cel, com qui diu a tocar amb la mà, l'arc de Sant Martí, amb aquells colors que el seu pare mostrava també, movent-los plegats, en les cartolines mitjançant les quals endevinava el color predilecte de cadascú, amb els seus trucs de mag. Era el mateix arc de Sant Martí que ella havia vist en la seva experiència EPM.

L'arc de Sant Martí, amb el vermell a la part exterior que l'obre, i el violat a l'interior, que el tanca, i a dintre, després del vermell, el taronja, el groc, el verd, el blau i l'indi, li semblà preciós. Barb demanava al pare que el sobrevolessin. El volia veure, no des de baix, com moltes vegades l'havia vist, des dels camins o els llocs on s'aturaven els capvespres per fer-hi nit, el volia veure des de dalt, més amunt d'on era ella.

Després de sobrevolar-lo, li deia al pare que aparqués l'helicòpter a sobre l'arc, ben segur que aguantaria el pes de l'aparell, però n'havien de triar un que arribés fins a terra per les dues bandes, i així, com passava amb tots els arcs, no cauria, perquè estaria ben apuntalat en el trespol. Ella, aleshores, demanaria permís al pare per baixar un minut i tocar amb les mans tots aquells reflexos meravellosos. Ho havia provat sovint fent bombolles, que també reflectien els mateixos colors, però en intentar agafar-les indefectiblement esclataven. Només eren fetes per ser mirades.

Tots els somnis que duia dins el cap li van permetre entendre molt millor els de Dorothy, i quan, asseguda a la butaca de la sala on es projectava *The Wizard of Oz*, va sentir cantar a Judy Garland «Over the Rainbow» es va quedar quasi sense alè.

De seguida que s'acabà la pel·lícula, va dir a la mare que li ensenyés la cançó, ben segura que ella la sabia. Li havia agradat tant, que la volia cantar en el concurs de la ràdio. Tot, música i lletra, li havia produït una impressió extraordinària.

Barb ja coneixia el lloc de què parlava la lletra, perquè hi havia estat en somnis amb la caravana voladora, i potser sí que també el que ella desitjava amb totes les seves forces, com deia Dorothy a la cançó, es faria realitat si la cantava.

En sortir del cine, Mike i Margaret van buscar una gravació d'«Over the Rainbow» en una botiga de discs. Si Barb la volia cantar a la ràdio, calia afanyar-se i posar-hi tots els mitjans. Van trobar-la i van llogar un aparell reproductor per poder-la escoltar tantes vegades com volguessin. Era la gravació que Judy Garland havia fet uns anys abans, el 1961, al Carnegie Hall. Barbara i la seva mare es van passar les hores que quedaven fins al concurs de l'endemà treballant la interpretació. Barb cantava fins i tot amb més gràcia que Judy Garland. La seva dicció era menys mel·líflua que la de l'actriu. La veu de Barb era la d'una nena i Garland ja no era cap nena quan va rodar la pel·lícula, era una adolescent. La veu de Barbara era perfecta per a aquella peça.

IX

Al senyor Reynolds li va semblar molt bona idea que Barb interpretés a la ràdio «Over the Rainbow» perquè la cançó ja era força coneguda i estava segur que encara ho seria més.

Barbara podia ser el contrapunt perfecte de Judy Garland, per a una part d'Amèrica, que també havia començat a assegurar que volia participar dels somnis col·lectius. Eren els somnis de Martin Luther King. Uns somnis que calia atrevir-se a tenir, amb el desig d'arribar a tocar l'arc de Sant Martí.

Margaret i Mike estaven exultants. La seva filla havia cantat d'una manera meravellosa. Havia deixat el públic que era a l'estudi gairebé levitant, i Reynolds, entusiasmat. Mai a Radio Savannah no havien aplaudit tant cap jove promesa ni mai l'èxit havia estat tan unànime ni tan aclaparador.

Reynolds, contentíssim de la descoberta, va voler signar un contracte amb la nena. A més del teatre de Savannah en tenia dos més a la zona: un a Charleston i l'altre a Pooler. Al de Savannah, després de Saint Patrick acostumava a canviar alguna de les actuacions, i n'oferia una d'estel·lar a Barbara per tancar l'espectacle. Havia de cantar les mateixes cançons que havia cantat a la ràdio i després, en el número final, convertir-se en Dorothy i interpretar «Over the Rainbow».

Ho va dir primer a la nena, quasi a cau d'orella, i després, dirigint-se no només als pares de Barbara sinó a tothom que el volgués sentir, al públic que encara era al petit auditori comentant el seu entusiasme amb la concursant. L'empresari va emprar el seu to jactanciós:

—Quan em van conèixer els vaig assegurar que estaven de sort. Si no hagués estat per mi, aquesta preciositat hauria seguit voltant pel món sense que ningú descobrís les seves possibilitats. Ara en té, gràcies a mi; la contracto.

Un senyor gran que duia una americana blanca i una corbata llampant li va treure la paraula de la boca a Margaret, que anava a dir alguna cosa abans que ho fes el seu marit, perquè coneixent-lo sabia que les frases de Reynolds no li haurien agradat, potser sortiria amb algun estirabot dels seus i la sort de Barb se'n podria anar en orris. Però no va caldre i va escoltar el desconegut:

—Aquesta preciositat, com tu dius, Reynolds, té una veu magnífica. Si pogués educar-la i aprendre cant, en el futur podria cantar òpera. La meva amiga Leontyne Price està massa atrafegada per donar-li classes, però li trucaré perquè ens aconselli qui ho pot fer. Ens interessen veus com la seva, per moltes raons. A més, aquesta nena és del Sud, n'estic segur, com Leontyne. Podria ser la futura Leontyne.

Margaret va intervenir, li va semblar que tot el que deia aquell senyor era molt oportú i que ho deia ben convençut.

—Moltes gràcies. La nostra filla vol ser cantant d'òpera i nosaltres també volem que ho sigui, creiem que té possibilitats.

—De moment jo la contracto, Richard, després ja veurem —va dir Reynolds adreçant-se a aquell senyor que havia intervingut i presentant-lo—: Richard Warfield, violoncel·lista a l'orquestra de Savannah. No em refereixo a la simfònica, sinó a la nostra, un gran violoncel·lista. Ell sempre l'encerta. Barbara, pots estar contenta. Ho estàs?

Barbara, malgrat la timidesa —m'ho va remarcar mentre m'ho explicava— va contestar molt seriosa:

—Estic molt contenta, senyor Reynolds, però si em contracta a mi, també ha de contractar els meus pares. No em deixaran sola i necessiten actuar. Tenim alguns contractes pendents, cal complir-los i a meitat d'abril tornarem...

—Vaja, ets molt petita per a aquestes imposicions, però hi estic d'acord. Els contractes que teniu pendents jo mateix els faré anul·lar. I buscarem una solució per a The Magic Musicians Mike and Margaret. Buscarem la manera d'integrar-los al meu espectacle —digué, condescendent—. És massa d'hora perquè visquin dels teus guanys.

—No pensem fer-ho —protestà Mike, que havia callat tota l'estona, nerviós perquè detestava Reynolds però s'havia d'empassar les ganes de fer front a la seva arrogància, ja que sabia que això li podia costar car.

—No digui mai d'aquesta aigua no en beuré. La seva dona ja em va anunciar que Barbara es faria rica. Pel que fa al número de vostès... Podrien fer màgia amb els colors de l'arc de Sant Martí. Vostè, Mike, practiqui fent bombolles grosses. A la gent li agrada veure bombolles de colors que reflecteixen l'arc dels seus somnis.

La proposta no li va agradar gens a Mike. Li va semblar ofensiva, insultant. Què s'havia pensat, Reynolds? Però es va tornar a empassar les ganes d'enviar-lo allà on no hi plou.

—Ho sento, nosaltres som músics, la meva dona canta i jo toco el saxo. No fem bombolles de colors, l'hi repeteixo.

—No s'ofengui —va dir l'empresari—, no és res que no tingui a veure amb els colors de l'arc de Sant Martí, seria un element més de l'espectacle. —I plegà veles—. Ja veurem la manera que puguin actuar.

Barbara, que recordava l'escena de manera molt precisa, va dir-me que temia que el seu pare s'enfadés, tot i que pensava que Reynolds tenia raó, que per a ella les bombolles s'assemblaven a l'arc de Sant Martí.

Margaret va proposar que celebressin l'èxit de la filla portant-la a sopar a un restaurant. Només havia entrat un parell de vegades en un McDonald's i li feia il·lusió. Passejant per Savannah havia vist alguns locals força luxosos. A través d'unes grans vidrieres havia observat els comensals, asseguts en taules amb estovalles que arribaven fins a terra i cambrers vestits de negre de cap a peus però amb camises molt blanques i corbata de llacet que els atenien amb molta cerimònia. Anaven i venien d'un cantó a l'altre portant safates amb begudes i plats. El seu pare li va dir que, en aquells llocs, ells no hi podien entrar. No encara. Algun dia ben segur que ella sí. A ella se li obririen totes les portes. Però ara anirien a un altre restaurant menys luxós, però bo, on ella podria triar el que més li vingués de gust.

Mike coneixia una fonda que quedava vora el mar on havia estat feia anys amb els músics de la seva banda. Si encara existia, era un lloc que oferien bon menjar i a bon preu.

L'alegria de Barbara era enorme. Mai, va confessar-me, s'havia sentit tan feliç com en aquells moments.

Durant el sopar, al petit menjador de la fonda, on els cambrers eren de color, va tastar per primera vegada les ostres, i li van agradar molt. I també, per primera vegada, per brindar amb els pares pel seu futur, va tastar el vi. Un vi blanc de color groc, com el ram d'azalees que havia regalat a la seva mare, i l'hi va dir:

—En collirem més, mare, ara després, quan tornem al càmping...

—De color rosa —proposà Margaret—. Les colliré jo per a tu.

No va voler dir-li que les grogues portaven mala sort, que ella les havia deixat fora de la caravana precisament per això. Però no devia ser veritat perquè la sort de Barb i també la d'ells era boníssima. Almenys de moment.

X

El debut de la petita Barbara Simpson estava previst per a la primera setmana d'abril del 1969. Reynolds accedí que els pares de la nena participessin en la part final de l'espectacle.

Molts d'anys després, quan Barbara va tornar a Savannah per oferir el primer recital com a soprano, va voler conèixer com funcionava el Price. Li explicaren que, en efecte, era un teatre molt popular, que tenia èxit per la varietat de les representacions. Reynolds emprava sempre la mateixa fórmula: un fil argumental lleuger que li permetia incloure actuacions diferents, la qual cosa agradava molt, tant als habitants de Savannah com als que venien de la rodalia. També era del gust dels mariners arribats al port, que, tot i que ja no tenia la importància d'altres èpoques, seguia sent el de més tràfic del sud dels Estats Units. A la tarda, quan els estibadors ja no treballaven, les tripulacions aprofitaven les hores mortes, abans d'anar a les tavernes i a altres llocs especials per a homes sols, per veure algun dels espectacles que oferia la ciutat.

El xou del teatre Price atreia un públic ampli, tal vegada per les seves varietats, ja que l'integraven artistes diferents que feien actuacions independents, cantaven, ballaven o tocaven instruments. Alguns mostraven animals nostrats, com un mico savi i un gos saltimbanqui, i d'altres deixaven bocabadats el personal fent servir els seus dots paranormals, en què reclamaven la col·laboració dels espectadors.

Barbara m'explicà que Reynolds va potenciar aquesta part de l'espectacle en veure que la gent es delia perquè li endevinessin el futur, els hipnotitzessin una estona o els recordessin alguna qüestió que els preocupava i els oferissin una possible solució sense haver de pagar més que el preu d'una mòdica entrada de teatre. Per això Matthew Campbell, el Mag de Savannah, com l'anunciaven, era un dels artistes que tenia un contracte permanent, gairebé de per vida, amb Reynolds, atès els seus èxits.

L'empresari només li demanava que variés de tant en tant la manera d'actuar per continuar, però, fent el mateix. Tenia l'èxit assegurat, tant si emprava les presumptes vísceres d'un ocell o les d'un conill; consultava una bolla de vidre o les cartes del tarot; mirava fixament l'aigua presonera dins un ribell on veia les senyes que li oferien els esperits, que eren dins el teatre o fora, més prop o més lluny, o examinava les ratlles de la mà de qualsevol dels voluntaris que sempre feien cua. Sabia la manera de deixar el públic fascinat, o almenys intrigat, amb els seus experiments lligats a l'esoterisme.

En aquella època, la ciutat encara no havia descobert que els seus fantasmes podien constituir un atractiu turístic, com va succeir a partir dels anys noranta del segle passat, quan les cases amb esperits incorporats s'anaren convertint en hotels amb gran èxit. Ara, en el segle XXI, n'hi ha diversos. Destaquen el Marshall House, la Posada Hamilton Turner o el 17Hundred90 Inn. Aquest darrer és un dels més coneguts i s'aixeca sobre una casa històrica construïda entre el 1821 i el 1823. La gent interessada pels fantasmes i desitjosa d'establir-hi contacte hi reserva habitacions. Hi ha cua per demanar la 214, on va viure una dona anomenada Anne. Ho puc assegurar perquè em vaig quedar uns dies a Savannah quan el 2007 vaig assistir a l'homenatge que li feren a Barbara en el teatre Lucas.

Abans, però, a finals dels seixanta, quan Barb va debutar, la indústria turística dels atrets pels fantasmes encara no existia. Ells, els fantasmes, feien vida normal, com la majoria de la gent que creia que hi ha esperits entre nosaltres, que alguns es manifesten i d'altres no, que alguns resten aquí, perquè abans de descansar per sempre necessiten fer-nos partícips d'algun secret o, per contra, és a nosaltres a qui correspon ajudar-los, perquè amb la nostra col·laboració puguin anar-se'n en pau.

Reynolds hauria pogut organitzar els espectacles només a l'entorn dels assumptes esotèrics i hauria tingut encara més èxit, però no li interessava. No volia de cap manera que el titllessin de ser un empresari relacionat amb qüestions que molta gent considerava que tenien a veure amb la bruixeria. Reynolds havia pogut anar a la universitat de Tuskegee i pertanyia, com el seu amic Richard Warfield, a l'associació ciutadana Civil Rights Defenders, que lluitava pels drets dels negres, a banda de ser membre de la National Associaton for the Advancement of Colored People, i no desitjava que les autoritats de Savannah, amb les quals mantenia bona relació, l'associessin amb antigues pràctiques de vudús i encantaments tribals.

Reynolds i Warfield, amb altres ciutadans de Savannah i de les properes Atlanta i Charleston, havien fet propaganda entre els conciutadans perquè acompanyessin Martin Luther King a la «Marxa sobre Washington pel treball i la llibertat». Tots dos havien sentit des de molt a prop de la tribuna —no debades el violoncel·lista era molt amic de King— el discurs que deixà emocionats no sols els negres americans sinó també molts blancs. I no perquè King digués coses extraordinàries ni emprés altres paraules que les de cada dia, sinó perquè repetia, una vegada i una altra: «I have a dream», tinc un somni. El somni de la llibertat dels negres. I només l'aconseguirem quan els blancs i els negres arribem a ser iguals. Serem iguals els fills dels exesclaus i els fills dels expropietaris d'esclaus. Només així el somni americà serà el somni de tots.

Martin Luther King va morir a Memphis el 4 d'abril de 1968 i, com que un dels canvis anuals de la programació del Price es feia després de les festes de Saint Patrick, Reynolds va decidir que l'estrena del nou espectacle seria el mateix 4 d'abril de 1969, coincidint amb el primer aniversari de l'assassinat del líder dels drets racials.

En homenatge a King, el batejà com a *Dreams*. Somnis. Somnis de tots, negres, blancs, asiàtics, de cadascun i de tots plegats. Tots els artistes, ben diversos, que hi actuarien tenien somnis, i a partir d'aquests somnis va muntar l'espectacle. Va pensar que Barbara, transformada en Dorothy, hi encaixava molt bé com a final, perquè la cançó parlava del somni d'arribar fins al cel, dels somnis fets realitat, i el d'ella d'actuar sola en un teatre, ho era. Volgué obrir la funció amb una referència directa a King i convidà el músic Ben Branch a cantar la cançó predilecta del líder mort, la que Branch havia d'interpretar la tarda que li dispararen, «Take my Hand, Precious Lord», entre altres balades de gòspel com «Peace in the Valley».

Barb va preparar-se per a l'estrena amb una gran alegria. Assajà l'escena final, vestida de Dorothy, amb roba que li va cosir la sastressa del teatre i calçada amb les sabates vermelles miraculoses, que tenien el poder de permetre tornar a casa picant tres cops els talons, segons les instruccions d'una fada. També va assajar altres cançons, amb què tancaria la primera part. Abans de la seva actuació final, hi havia la dels seus pares. Reynolds els deixà tocar el saxo i cantar després del primer número de Barbara i els convencé que a la segona part fessin unes grans bombolles de colors, i els proporcionà les dissolucions sabonoses i els estris adequats.

Mike and Margaret començaven la seva segona actuació fent bombolles enormes mentre parlaven dels colors dels somnis. Dels somnis d'un saxofonista i d'una cantant que sovint miraven al cel i somiaven un món millor per a la seva filla. El seu número acabava amb música. Reynolds els permeté tornar a tocar el saxo i cantar dues cançons: «Blowin' in the Wind» i «This Land is your Land», força apropiades per a l'espectacle.

El diari *Savannah Morning News* va oferir, el 5 d'abril, una crítica de l'estrena del teatre Price. No ho feia quasi mai, però aquella vegada, potser perquè la descoberta de la veu de Barbara havia estat difosa per Radio Savannah, on la nena havia actuat en dos programes més i també havia estat entrevistada per la televisió, ho va considerar d'interès. Lloava la veu de Barbara, l'anomenava nena prodigi i li augurava un gran futur, com volia la seva família i ella mateixa, als escenaris d'òpera, sempre que pogués educar bé la veu. El crític George Smith considerava que les classes de música eren fonamentals per a arribar a ser una segona Leontyne Price.

Barbara Simpson no guardava entre els seus tresors la crítica del seu debut al Price, però a mi em fou fàcil demanar que des del *Savannah Morning News* me l'enviessin i per això he pogut afegir alguns detalls. El retall del diari del qual la soprano parlà amb orgull ben probablement es devia perdre durant els dies que seguiren l'estrena.

La família Simpson —de cognom, per cert, igual que la famosa sèrie televisiva de la qual de gran la soprano seria fan— actuà només durant una setmana; tot i que els van oferir un contracte per a tot l'estiu, primer a Savannah, després a Charleston i a Pooler, als teatres de Reynolds, no arribaren a signar-lo. Havien estat a prova la primera setmana, ben pagats, i la següent havien de signar també que, a partir d'aquella data, l'empresari representaria en exclusiva Barbara, almenys durant deu anys, renovables.

Margaret i Mike segurament parlaven de tot això mentre anaven cap al càmping, perquè havien preferit quedar-se a la caravana i no al motel que els oferia Reynolds i així cobrar una mica més. Tornaven pel camí de sempre, pel voral de la carretera, ple d'azalees. Barb, contenta, uns metres per davant dels pares, saltava i cantava.

En el cel llis, sense punta de randes de núvols, el capvespre s'anava apagant, però encara feia claror. Per això no els va semblar estrany que el camió que s'acostava no portés els fars encesos i sí que, en lloc de seguir per la carretera, maniobrés cap al voral on hi havia Barbara. Però la nena va tenir sort, instintivament va fer un salt cap a una mata d'azalees, i el conductor va donar un cop de volant cap a l'altre costat, com si estigués begut o hagués perdut el control. Després va continuar recte i va enxampar de ple Margaret, que havia corregut cap a la filla.

Quan va arribar l'ambulància, Margaret encara respirava.

XI

Reynolds, amb cara llarga, aparença trista i corbata de dol, va sortir a l'escenari abans que l'espectacle comencés per anunciar que l'actuació de Barbara Simpson i dels The Magic Musicians s'havia hagut de suspendre a causa de l'accident que Margaret havia sofert el dia abans. En el seu lloc, Bladi Morgan i Susan Hamilton, dos artistes de Savannah, els oferiren uns números musicals. Desitjava de tot cor que Margaret es restablís ben aviat i advertia que Barbara encara no estava en condicions d'actuar, molt afectada pel que havia passat.

Des que atropellaren Margaret, Barb no podia cantar ni gairebé articular cap paraula. La veu no li sortia. Ella donava a entendre que notava com una mena de pes li oprimia la gola i en un gest reiterat es posava la mà al coll. Tot i que la seva obsessió era cantar per obeir la seva mare, no podia i plorava de manera inconsolable. Assegurava que, quan finalment l'havien deixat entrar a veure-la a l'UCI de l'hospital, ella l'hi havia demanat. El pare, amoïnat per la impressió que li faria, havia intentat evitar-ho. Creia que era millor que recordés com era Margaret abans de l'accident i no en estat vegetatiu. Però a la insistència de Barb s'uní el fet que els metges van considerar que, tal vegada, abans de prendre la decisió irreversible, atès l'estat terminal de Margaret, que seguia inconscient i intubada, el contacte amb la nena podia ser determinant. Potser si li parlava, si li estrenyia la mà i li preguntava si s'adonava que era ella, la seva filla, que estava al seu costat, Margaret reaccionaria. Bastaria un petit gest, un parpelleig lleu, un moviment minúscul. Si reaccionava, encara que només fos un segon, significaria que hi havia esperança que es despertés. Estava en coma des de feia dues setmanes, connectada a un respirador que li insuflava l'oxigen que ella, pel seu compte, no podia inhalar. Si l'hi retiraven, es moriria. El metge fins i tot va permetre que Barb estigués al seu costat una estona i l'abracés amb cura de no treure de lloc els tubs amb els quals se li estava prolongant la vida.

Quan la infermera aconseguí que Barbara sortís de l'UCI, perquè l'hagueren de fer fora del costat de Margaret, va assegurar que havia parlat amb sa mare i que sa mare li havia dit que continués fent de Dorothy al Price i que cantés les cançons que havia assajat amb ella. Li van demanar que ho escrigués en un paper, perquè amb el fil de veu que li quedava no l'entenien: «Ma mare m'ha dit que canti, però jo no puc», hi va posar.

El que Barbara assegurava era impossible que hagués succeït perquè, des de darrere dels vidres de la mampara, els metges i la infermera havien observat l'absoluta immobilitat de la pacient, que, a banda, no podia pronunciar cap paraula a conseqüència del respirador acoblat a la boca. El màxim que podria haver fet era un gest, un parpelleig, però mai parlar.

Els metges van deduir que el que la nena havia escrit al paper era només fruit del seu desig, encara que ella considerés que eren paraules pronunciades per la mare. Tanmateix, Barb no podia obeir-la i això afegia encara més pena a la que fins llavors havia sentit.

La secretària de Reynolds va portar Barbara al millor foniatre de Savannah, que va assegurar que les cordes vocals no estaven malmeses, que a poc a poc recuperaria la possibilitat de cantar, que era només qüestió d'esperar amb paciència. La desgràcia que acabava de viure era terrible i el seu cos l'havia somatitzada d'aquella manera. Quan passés un temps, no podia assegurar si setmanes o mesos, tornaria a cantar. No era la primera vegada que es trobava amb un cas semblant.

La visita de Barbara al doctor Johnson va coincidir amb l'hora de l'enterrament de Margaret, en una tomba cedida per Reynolds. Mike no va voler que la filla hi assistís. Quan la nena s'hagués recuperat tornarien a Savannah i la portaria al cementiri de Bonaventure a veure la tomba de sa mare i a veure Reynolds, que insistia a representar Barb de seguida que recuperés la veu, perquè considerava que tenia un gran avenir. El seu amic Richard Warfield ja havia escrit a Leontyne Price per demanar-li consell. Tots dos volien ajudar-la.

Quan Mike li digué que la mare havia mort, Barbara es negà a admetre-ho. No era veritat. El pare l'enganyava. La mare era a l'hospital, s'hi estaria potser molt de temps per curar-se i després l'anirien a buscar perquè tornés a la caravana i poguessin continuar fent música junts. Si no podien quedar-se al seu costat, fent-li companyia, era perquè necessitaven guanyar-se la vida i estalviar molt per pagar els metges que la salvarien.

Creure això la consolava i l'hi confià al pare, fins i tot li preguntà quant de temps segons ell trigaria la mare a posar-se bé. Mike la va desenganyar. Li va dir que les ferides havien estat tan greus que els metges no havien pogut fer res per salvar-la. I calia que ho admetés, per molt que li costés, com també li costava a ell acceptar-ho. Alhora, però, també li va dir, i hi va insistir molt, que la mare continuaria amb ells per sempre més i això sí que l'hi podia jurar, encara que no la poguessin veure com abans, la veurien d'una altra manera.

Barbara ho va entendre, perquè la mare li havia ensenyat a resar, li havia parlat de Déu, a qui tampoc no veien, però que, segons Margaret, vetllava per tots, infants i grans, joves i vells, homes i dones de totes les races, animals de totes les espècies, ocells, peixos, gossos, gats, fins les formigues i totes les criatures creades per la seva infinita misericòrdia. Si vetllava per tots, volia dir que era allà, encara que el dia que el camió havia atropellat la seva mare s'hagués distret, i això a ella no li cabia al cap. Per què badava? Per què no vigilava?

Si Déu, però, era allà, a qualsevol lloc, tot i que no el veiessin, podia passar el mateix amb la seva mare. Era allà, encara que no la veiessin. A Déu no el podia reconèixer, però a la seva mare sí. A més, sovint en tenia prou tancant els ulls per veure-la i li pregava que els ajudés a trobar feina, com abans les dues plegades ho demanaven al Senyor. Però de vegades ni aquestes conviccions ni la seva imaginació li bastaven.

Barbara, amb freqüència, tant en somnis com desperta, notava la mà de la mare, una mà de tacte suavíssim i palmell molt blanc que li acaronava els cabells, com ho feia abans, i sentia com li deia manyagueries o li cantava molt fluixet una cançó de bressol.

Un matí, a la caravana, mentre el pare feia el cafè, Barbara va parar la taula amb tres plats i tres bols. Si la mare hi era, si aquella nit havia notat com mai la seva presència, també ara s'asseuria a taula i esmorzarien plegats. El pare, sense dir-li res, com si el tercer plat i el tercer bol fossin fruit d'una distracció de la nena, els va desar al seu lloc, però ella tornà a posar-los. Aleshores ell li digué:

—La mare no necessita esmorzar, Barb.

—M'has dit que és aquí, i deu tenir gana —feu ella, mirant-lo i parlant-li amb un bri de veu.

—No té gana, treu el plat i el bol. És amb nosaltres perquè la portem a dins.

—S'alimenta del que nosaltres mengem? —preguntà la nena, amb llàgrimes als ulls.

Mike no sabia què contestar-li perquè no entenia si ho creia de debò o era només un estirabot perquè no acceptava com havia parat la taula.

—La mare s'alimenta del nostre record. Quan siguis gran ho entendràs, ara ets massa petita, Barb. I deixa de plorar.

XII

Feia quasi dues setmanes que havien deixat Savannah i havien baixat des de Geòrgia cap a Florida, on el duo The Magic Musicians Mike and Margaret tenia uns quants contractes no suspesos encara per Reynolds, que només arribà a un acord amb les actuacions pendents durant la primera setmana d'abril, enviant altres músics que sovint actuaven per a ell.

Reynolds oferí a Mike continuar a *Dreams* però ell no se sentia amb forces. A banda, era massa orgullós per acceptar aquella mena de caritat i, tot i estar en deute amb l'empresari, no volia que aquell favor servís per a comprometre el futur de la seva filla amb Reynolds. Per això decidí deixar Savannah i buscar feina com fora ja que els estalvis minsos que tenia s'estaven acabant i, encara que intentà mantenir els pocs contractes que li quedaven, cobrant una quarta part, gairebé mai ho aconseguí. Continuar actuant sense Margaret i tocar el saxo i fer els números de màgia sol no despertava cap interès i trobà molt pocs llocs que li volguessin donar feina. No hi podia incloure Barbara perquè no estava en condicions de presentar-se davant del públic, seguia sense poder cantar.

Mike, com a darrer recurs, va contactar amb els amics amb els quals havia treballat abans de conèixer Margaret per si el podien ajudar. Sabia que ja no actuaven junts. La banda s'havia desfet feia tres anys per baralles internes i només un, el contrabaix, continuava dedicant-se a la música. Els altres havien tornat als oficis que tenien abans. Un com a transportista i l'altre com a vaquer en una granja dels seus pares a Alabama. Però Bob Ogire, que tocava com ho devien fer els àngels als concerts celestials, li digué que amb altres músics tenien un projecte i qui sap si ell no s'hi podria afegir. I l'animà que anés a parlar amb el seu mànager i li demostrés que bo que era tocant el saxo.

Barbara acompanyà el pare —la seva mà petita dins la seva manassa forçuda que l'estrenyia amb calidesa— a l'entrevista amb Franky Sullivan en un local als afores de Nova Orleans. Havien viatjat durant dos dies quasi sense parar, aturant-se només a les nits per dormir en algun lloc que semblés segur, però deixant de banda els càmpings, que a tots dos els portaven molt mals records. Mentre Mike conduïa, Barb ocupava el lloc de la mare, el seient del davant, perquè des que ella faltava no volia anar sola a darrere. Sovint s'arraulia, com si es volgués empetitir, i tancava els ulls perquè el pare es pensés que s'havia adormit i no es fixés que també amb els ulls clucs plorava.

De l'entrevista en sortiren contents, perquè a Mike li havien donat feina per a un parell de mesos, encara que no començaria fins al juliol i el lloc on havia de tocar amb la banda era lluny, a l'altra banda del mar, en una illa de la Mediterrània anomenada Mallorca, el nom de la qual no havia sentit mai. Que fos enfora no li semblava malament. Margaret havia mort. No li quedava més remei que acceptar-ho i continuar, pel bé de la filla. Tot i que el viatge complicava les coses, digué a Barbara que no la deixaria amb ningú, que se l'emportaria amb ell, anés on anés, i que a la tornada anirien a Savannah perquè ella pogués actuar-hi, amb la veu refeta.

Mike aprofità el viatge a Louisiana per veure un cosí seu, Matthew, que vivia en aquell estat. Entre la poca família que li quedava, ell era amb qui s'avenia més. Tant Matthew com la seva dona, Ava, coneixien Margaret i se l'estimaven. Quan encara no havia nascut Barb, havien passat dies junts. Volia explicar-los personalment tot el que li havia succeït, demanar-los que li deixessin diners i també consell sobre la millor manera d'establir contacte amb els sogres. El que havia de comunicar-los era tan dur que encara no s'havia atrevit a fer-ho.

Matthew i Ava els acolliren amb afecte. Vivien al poble de Lake Arthur, a quatre hores de Nova Orleans. Acabaven de mudar-s'hi cercant tranquil·litat. Les coses els anaven bé, ambdós es dedicaven a vendre assegurances. La casa tenia al davant un gran jardí i una piscina enorme, com les que Barbara havia vist en alguns pobles rics on els pares no solien aturar-se.

A Barb li va encantar que els convidessin a dormir en una casa que, a banda d'immensa, comparada amb la seva caravana, no anava amunt i avall, fixa a terra. Però, segons li havia explicat la seva mare, això no era, ben mirat, cap avantatge. Ells, com els caragols, s'enduien casa seva cada vegada que canviaven de lloc. La mare també li havia explicat que quan era petita vivia en una casa amb jardí, en un poble que es deia Lambeland, i que un dia hi anirien perquè conegués els avis.

Els cosins dels pares tenien dos nens, un de molt petit, de bolquers, i un altre d'onze anys, dos més que Barbara, a punt de fer-ne nou. Era només una mica més alt que ella i anava coix. Jugant a beisbol li havia sortit de lloc l'os del turmell. Els metges havien dit als pares que calia operar-lo perquè tornés a caminar bé i el nen no volia de cap manera que el portessin a l'hospital. Mike demanà si podia examinar-lo, perquè assegurà que hi entenia d'ossos. Li venia d'herència. La seva mare es dedicava a adobar-ne i ell, sovint, de jove l'ajudava. Barb es quedà molt sorpresa d'aquesta altra facultat del pare i es preguntà per què no havia intentat curar les cames i l'esquena de la mare. L'hi preguntà davant de tots, i ell, mirant-la amb pena, li contestà:

—No podia, no saps com m'hauria agradat, no en sé prou. A Margaret només l'hauria pogut salvar un miracle. —I llavors dirigint-se als seus parents digué—: El que li passa a Oliver és més senzill. Si em deixeu puc provar-ho. De vegades només cal fer un moviment precís per tornar a posar l'os a lloc.

Li digueren que ho provés. El nen xisclà però només un segon; en aixecar-se caminava sense coixejar. Mike s'havia guanyat el préstec.

Fent un esforç enorme —segons m'explicava Barbara—, Mike aprofità el telèfon del cosí per trucar als sogres. Matthew i Ava el van convèncer que calia fer-ho, al més aviat, malgrat el tràngol. Va parlar amb tots dos. Ja coneixien la mort de la filla i pregaven a Déu que ell els en donés notícies. La ràdio, que la seva sogra mai no parava d'escoltar, l'havia difosa de seguida. Havia explicat com un home que havien acomiadat aquella mateixa setmana del càmping Golden House de Savannah perquè era alcohòlic s'havia venjat agafant un camió i atropellant sis persones. El nom de Margaret Simpson figurava a la llista. Tenia només vint-i-nou anys.

El pastor anabaptista i la seva dona s'interessaren per la neta que no coneixien. Desitjaven veure-la, abraçar-la, li digué Rita, plorant, i li oferí quedar-se amb la nena. Mike no acceptà la proposta, no volia separar-se de la seva filla, que quan recuperés la veu havia de preparar-se per rebre classes de cant, perquè tenia una veu magnífica. Els va explicar que això era el que desitjava Margaret. Però va accedir a fer una visita als sogres abans del viatge que els portaria a Europa perquè coneguessin Barb i sobretot perquè Barb els conegués a ells i pogués veure amb els seus propis ulls tot el que la mare li havia explicat de Lambeland.

XIII

Un matí, molt d'hora, marxaren cap a Lambeland, cap a la casa amb jardí del pastor, d'on Margaret se n'havia anat maleïda pel pare, que potser ara s'havia penedit de la maledicció que Déu devia haver escoltat perquè, tanmateix, s'havia complert. Mike feia un esforç enorme anant-hi. Ho feia pensant que la seva dona, des d'on fora que estigués, l'hi agrairia, malgrat la distància que durant tot aquell temps havia mantingut amb els pares.

—Ho feia pensant en mi —m'assegurava Barbara—. Considerava que em convenia molt en aquells moments trobar un aixopluc familiar que em permetés sentir-me acollida. Per al pare, per contra, retrobar-se amb els sogres devia ser un tràngol força humiliant.

Barbara recordava de manera precisa l'anada cap a Lambeland, desitjosa de conèixer els avis i encara més de veure totes les coses de les quals li havia parlat sa mare.

Fou durant aquell viatge quan per primera vegada Mike li parlà de la seva infantesa al poble de Phil Campbell, al comtat de Franklin, Alabama. Un poble lleig, li digué, pel qual només el vent i les torbonades fortes sentien predilecció i on ja no li quedava ningú. La seva família hi havia anat a parar després que a Monroeville tanquessin la serradora en la qual durant anys havia treballat el pare, i de donar tombs per diversos llocs de l'estat d'Alabama, pendents de les collites on els donaven feina com a temporers.

Finalment s'establiren a Phil Campbell. En aquell estat s'oferiren uns ajuts del govern per rehabilitar antigues granges i es necessitava mà d'obra. Quan es va acabar la reconstrucció s'hi van quedar. Havien habilitat una casa vella i deshabitada que no semblava que fora de ningú o almenys cap propietari havia tingut interès a reclamar. Comptar amb aquell aixopluc els donava estabilitat. El pare es va dedicar a arranjar tractors i segadores per a les granges de la rodalia, i la mare, a adobar ossos, fer ungüents i si l'havien de menester, ajudar a portar criatures al món.

Mike va explicar a Barb que ell era el petit de tres germans i l'únic que no havia anat a la guerra europea, on marxaren els altres després que un comissionat de l'exèrcit passés pel poble reclutant voluntaris, prometent un sou i una millora grossa de les condicions de vida de la gent, que, com ells, es podien considerar entre els pobres de la terra, per més que el seu país fora el més ric i el més poderós del món, segons ja pregonaven les autoritats.

Mike, que tenia onze anys quan els seus germans van ser mobilitzats i que hauria volgut anar-se'n amb ells, esperava amb candeletes notícies seves i encara més el dia que tornessin com a herois i li expliquessin les aventures que ell s'havia perdut. Però només tornà Bob, invàlid, sense il·lusions i amb una paga curta. Les despulles de John, el germà gran, quedaren a Europa, enterrades a Nettuno, el cementiri prop de Roma, amb tantes altres víctimes.

Bob només va poder abraçar la seva mare i abraçar-lo a ell. El pare havia mort el novembre del 1944 a causa de les ferides produïdes per una màquina segadora que intentava arreglar, sense adonar-se que ho havia fet tan bé que les pales van posar-se en moviment de seguida i li tallaren una cama. Pocs dies després, una septicèmia se l'emportà a l'altre món, sense cap consideració per la seva dona, perquè ni els ungüents ni les cures que ella li feu no serviren ni tan sols per calmar-li els dolors terribles.

Des d'aleshores, Mike es va esforçar per portar diners a casa. Feia totes les feines que li demanaven per la rodalia del poble. Des que va néixer, fou el fill predilecte de la mare, el més xerraire i extravertit dels tres. Quan es quedaren sols la consolava de les seves dissorts tocant el saxo. L'hi havia ensenyat a tocar un veí que feia de vaquer, al qual Mike ajudava de tant en tant, que de jove s'havia guanyat la vida com a músic ambulant. De vegades, a la tarda, asseguts als balancins del porxo, Mike oferia a sa mare un concert especial per a ella, li deia, afalagador, i després li demanava que li expliqués com feia els ungüents que venia, perquè en volia aprendre i també que li ensenyés el secret d'adobar ossos i curar amb beuratges de determinades herbes. Ella li parlà de les plantes i dels arbres que servien per guarir malalties, de quina manera calia fer els sortilegis per redreçar les coses perquè tot anés bé als bons o fins i tot castigar els dolents. Malgrat que, en el seu cas, els beuratges que servien perquè la vida es comportés de manera amable no els havien fet efecte. Tal vegada només feien efecte a aquells que els prenien amb fe, no a qui els fabricava. Encara que, ben mirat, després de la mort del marit, si no hagués estat per les seves qualitats de saludadora, ella i el seu fill, Mike, s'haurien mort de fam.

Una tarda, entrada de fosca, asseguts com quasi sempre als balancins del porxo, Jennifer, la mare de Mike, li digué que la seva àvia, Kimali, hi tenia la mà trencada, en tota aquesta mena de remeis. Li venia d'herència, i confià al fill com aquells coneixements li havien estat transmesos i li parlà per primer cop dels seus orígens.

L'àvia Kimali li va assegurar a la seva neta Jennifer que la primera avantpassada que arribà a Amèrica era filla del xaman de la tribu d'un remot poblat de l'Àfrica, d'on provenien. Allà fou venuda pels traficants negres als traficants blancs, amb els seus germans i germanes, després que morís el xaman. Mentre ell visqué, els traficants negres no gosaren fer-ho, temorosos que els seus poders els fessin prendre mal. Fins i tot també després de mort, alguns que es dedicaven al tràfic no volgueren intervenir en el tracte. Creien que el xaman es podria venjar, cosa que succeí, perquè el traficant més important, el que va decidir que els fills del xaman no eren cap excepció per als seus interessos mercantils, fou assassinat de manera misteriosa tot just després que hagués cobrat la seva part del preu de l'operació.

Els Mbwana, com digué la seva mare a Mike que anomenaven els seus avantpassats a l'Àfrica, foren separats i venuts a diferents propietaris. La rebesàvia de la qual provenien, a la família Shields. Shields fou el cognom que la primera manumesa tindria després, perquè tots els esclaus en recobrar la llibertat foren identificats amb els llinatges dels seus antics propietaris. La pobra rebesàvia no va saber mai més res dels seus germans, però dins de la desgràcia va tenir una mica de sort. Els seus amos no la destinaren a les feines del camp, sinó al servei domèstic, una vida menys dura que la de les plantacions, però igualment esclava. La van enviar a la cuina, com a ajudant d'una cuinera que havia arribat molt abans i que casualment procedia de la mateixa tribu. Allà recuperà les pocions i els beuratges secrets que li permetien guarir els uns i fer emmalaltir uns altres. Quan es casà, amb un cotxer de la casa, d'un color menys fosc que el seu —a la plantació es deia que la meitat de la sang que corria per les seves venes era blanca i procedia de l'amo vell—, s'obstinà, com la immensa majoria d'esclaves, a no tenir fills. Sabia la manera d'evitar-ho i se'n serví fins a l'embaràs de la que seria la seva única filla, que considerà voltat de prodigis.

Tal vegada fou perquè en el moment de la concepció, en el moment de l'amor, els camps s'ompliren de tambors. Els tambors posaven esperons als turmells dels esclaus, cavalls a la sang envescada. La negrada embogia amb els tambors. Dins l'eco dels tambors es redreçava l'esquena vinclada. Amb els seus reclams s'acabava aquell viure de genolls. Els tambors. I els tambors sonaven. Els tambors s'apropaven des dels quatre punts de l'horitzó. Els tambors, els tambors, els tambors. El soroll esfereïdor dels tambors parlava. Era la consigna per a la rebel·lió i, tot i que el majoral, el capatàs, els guardians s'enfrontaren a trets contra el so dels tambors, el rebombori continuà, malgrat que la llendera retrunyia mansueta i apaivagada, entre els bongos i els tam-tams que cridaven: Prou.

La rebesàvia estava segura que el que començava amb aquells sons portaria la llibertat per a la criatura engendrada al seu ventre i no s'equivocà. Fou l'inici d'una lenta marxa, però des d'aquell dia els blancs tingueren por del so dels tambors, de la nit fosca i magmàtica, la nit dels negres que ho engolia tot.

Mike ho explicà a la seva filla fent sonar un tambor. S'aturaren a Nova Orleans per comprar-lo. Barbara no sabia per què el seu pare, després de sortir de la ciutat, havia agafat un camí secundari, que conduïa fins a una granja abandonada, i allà enmig del camp li contà la història de la seva nissaga fent sonar un tambor.

Barb ho entengué només a mitges, era massa petita per comprendre el que el pare li explicava sobre la importància de deixar de ser esclaus, la importància de la llibertat que, finalment, van aconseguir. Fou difícil, li digué el pare, encara ho era. Abans, després de la guerra entre Nord i Sud, perquè ni tan sols tots els negres estaven d'acord a voler ser lliures, no tots estaven preparats per a la llibertat, ni sabien com exercir-la ni com calia reclamar els seus drets. I ara, a finals dels seixanta, encara per a molts blancs, els negres no podien entrar a segons quins llocs perquè podien ser rebutjats o no gens ben rebuts. El pare insistí que mai no oblidés el que li havia dit i l'hi resumí en una frase que a Barb li va quedar gravada: els que s'han acostumat a ser esclaus sovint no aconsegueixen ser lliures.

—Saps, Rose, aquesta lliçó del meu pare no l'he oblidada mai. Era molt bo amb el saxo, un gran músic. I el so del seu tambor, d'aquell tambor que ens vam aturar a comprar, em va semblar màgic. Sovint quan algú ha intentat humiliar-me pel color de la meva pell, quan m'he sentit discriminada perquè soc negra, el primer que he escoltat ha estat el tambor del pare. Els tambors remots que va sentir aquella àvia llunyana i que encara ara segueix posant esperons a la meva sang. Ja sé que és difícil això que et demano, però m'agradaria que amb les teves paraules reproduïssis els sons del tambor. ¿Pots intentar fer música amb les paraules, Rose? ¿Pots emprar les que sonin millor, les més semblants als sons dels tambors per dedicar-les a l'àvia Kimali?

De vegades, com en el paràgraf anterior, jo escrivia al dictat el que la Simpson em deia, d'altres intentava interpretar el que m'explicava, i sempre, després de passar a l'ordinador cada capítol, l'hi ensenyava per veure si ho havia encertat, si era allò el que volia transmetre, com amb els tambors, i si no m'havia equivocat en la interpretació.

La tarda que Barbara Simpson em va explicar els orígens familiars del seu pare, també em va preguntar si sabia qui era la persona de la fotografia que tenia en una mena d'altar, just a l'angle dret del saló, on solia reunir-se a fer música amb els seus amics, perquè allà hi havia el piano.

—No ho sé. Ho sento —li vaig contestar—. ¿La seva mare?

—No, si us plau —va fer somrient Barbara—, la meva mare portava una altra mena de vestits per a les seves actuacions, més alegres, tot i que en tenia pocs i eren barats, és clar. És una llàstima que quasi no tingui fotografies d'ella. No saps el greu que em sap.

—La gent no es feia fotos aleshores, no tantes com ara —vaig afegir per dir alguna cosa.

Barbara va insistir a preguntar-me:

—No reconeixes el que es veu a darrere de la dona? Saps on és la plaça del monument a Lincoln? Veus, apareix aquí per darrere de la seva silueta; bé, no destaca gaire...

—El monument a Lincoln a Washington...? Ah, sí. No m'hi havia fixat.

—I ella? Saps qui és ella?

—No, ho sento.

—És Marian Anderson. Mai no oblidaré el seu nom. Ens va obrir camí a totes les cantants de color. Tenia una veu meravellosa, de contralt. El 1939 li van impedir fer un concert ja programat al Constitution Hall, reservat només per a artistes blancs. Però els va sortir el tret per la culata, als supremacistes. Eleanor Roosevelt li va organitzar un concert apoteòsic, al qual van assistir setanta-cinc mil persones, arribades de tot arreu. A més, l'any que jo vaig néixer, el 1961, ella va tornar a la plaça del monument a Lincoln per celebrar la victòria de Kennedy i va ser la primera negra a cantar al Metropolitan. Espero que jo no sigui la darrera... Ah, i si m'arribo a morir en escena hauria estat la primera cantant negra en fer-ho al Met...

Vaig transcriure tot el que m'explicava, però no em vaig atrevir a dir-li que es treia un any, com molts altres famosos.

XIV

Poc abans d'arribar al poble dels avis materns, el pare es desvià de la carretera per entrar en una petita ciutat, a la riba del Missouri, unes milles abans que la confluència d'aquest riu amb el Mississipí el fes encara més ample i amb més cabal. Mike cercava al centre un magatzem de roba confeccionada que coneixia. Tot i que feia molts anys que no hi havia estat, tenia la certesa que no havia canviat res i que el despatxaria la mateixa senyoreta amable, amb ulleres de miop, més envellida, naturalment, que la darrera vegada que l'havia vist, ja passada la corba de la cinquantena. Aleshores, gràcies a les seves paraules afalagadores, el vestit que va regalar a Margaret perquè se'l posés pel casament li havia costat quasi la meitat. Com llavors, li tiraria algunes floretes per tal que li fes rebaixa del que volia comprar-li a Barb.

Desitjava presentar la filla a la família de la seva dona sense els pantalons amb retranques que solia emprar, abillada com una senyoreta, amb un cancan sota la faldilla i una brusa amb randes, no fos cas que es pensessin que ell no tenia cura de la nena. No li importava gastar el que fos necessari, tot i que el préstec del seu cosí li havia de durar fins que marxés a Europa i calia fer bé les previsions, volia que els vestits fossin de bona qualitat.

La dependenta que els va atendre, a qui Mike va saludar amb grans mostres d'afecte, com si la conegués de tota la vida, encara que no estava segur de si era o no la mateixa persona que ell suposava, li aconsellà que els colors fossin suaus perquè eren més elegants i adients per a l'edat de la nena. A Barb, per contra, li agradava un vestit vermell amb farbalans que el pare no li va voler comprar de cap manera. El vermell no s'esqueia amb el dol per la mare, encara que Barb el portés per dins, ni era apropiat per a una criatura. Vint anys després Barbara Simpson s'encaparrotà a emprar el vermell pel seu debut al Metropolitan, tot recordant aquell vestit que tant li havia agradat i no havia pogut escollir.

Els vestits nous —un de color crema vainilla amb una gran llaçada i una faldilla blanca amb cancan conjuntada amb una camisa amb passamaneria i mànigues de fanalets— feren, a casa dels avis, l'efecte contrari a l'esperat. L'àvia va trobar que vestia amb massa luxe, que aquella roba no s'esqueia per a la filla d'un vidu sense recursos i posà mala cara. Ho va deixar anar sense embuts abans del primer sopar, el sopar de benvinguda, després de veure que Barb s'havia posat la camisa i la faldilla noves, ja que el vestit l'havia estrenat per entrar a casa dels avis, tal com el pare li havia dit.

Barb pensà que Mike replicaria la impertinència de l'àvia, però ell feu tot el contrari.

—L'àvia té raó, canvia't —li digué— i no tardis. Va, afanya't.

Es va aixecar per acompanyar-la a la caravana, que estava aparcada al carrer, davant el jardí. Fou aleshores quan el pastor va tornar a insistir, ho havia fet quan van arribar, que portessin les coses i dormissin a casa seva. Mike va accedir que Barbara es quedés amb els sogres i ell es va excusar, estava massa acostumat a la caravana.

Havent sopat, quan entrà a l'habitació que havien destinat a la nena per fer-li la besada de bona nit, justificà la manca d'afabilitat de la sogra dient-li que s'estimaven molt la Margaret i que ell se l'havia emportat. No era estrany que concentressin la seva ràbia amb qui els l'havia pres.

—Saps, Barb, no és res contra tu, és contra mi. Jo tampoc estimaria la persona que se t'endugués. —I l'abraçà molt fort—. Cal que siguis amable amb els avis, que els disculpis.

Barb no va tenir més remei que acceptar les condicions imposades per l'àvia durant els dies que estigueren a Lambeland. Es va vestir amb la roba de sempre, els pantalons amb retranques i la samarreta de cotó, i només es posà el vestit amb la llaçada per anar a l'església, on l'avi dedicà un servei religiós a la memòria de la seva filla i feu un sermó que li agradà, malgrat les al·lusions «a Llucifer, que intenta de posseir els desprevinguts, igual que la seva caterva de dimonis íncubs i súcubs, que ens poden posseir mentre dormim i dels quals només ens poden deslliurar els exorcismes» —així exactament m'ho va repetir, afegint que li van fer molta por.

A més, ella dormia sola, sense que el pare pogués protegir-la de tal possessió, i no sabia què significava això dels exorcismes. Havia vist i sentit com l'avi assajava el sermó davant d'un aparell que el gravava i la reproducció del qual el reverend escoltava amb atenció, segurament per veure si les paraules i el to eren els més encertats, però no recordava cap al·lusió als noms dels dimonis que acabava de sentir per primera vegada: íncubs, súcubs, ni tampoc la paraula exorcisme.

En acabar el sermó, quan els feligresos van entonar diversos cants, Barb, sense adonar-se'n, es va unir a les seves veus. Podia tornar a cantar. Ho havia aconseguit i ho va considerar un miracle de la seva mare.

Mike, molt content, va telefonar de seguida a Reynolds per dir-li que la seva filla havia recuperat la veu i que marxava amb ell a Europa. Quan tornessin parlarien de signar un contracte, però mentrestant buscaria una professora per a la nena al lloc on anava, una illa de la Mediterrània anomenada Mallorca, i demanà a Reynolds si ell, gràcies als seus contactes, podria ajudar-lo a trobar una acadèmia de música... Reynolds li feu repetir dos cops el nom d'aquella illa remota i li digué que li tornés a trucar al cap d'una setmana.

Quan Barbara m'explicà el miracle de la recuperació de la veu i insistí en la importància que havia tingut Reynolds a la seva vida, negativa per un cantó, però positiva per un altre —per a la seva carrera havia estat providencial—, afegí amb molta insistència que sovint el negatiu i el positiu ens acompanyen i que no podem destriar-los, cosa que Pandora Brunellesky sempre li repetia.

Després va passar a interpretar les vivències de la seva arribada a casa dels avis i va deduir que el que potser a l'àvia no li havia agradat de la seva indumentària era aquella mistificació. Potser li havia semblat que el seu gendre desitjava assimilar-se als gustos dels blancs, amb aquells colors aigualits.

—Tal vegada per això, ara que hi penso, quan vaig començar a actuar en els recitals dels gran teatres, emprava els tons definits, quasi agressius, llampants: vermells de foc, verds lloro, blaus elèctrics, en lloc dels elegants tons neutres. Sense saber-ho, devia intentar donar la raó a l'àvia. A nosaltres ens atrauen més els colors forts, definits, els anomenats primaris, per què no reivindicar-ho? No et sembla, Rose?

Vaig contestar que me pareixia una reivindicació vàlida, encara que jo, que soc de color cafè amb llet, així ho assegurava el meu ex de Sevilla, prefereixo els clars, li vaig dir, tot i que la meva opinió no tenia gens d'interès.

—Tant és. En el teu cas deu pesar més la part que mai no va sentir els tambors... Continuo explicant-te el que em va passar. Pren notes i després ho escrius, en tercera persona, com en els contes, tot i que aquesta història no ho és. El que et vull transmetre segur que a Ripper li interessarà. Entesos?

Vaig prendre notes del que em va contar i l'endemà ben matí vaig donar-hi forma narrativa sense oblidar cap detall, perquè, en efecte, el que em va confiar era força important:

De seguida que arribà, Barb va demanar als avis si podia dormir a l'habitació de la mare. Era el que més il·lusió li feia. Li digueren que no, que ningú l'havia tornat a emprar. La mantenien intacta, tal com ella l'havia deixat quan se'n va anar. Això encara esperonà més el desig de la nena. La mare li havia explicat com era, i com eren els vestits que havia deixat penjats a l'armari quan havia marxat. Ella hi va insistir, només volia entrar-hi un moment, i s'hi tornaren a oposar. L'escala que conduïa al segon pis era massa empinada i tenia alguns esglaons trencats.

—Podries caure, Barb. Quan siguis gran —digué l'avi— ja hi pujaràs i aleshores l'àvia te la mostrarà.

—És una escala molt perillosa —corroborà l'àvia—. Nosaltres també l'evitem. Té els esglaons massa estrets, cal fer-la arreglar.

A Barbara, l'escala, que començava just a l'angle dret de la sala d'estar, no li semblava gens difícil, tot i que era de caragol amb esglaons estrets, sí, però amb un bon arrambador. Acceptà la imposició però pensà que, si podia, desobeiria.

Sabia on quedava exactament l'habitació i sentia una enorme curiositat per veure-la i comprovar si el que la mare li havia explicat coincidia amb el que hi havia allà. La finestra, li havia dit, era la segona a la dreta i s'obria sobre el porxo. El pare, a més, l'hi havia confirmat perquè abans de casar-se amb Margaret, durant els dies que passà al poble, algunes nits després d'acomiadar-se, es quedava rondant la casa fins que ella obria els finestrons, treia el cap i li enviava una besada.

L'oportunitat de pujar se li va presentar una tarda que la deixaren sola. El pare havia acompanyat el reverend a un magatzem dels afores del poble a comprar un fil de ferro per arreglar el reixat del jardí. El que tenien era vell i en alguns llocs ja havia caigut i Mike s'havia ofert a ajudar-lo a fixar el nou.

L'àvia, que s'havia quedat a casa amb Barb i li ensenyava a brodar, va rebre de sobte l'avís de la filla de la veïna més propera, només cinquanta metres de separació entre les dues cases, que li demanava que hi anés de seguida. La seva mare havia caigut al bany i sola no podia aixecar-la, a més semblava que tenia un cop molt fort.

—Es morirà com la mare? —preguntà Barb, que tot sovint pensava en la mort.

—Esperem que no, però si es mor, si Déu la crida al seu costat, es complirà la llei de vida. La senyora Ramdon és gran, més gran que jo. Cal que els vells deixin espai als joves; si no fos així, no hi cabríem al món.

A Barbara, les paraules de l'àvia la van impressionar molt, i li va preguntar per què Déu havia cridat la mare al seu costat si la mare era jove, però encara la va colpir més la seva resposta:

—A ella no la va cridar. La teva pobra mare, la meva filla, va morir per intentar salvar-te a tu. Va córrer cap a tu per protegir-te i el camió la va enxampar.

L'hi digué en un to trist però un punt recriminatori, abans d'anar-se'n i després de recomanar-li que no sortís, que provés de resseguir amb l'agulla el perfil d'una flor sobre una tela de canemàs i que berenés un bol de cereals amb llet que li deixava preparat a la cuina. Que no tingués por de quedar-se sola, però que si en tenia, resés. L'àvia la feia resar sempre que venia a tomb.

Barb es quedà desconsolada i des d'aquell dia se sentí culpable. Ella havia vist la mare malferida a conseqüència de les rodes del camió, però no sabia que hagués corregut cap a ella en veure-la en perill i que per això l'haguessin atropellat. De seguida que l'àvia tancà la porta, va començar a plorar. Ho feia no sols per la tristor de l'absència, com sempre abans, sinó per la sensació nova que l'aclaparava, pel fet de sentir-se culpable. Si ella aquella tarda no hagués caminat davant dels pares, la mare seria viva?

Barbara Simpson solia afirmar —ho he pogut comprovar en les entrevistes que m'encarregava arxivar— que l'atzar és la gran força que domina les vides de tothom. La casualitat és la responsable, en un alt tant per cent, de tot el que ens succeeix, però aquesta casualitat té a veure amb el sentit de la predestinació. No passa res que no estigui escrit a les estrelles que regeixen les nostres vides. Malgrat que puguem triar prendre el camí de la dreta o de l'esquerra, escollir anar a un o altre lloc, nord o sud, est o oest, i aquests fets puguin semblar producte d'esdeveniments casuals, no ho són. O almenys en el seu cas, no, assegurava, ja que la seva hipòtesi es va anar complint de manera inexorable.

Aquella tarda Barb plorà més que mai, tal vegada perquè ho podia fer a plaer sense ningú al davant que la fes avergonyir-se. Davant de la gent intentava empassar-se les llàgrimes, fins i tot davant del pare, que no la volia veure plorar. Quan es quedava sola, especialment de nit, trobava un cert consol en les llàgrimes i de vegades li semblava que sentia la presència de la mare que venia a consolar-la.

Va començar a notar-la una matinada en què li va parèixer que un monstre —qui sap si era un dels dimonis íncubs o súcubs de què l'avi havia parlat en el sermó— entrava a l'habitació, se li ficava al llit i li tapava la boca perquè no cridés. En compensació d'aquell horror, Margaret se li acostava i li acaronava els cabells molt dolçament fins que tornava a adormir-se.

Barb va aprofitar que l'àvia era fora de casa, encara que malauradament, ben segur, hi seria poca estona, per pujar a l'habitació prohibida. Sentia la necessitat de veure les coses que la mare hi havia deixat, i no entenia per què l'hi negaven. L'excusa que l'escala era perillosa li semblava, precisament això, una excusa. Ella havia après a enfilar-se als arbres, cosa que era molt més difícil que pujar per una escala de caragol, i per això decidí desobeir. Ho feu de pressa i ja fos per l'eixelebrament o perquè, en efecte, no li mentien quan l'avisaven del perill, la va redolar, encara que no es va fer mal. Només un parell de cops que no li impediren tornar-ho a intentar, estroncades les llàgrimes i els mocs, després d'eixugar-se les mans al petit davantal que l'àvia li feia dur quan, a la tarda, li ensenyava a fer punt, a cosir o a brodar. Aquesta vegada s'agafà fort a l'arrambador i pujà cautelosa per la banda on els escalons eren més amples i estaven menys malmesos.

Quan arribà al pis de dalt, amb la respiració alterada per la prohibició, l'ensurt i l'emoció, s'encaminà cap a la porta que quedava al centre i l'obrí. Fosquejava però no volgué encendre el llum, no fos cas que es pogués veure des de fora. La claror que encara hi havia li bastà per comprovar que la descripció que li havia fet la mare era exacta: el llit amb un capçal de barrots de fusta pintada de color blau cel, amb el cobrellit estampat de flors, els quadres amb vistes del riu, obra del reverend quan era jove, un tocador amb flascons, pintes i raspalls, un mirall ovalat, molt gran, que ocupava tota una paret, on Barbara es contemplà per primera vegada a plaer de cap a peus. Fins aleshores tan sols havia pogut mirar-se sencera en les llunes d'una botiga de Savannah. A la caravana —m'ho va puntualitzar— hi havia només un parell de miralls petits. Un el feia servir el pare per afaitar-se. L'altre era el que emprava la mare i duia a la bossa per si calia retocar-se abans de les actuacions. En els dels camerinos dels teatres on havien actuat els pares aquells darrers mesos i en el del Price només s'havia vist de mig cos. Fou mentre es contemplava en aquell mirall quan li semblà veure, de sobte, mig confonent-se amb la seva imatge reflectida en la superfície, la d'una altra nena. Era també primatxola, com ella, però més alta, amb els cabells llargs, quasi fins a la cintura, amb rínxols que li tapaven part de la cara. Vestida de blanc. La samarreta i els pantalons tapats pel davantal de Barb quedaven en primer terme, però per la banda de darrere es percebia la faldilla llarga i vaporosa d'aquella altra nena que el mirall li retornava i que de cop li començà a parlar:

—Hola —li digué—, què fas a la meva habitació, Barbara?

Barbara es tombà cap endarrere, on li semblà que hi havia qui li parlava, mirà bé, però no va veure ningú. La imatge era només dins el mirall. I aleshores pensà que era la mare, la mare jove i li va preguntar:

—Ets la mare? La meva mare?

Però la imatge no va tenir temps de contestar-li. De sobte Barb sentí com s'obria la porta del reixat. L'àvia devia tornar. Barb sortí rabent de l'habitació i baixà les escales amb tot l'esment i tota la pressa possibles. Dreta, a la cuina, remenant amb una cullera el bol de llet i cereals, la trobà l'àvia, a qui ja no necessitaven a casa de la veïna, perquè una infermera, amiga de l'accidentada, feia les cures pertinents. Barb dissimulà. Movia els llavis...

—Resava, àvia, perquè tornessis aviat...

L'àvia l'abraçà i li omplí les galtes de besades. Era la primera vegada que li demostrava afecte. L'afecte aconseguit amb una mentida, segons Barb, perquè en tot cas, pel que resava i seguiria resant durant aquells dies seria per demanar a Déu que la deixessin pujar a l'habitació prohibida. Necessitava saber si era la seva mare qui li havia parlat des del fons del mirall.

XV

Barb va passar els dies que encara visqueren a casa dels avis desitjant amb totes les seves forces quedar-se sola per poder tornar a entrar a l'habitació de la mare. Però com que això li semblava quasi impossible, demanà al pare que intercedís perquè la deixessin pujar, sense dir-li que ja ho havia fet i, encara menys, confiar-li res sobre la figura que havia aparegut al mirall i que des d'aquell moment l'obsessionava. Mentre m'ho explicava em va semblar que, malgrat el temps passat, seguia obsessionant-la. A més, em digué que caldria explicar-ho a Ripper. El mirall no li tornava només el seu reflex, el mirall es mirava també en els seus ulls i li oferia la imatge que hi guardava de la mare, la mare era allà dins el mirall?

«¿Era o no era la meva mare, la que se m'havia aparegut? ¿Era el seu esperit de nena que s'havia quedat allà entre les quatre parets de l'alcova? ¿La seva veu la que em va preguntar què hi feia allà?

»Havia sentit ben clares les paraules, però la veu em parlava en un to apagat, estrany, com si vingués de molt lluny, com potser parlaven els esperits:

»"Què hi fas a la meva habitació, Barbara?"».

Vaig transcriure amb tot esment el que havia gravat la tarda abans en el petit magnetòfon que emprava sovint perquè li permetia deixar constància del que li semblava important a qualsevol hora del dia o de la nit, sense que jo fora al seu costat.

«La pregunta em va quedar gravada per sempre. Si era ma mare qui m'ho demanava, havia de saber millor que ningú què hi feia allà. La mare havia de saber que jo la cercava cada instant, cada segon, des que era morta, i de vegades aconseguia que comparegués, saps Rose, d'això n'estic ben segura, cal que ho posis com jo t'ho dic, i tal vegada per això, perquè el lligam establert amb ella era tan fort, necessitava saber com havia estat la seva vida quan encara jo no hi tenia res a veure, l'època en què era una desconeguda també per al meu pare.

»La mare m'havia dit, això ho recordo bé, que les persones deixen petjades pels llocs on passen, que les coses es queden impregnades de la seva presència i la conserven per sempre més, fins i tot després de la mort, i jo ho havia cregut, perquè ella m'ho deia i això em bastava. Ara també ho crec i, a més, sé que científicament és possible. La nostra percepció només capta una mínima part del que ens envolta. Els sentits no són suficients, o no els tenim prou oberts. Hi ha aspectes del nostre entorn que no sabem percebre, ens falten capacitats. Un cec de naixement pot pensar que el normal és viure entre tenebres perquè no hi veu, el mateix ens pot passar a nosaltres quan ens neguem a acceptar que a les nostres percepcions els manquen capacitats per captar altres dimensions, acostumades com estan només a tres».

He posat entre cometes el que Barbara Simpson em va dir en continuar la nostra conversa, quan em va explicar el que va descobrir a l'habitació de la seva mare, dilluns en tornar a casa seva, després del cap de setmana que vaig passar fora, encara que en realitat no va ser un cap de setmana, van ser només dos dies, dissabte i diumenge. Dissabte era l'aniversari d'una de les meves millors amigues, Nancy, Nancy Vázquez, que complia trenta anys, i jo havia estat la promotora d'una festa sorpresa, la preparació de la qual vaig haver de delegar, però a la qual per res del món volia deixar d'assistir. Vaig dir a Barbara que si no li importava m'agafaria dos dies lliures. L'hi vaig formular així, demanant-li indirectament permís, encara que no m'hauria quedat a Long Island sense anar a felicitar Nancy. Només hauria escurçat les hores en què pensava estar fora si a la «jefa» no li hagués semblat oportú.

Em pagava esplèndidament la permanència *full time*, que em permetria, a la tornada del viatge a què havia d'acompanyar-la a finals d'estiu, agafar unes vacances d'autèntic luxe i fins i tot, tal vegada amb una hipoteca, pagar l'entrada d'un apartament, al qual ella m'havia dit que contribuiria amb un préstec generós, si no a Manhattan a Queens, més barat, cosa que mai m'hauria atrevit ni tan sols a somiar. Per tot això, em calia romandre *a la orden*, com la mateixa soprano deia sovint recordant la frase que alguns llatins, en especial els mexicans, amb qui havia tingut molta relació, fan servir davant els que consideren superiors.

Barbara no es va oposar al fet que me n'anés, al contrari. També a ella li vindria bé el recés, ja que treballàvem igualment els caps de setmana. Almenys durant quaranta-vuit hores podria descansar la memòria, que semblava romandre centrada en el seu passat remot, i reposar forces, ja que parlar d'aquelles experiències li costava molt i la deixava exhausta. Jo també estava cansada i em venia molt de gust tornar al meu apartament, no lluny del vell Harlem, però no en zona perillosa, per a retrobar-me amb les meves coses, que potser em semblarien més pobres i vulgars, acostumada com ja estava als luxes de la casa de la soprano.

Va ser precisament durant aquell cap de setmana, a la festa d'aniversari de Nancy, periodista com jo i en aquells dies professora a l'Institut Cervantes i parella secreta del bibliotecari de la institució, també amic meu, quan vaig conèixer Carme Riera, a qui aquest havia convidat. L'escriptora acabava d'impartir un curs sobre creació literària a la Universitat Colúmbia i volava de tornada a Barcelona pocs dies després. Ernesto Ramos, el bibliotecari, que l'havia tractat bastant durant la seva estada a Nova York, me la va presentar tot just veure-la entrar al local llogat per a la celebració. Li havia parlat de mi i de la meva feina com a secretària de Barbara Simpson, perquè sabia que a Carme li agradava molt l'òpera i admirava la gran soprano, de la qual tenia discos i l'havia escoltat al Liceu de Barcelona i al Festival de Peralada. A més, el dia de l'infart, cosa que la va deixar molt impressionada, segons em va dir de seguida, era en una llotja del Metropolitan, gràcies a la invitació d'uns patrons del teatre que tractava amb assiduïtat. Per totes aquestes altres casualitats, em va semblar que la «casualitat» de trobar-nos era més que una casualitat.

Com hauria dit Barbara, estava escrit en algun lloc que havíem de coincidir. Parlàrem molt sobre el que suposava per a mi treballar sobre la vida de la Simpson i sobre la manera de dur a terme el relat de la seva història perquè fos unitari i coherent. Li vaig exposar com era la meva feina: de vegades escrivia al dictat, d'altres, transcrivint de la gravadora el que la soprano m'havia explicat i, encara d'altres, amb el suport de notes seves o meves, refeia la història, i pensava que era important fer constar en el text d'on sortia cada part, encara que semblés redundant. Carme es va mostrar molt interessada en el que jo li deia i em va parlar de la complicada funció del narrador implicat, que era jo, i que el més senzill i pràctic era fer servir la tercera persona omniscient. Però en el meu cas això no era possible, perquè jo no escrivia una novel·la, escrivia una mena de memòries per compte aliè, però no l'hi vaig confessar. Li vaig dir que el que escrivia era una biografia. A Carme li semblava un gènere difícil en el qual no es pot inventar res, o almenys no s'ha d'inventar res. Jo hi estava d'acord i encara més en el meu cas, ja que la finalitat era terapèutica.

En fer-li aquesta confidència em vaig adonar que tal vegada havia ficat la pota. Per això de seguida li vaig demanar que em guardés el secret, encara que em vaig abstenir de confessar-li que l'encàrrec tenia a veure amb el doctor Ripper, un expert en experiències EPM. Em vaig limitar, això a Barbara no podia molestar-la, a dir-li que d'aquesta manera, bussejant en la seva infància, la soprano es preparava per a emprendre un viatge que hauria de retornar-la a l'etapa transcorreguda en una illa de la Mediterrània. Precisament havia demanat a Ernesto que em portés de la biblioteca del Cervantes alguns llibres d'interès sobre les Balears i més concretament sobre Mallorca, tal com va fer. Volia començar a documentar-me, a l'antiga, amb un volum a la mà i no davant una pantalla d'ordinador, sobre el lloc on havia d'acompanyar la soprano.

En donar-me la bossa amb els llibres, Ernesto em va dir que estava de sort, que podia preguntar directament a Carme Riera, que era de Mallorca. Em va semblar el súmmum de les coincidències, i encara més quan l'escriptora em va assegurar que coneixia molt bé la zona de la qual li vaig parlar, la serra de Tramuntana, així l'anomenava Barbara quan es referia al nostre viatge. La família de Carme Riera hi tenia una casa des de feia anys, a pocs quilòmetres del poble de Deià, i ella recordava vagament que a finals dels anys seixanta els seus habitants van viure uns dies molt convulsos, a conseqüència de l'arribada d'una nena negra. El que mai s'hauria imaginat era que aquella nena es convertís en una gran cantant.

Més coincidències? Avanço que la tercera part del llibre, per descomptat amb el vistiplau de la soprano, ha estat escrita amb l'ajuda de Carme Riera. Fins i tot caldria dir que és més seva que meva, ja que ella va anar a Fosclluc per entrevistar les persones que conegueren la Barbara nena i, amb tota aquesta informació, va oferir el seu punt de vista sobre el que va succeir. Però encara falten esdeveniments per a arribar-hi, de manera que haig de continuar.

XVI

Vaig tornar a Long Island dilluns a mig matí, en comptes de la nit de diumenge, com pensava. Barbara em va telefonar a la tarda per a encarregar-me que dilluns passés pel banc per a uns tràmits. Des que la Simpson va decidir que jo fos la intermediària dels seus records, havia hagut de deixar d'ocupar-me de molts dels assumptes que abans em pertocaven i, encara que la seva vida sedentària d'ara no tenia res a veure amb la trepidant de feia tres mesos, a mi se m'havien acumulat els deures pendents, cosa que a ella semblava importar-li poc, però a mi, no.

Per bé que les meves funcions de biògrafa particular no em disgustaven, al contrari, em retornaven a l'època en què vaig treballar com a redactora a *Impacto Latino*, a vegades em sentia sobrepassada, perquè no podia deixar de costat el que havia fet sempre. Tot i que ara, amb un volum menor, continuava encarregant-me de la correspondència, dels correus, de l'agenda personal —la de de les actuacions era cosa del seu representant— si no present, per cancel·lada o ajornada, de la futura, però sobretot, de servir de pont entre la diva i Hans Meyer.

Des de la convalescència de la Simpson, havia d'utilitzar encara més la mà esquerra, en realitat me'n faltaven tres o quatre, de mans esquerres, perquè no enviés a pondre Hans. No li agradava la manera com havia anul·lat alguns dels contractes d'aquella temporada ni els tractes a què havia arribat amb les assegurances. Jo intentava evitar per tots els mitjans la ruptura perquè creia que Hans, com a representant, era força eficient, i jo, a més, li tenia presa la mida. Però tot això té poca importància.

Segueixo, doncs, amb el que va continuar explicant-me i jo vaig gravar, el dilluns de la meva tornada, després de dir-me, molt afalagadora, que m'havia trobat a faltar, i que, de seguida, aquella mateixa nit, vaig transcriure:

«El darrer diumenge que passàrem a casa dels avis em vaig fer la malalta. Els vaig fer creure a tots, el pare inclòs, que alguna cosa del sopar no se m'havia posat bé. Durant la nit m'havien sentit entrar i sortir del bany i al matí decidiren que era millor que no anés als oficis religiosos. No em va costar convèncer el pare que marxés amb els avis. No calia que es quedés a fer-me companyia. A més, des que era a casa dels sogres, el pare procurava seguir els seus gustos, en matèria de costums i preceptes. A banda, jo no tenia res greu, un mal de panxa molest amb diarrea que em passaria bevent tisanes i menjant només arròs blanc. Tot just serien fora dues hores a tot estirar, però dues hores em sobrarien per poder pujar i tafanejar a plaer.

»L'àvia, que des del dia que em feu el primer petó espontani, després de creure que resava perquè tornés aviat, havia canviat de tarannà i sovint m'amanyagava, em va deixar a la tauleta de nit un termos amb camamilla, que va bé per calmar els budells regirats, perquè l'anés prenent a poc a poc.

»Mentre esperava el temps prudencial per sortir del llit, me'l vaig beure fins a buidar-lo, suposant que això seria del gust de l'àvia. Així ja ho tenia fet.

»En el rellotge de la saleta vaig comprovar que feia un quart d'hora que la meva família havia marxat; si havien fet cap descuit ja no tornarien, podia pujar tranquil·la. Vaig tenir cura amb l'escala. En arribar davant de l'habitació, tal vegada perquè els nervis em traïen, em va fer l'efecte que la porta estava tancada amb clau, però la vaig poder obrir, finalment, després de provar-ho un parell de vegades bellugant el pom a dreta i esquerra fins que va cedir.

»Vaig constatar que tot estava com ho havia vist la primera vegada, però hi havia una cosa en la qual no havia reparat i em va semblar estrany. Hi havia una maleta oberta sobre la vànova que en la meva primera visita hauria jurat que no hi era. Contenia ornaments religiosos, un llibre de salms i unes ampolles tancades. Potser l'avi l'havia deixat allà, però jo havia estat molt atenta a l'escala i hauria jurat que ningú havia pujat durant aquells dies. És clar que ho haurien pogut fer de nit, quan jo dormia.

»Abans de mirar-me al mirall, vaig tornar a passejar els ulls amb atenció per tots els objectes de l'habitació i fou llavors quan em vaig fixar en una fotografia d'una nena en la qual no havia parat esment, i era molt semblant a la que havia vist darrere del meu reflex.

»Era la meva mare, la nena de la fotografia? Segurament. Devia tenir els mateixos anys que jo, que aviat en faria nou. Duia un vestit blanc que li arribava als peus, els cabells rinxolats, força llargs, li tapaven part de la cara, il·luminada per un somriure dolç. Els ulls tristos, potser perquè jo hi projectava els meus.

»Saps, Rose, de seguida vaig pensar que la nena de la fotografia era la mateixa que havia vist al fons del mirall; tot i que al mirall la cara no es veia gaire bé, els cabells sí, ben rinxolats com els meus. I vaig voler-ho comprovar i, com l'altra vegada, em vaig posar davant del mirall. I li vaig somriure. Esperava que, per sobre de la meva imatge, comparegués la de qui m'havia parlat, i com que tardava a fer-ho, li vaig preguntar: "Per què volies saber què hi feia, aquí? Soc la teva filla, mare. He vingut a veure't".

»Però al mirall només hi veia la meva imatge: una nena més aviat alta, d'ulls molt foscos i pell molt bruna, amb rínxols espessos, descambuixats perquè no m'havia pentinat, i amb mala cara, perquè a força de dir que em feia mal la panxa havia acabat sentint unes punxades ben fortes, amb una camisa de dormir arrugada, que l'àvia m'havia deixat, dient-me que havia estat de la meva mare.

»Fixant els ulls en la imatge de mi mateixa i pendent de la que convocava, vaig repetir la pregunta que havia fet feia uns instants, en to de súplica:

»"Per què volies saber que hi feia, aquí? Soc la teva filla, mare. He vingut a veure't".

»Però al mirall no aparegué cap altre reflex que no fora el meu. El mirall aquest cop no volia oferir-me el que guardava dins. Per contra, sí que vaig sentir una veu que em contestava i que no sabia d'on venia, si de la làmina metàl·lica que tenia davant o de la paret, fins i tot podia venir de fora de l'habitació. Era una veu llunyana, dèbil i fosca, com si sortís d'una gargamella de cendra:

»"Barb, no soc la teva mare".

»"Qui ets?", em vaig atrevir a preguntar amb un fil de veu, força espantada.

»Ningú no respongué. I aleshores, al mirall, en lloc de la meva imatge, amb la camisa de dormir, em va semblar veure una mena d'ombra bellugadissa i després els trets d'una calavera i alhora vaig sentir un soroll. Un soroll que venia de fora, com si algú s'acostés pel passadís cap a l'habitació en bicicleta, perquè vaig percebre el so d'unes rodes sobre el trespol i em va semblar encara més estrany tot plegat, perquè a la casa no hi havia ningú. D'això n'estava i n'estic ben segura. La porta del reixat s'obria fent dringar una campaneta, un so que era impossible que m'hagués passat desapercebut.

»Vaig tenir encara molta més por, una por que no havia sentit mai, por d'altres morts que no fossin la meva mare. La calavera que em retornava el mirall seguia allà, com si jo fora aquella calavera, i vaig sentir com el pànic no em deixava ni moure'm ni cridar. Em vaig quedar palplantada davant de la làmina que ja no reflectia la meva imatge i vaig pensar que m'havia mort. Vaig pensar que la veu era tal vegada d'un altre mort que em venia a buscar. No era la de la mare, que coneixia bé.

»I de sobte, com si la veu sorgís de darrere la porta, que quedava vora el lloc on hi havia penjat l'enorme mirall, vaig sentir amb prou nitidesa que em deien:

»"No he tingut cap filla, jo. I saps per què? Per culpa de Margaret. Per culpa de la teva mare, ella en tingué la culpa".

»M'havia posat contra la porta fent força perquè la morta que jo imaginava no pogués entrar i no m'agafés amb els seus braços sense carn ni pell, d'ossos només, com havia vist que eren els dels morts en la darrera festa de Halloween, que tant m'havia impressionat, perquè el lloc on havien contractat els pares per fer música, Dahlonega, un poble de Geòrgia, tots anaven disfressats de morts, alguns tan perfectes que semblaven acabats d'aixecar de les tombes. A mi l'espectacle al qual vaig assistir no m'havia agradat gens, m'havia fet venir malsons i ara recuperava les sensacions que m'aterriren multiplicades.

»La mare tan estimada, encara que fos morta, no em feia cap por, però aquella veu que l'acusava sí, molta, moltíssima. De quina culpa parlava? I com era que la coneixia a ella i en sabia el nom? Els morts ho saben tot, vaig dirme. Tremolava i de sobte vaig notar la camisa de dormir mullada i bruta i vaig pensar en el càstig que rebria quan tornés l'àvia i em trobessin allà, contra la porta, si és que no estava ja morta, o si no estava morta qui sap si no m'acabaria morint de la por, però si era morta ja no podrien castigar-me.

»No vaig sentir res més. La veu va callar de cop. Em va semblar que el soroll de les rodes s'anava allunyant de darrere la porta, que jo amb un gran esforç empenyia intentant que no entrés ningú. Vaig sentir que obrien una altra porta amb estrèpit i com la tancaven. Vaig pensar que fos qui fos, mort o viu, ja no li interessava emportar-se'm, que li havia bastat amb terroritzar-me, a banda de culpar la meva mare del fet que ella no hagués tingut fills.

»Quan ja no vaig sentir cap renou, vaig decidir, fent un esforç enorme, tornar a baix, esperar el retorn de la meva família al llit, colgada, i vaig córrer escales avall. Era tant el meu trasbalsament, que la vaig rodolar tota i, al peu del darrer esglaó, allà, amb un trenc al cap, inconscient i amb la camisa de dormir bruta de sang, em va trobar l'àvia, que, tot just acabat el servei religiós, sense fer petar la xerrada amb ningú, esperitada, sortí rabent cap a casa. Mentre era a l'església havia endevinat que jo havia fingit una malaltia sobtada per poder pujar a dalt.

»Vaig reviure a galtades i a glops de rom. L'àvia em va curar el trenc, que no era massa profund, amb esperit i comprovà que la sang que tacava la camisa de dormir assenyalava que havia tingut la primera menstruació.

»"No t'espantis", va dir-me, "a partir d'ara ja ets una dona. Cada vint-i-vuit dies sagnaràs com ara".

»Jo no entenia el que em deia l'àvia. Què volia dir ser una dona? Ningú m'havia parlat mai que les dones sense estar ferides brollessin sang. Però l'àvia no hi va donar importància. Va buscar una tovallola petita, em va dir que la doblegués i que la posés dins unes calces netes que em va donar. Després em feu treure la camisa de dormir i posar-me'n una altra, i en acabar em renyà:

»"Vaig dir-te que no volia que pugessis, Barb. Ets desobedient i dolenta, has simulat estar malalta per quedar-te sola i què has vist?".

»L'àvia em va repetir la pregunta:

»"Què has vist?".

»I aleshores vaig contestar:

»"Una calavera, he vist una calavera al fons del mirall i m'ha dit que era allà per culpa de Margaret".

»"No diguis mentides, al mirall només hi podies veure la cara lletja d'una nena desobedient. Una nena que no ha fet cas del que li ha dit l'àvia. I ara escolta'm bé: no diguis a ningú que has desobeït, jo tampoc ho diré. Si ho sabés l'avi o el pare s'enfadarien molt. M'ho promets, Barb?", va preguntar-me, i després afegí abaixant el to i passant-me una mà pels cabells: "Serà un secret entre tu i jo. M'ho promets?".

»I com que jo callava, encara em va repetir:

»"M'ho promets?, contesta".

»"Sí, t'ho prometo", li vaig dir».

XVII

Barbara va insistir que els darrers dies que passà a casa als avis li semblaren producte d'una mena de malson. Tant de nit com de dia, seguia escoltant la veu que li deia les mateixes paraules i veia pertot arreu la calavera. També se sentia presonera i vigilada, ja que després del que li havia passat no la deixaren ni un segon tota sola. I no obstant, malgrat tanta vigilància, algunes nits li semblava que entrava un monstre a la seva habitació, sense que la mare hagués tornat per consolar-la. Ella plorava i cridava, però ningú no li feia cas. A més, la sang que tacava les tovalloles que li donava l'àvia l'angoixava força. ¿Era una malaltia que l'afectava només a ella? Què volia dir, això que ja era una dona? Ben segur que la mare l'hi hauria explicat, però no hi era, i ella no gosava preguntar més coses a l'àvia, que només li insistia que no parlés amb ningú de res del que li havia passat, ni de la sang que sortia del seu propi cos ni de les seves imaginacions, perquè la prendrien per boja i Déu sap en quin manicomi de bojos la podien arribar a tancar.

L'àvia va justificar el trenc de Barb davant la família en el fet que, mig adormida, o adormida del tot —alguna vegada li havia semblat que la neta era somnàmbula—, havia ensopegat contra la barana metàl·lica de l'escala. No va esmentar que hagués pujat a l'habitació prohibida.

Barb desitjava amb totes les forces anar-se'n. Sabia que no podria tornar a l'habitació de la mare i dubtava si el que havia vist i sentit era veritat o fruit de la imaginació, però hi havia dues coses que li feien pensar que era real i no imaginat: que li prohibissin pujar i que després li prohibissin explicar el que li havia passat. Si no fos cert, l'àvia no li hauria fet prometre que guardaria el secret.

La tarda abans de la seva partida, Mike havia anat a revisar la caravana al taller del mecànic perquè els quedaven molts quilòmetres per endavant i l'àvia a donar el condol als familiars d'una amiga que havia mort. Barb, que no es trobava bé, molt molesta per la sang que tacava les tovalloletes, va preferir quedar-se recollint les seves coses. Va ser llavors quan va picar a la porta un amic del reverend, pastor de la seva mateixa església. Barbara, des de la seva habitació, estirada al llit, va sentir com l'avi insistia a agrair-li la visita. Parlaven en veu molt baixa i ella només va poder sentir retalls de la conversa, frases soltes que, no obstant això, recordava bé per la impressió que li van produir i que em va repetir:

—Pot ser que Margaret sigui al cel, perquè ha pagat per la seva culpa, però la seva filla, no. Tal vegada encara és a temps de redimir-se amb el teu ajut. Tu pots alliberar-la del maligne.

Barbara va fer una pausa llarga. No era la primera vegada que després d'una confidència que l'afectava força es comportava de la mateixa manera, com si per a seguir explicant-me què va succeir a continuació, necessités omplir a plaer els pulmons d'aire en treure el cap de cada immersió en aquest passat infantil, sens dubte, terrible, que Ripper li havia manat que recuperés. Va beure uns xarrups d'aigua i després en veu molt baixa va continuar:

—Tenia només nou anys, en realitat encara no els havia complert, passava per un doble trauma: la mort de la mare i una menarquia avançada de la qual ningú m'havia informat, i a més calia afegir el sentiment de culpa. Jo tenia la culpa de l'accident de la meva mare, per això vaig acceptar que el reverend George Dunnam, amic de l'avi «m'alliberés del maligne» de bon principi, sense protestar. L'avi va entrar a la meva habitació i em va demanar que anés amb ell a dalt, a l'habitació de la mare, on tot estava preparat. En efecte, ens hi esperava el seu amic, que havia tret de la maleta les ampolles i uns flascons, i em va demanar que em despullés, m'agenollés i repetís amb ell una oració. Molts anys més tard vaig saber que era el salm 91 i que en part havia estat musicalitzat per Mendelssohn. Després el pastor em va imposar les mans des del front fins a la punta dels peus, em va untar el cos amb un ungüent i em va aspergir amb aigua beneita. Llavors em va entrar una por espantosa, perquè vaig creure que voldria extreure amb les seves mans els dimonis que deia que jo tenia a dins i em faria molt de mal. I vaig començar a cridar i a demanar-los que em deixessin marxar. De sobte vaig sentir el soroll del motor de la caravana i vaig cridar encara més, però el pare no va venir a ajudar-me, i això va obrir la primera bretxa de desconfiança en la meva relació amb ell, perquè jo cridava tant que era impossible que no em sentís tot el veïnat, mentre l'amic de l'avi continuava recitant les seves oracions i ell em subjectava amb força, perquè jo pugnava per escapolir-me. Fins i tot, si hagués pogut, m'hauria tirat per la finestra. Això per a ells havia de ser un símptoma inequívoc de la possessió diabòlica. No vaig saber què més hauria passat si l'àvia, no el meu pare, no hagués arribat d'improvís, desbaratant la situació. A crits, va dir al marit que em deixés en pau, que li semblava espantós el que estaven fent, que jo només era una nena, i em va arrossegar escales avall amb perill que ambdues la rodéssim. Després em va portar a la meva habitació, em va posar la camisa de dormir i em va donar una infusió tranquil·litzadora. Es va quedar al meu costat tota la nit. Ja de matinada em van despertar les veus del pare i de l'avi discutint, però segurament a conseqüència de la tisana no vaig poder captar més que paraules soltes: *malament*, *culpa*, *diners* i dos noms, Linda i el meu, Barb.

L'endemà, a primera hora deixaren per sempre Lambeland.

XVIII

De nou a la caravana, asseguda al davant, al costat del pare, Barbara va seguir en estat de xoc durant moltes hores i, per més que Mike provés de calmar-la, dient-li que no tornaria mai més a casa dels avis, no aconseguia que s'asserenés. En una mena d'estat catatònic, mirant a un punt fix i plorant sense parar, cridava la seva mare. Finalment, rendida pel cansament, es va adormir i va passar adormida moltes hores.

Quan l'endemà es va despertar, semblava haver oblidat el que havia passat i va preparar l'esmorzar com feia des que la seva mare faltava. Després, mentre el pare conduïa, va buscar la sintonia de l'emissora que Margaret solia escoltar perquè retransmetien música i ni ella ni el pare es van referir als fets del dia abans. Mike, per a animar-la, li va dir que al cap de pocs dies deixarien la caravana i pujarien a un vaixell i farien un llarg viatge tots dos sols.

—Sense ningú, nosaltres dos sols al vaixell? —es va atrevir a preguntar Barb.

—No, és clar que no, amb altres passatgers. Em refereixo a tu i jo, sense ningú més.

—Quan arribem podré cantar amb els teus músics? Em deixaràs?

—No ho sé, no n'hem parlat, d'això.

—No em deixaràs, veritat?

—Tocarem de nit, Barb, a clubs i hotels, no és el millor lloc per a una nena de vuit anys.

—Nou, pare, aviat en faré nou. Saps, pare, la mare volia que jo fos cantant i jo també. Quan sigui gran vull ser cantant. M'ajudaràs? Hem de trucar al senyor Reynolds...

—Ja ho he fet i tinc bones notícies. Les guardava per donar-te-les quan pugéssim al vaixell. Molt bones. Leontyne Price s'ha interessat per tu i ha parlat amb Pandora Brunellesky, una cantant amiga seva que dona classes. I saps el millor? No t'ho imagines... Té una casa a Mallorca, al lloc on anem, i ha dit que t'accepta, Barb, que et farà classes. Estàs contenta?

—És un miracle de la mare..., el segon —digué la nena, i després preguntà al pare—: Les podrem pagar, les classes?

—Reynolds se n'encarrega. Li tornarem els diners, no cal que t'amoïnis per això.

—Creus que soc dolenta?

—No, és clar que no, per què ho preguntes?

—Es va morir per culpa meva, la mare?

Mike es va tombar cap a ella per mirar-la, li va passar un braç per l'esquena i, molt seriós, li va preguntar:

—Qui t'ho ha dit, això?

—L'àvia. Va ser per culpa meva? —insistí ella, fent embuts.

—No, Barb, no. La va matar un boig, que és a la presó i pagarà pel que va fer. No, tu no en tens cap culpa, no vull que ho pensis.

—Però va morir per salvar-me a mi... L'avia té raó. Jo en tinc la culpa. I tu no vas fer res per salvar-la a ella?

—No vaig poder, Barb, no en vaig saber, gairebé no em vaig adonar del que passava. Ella va córrer cap a tu. Jo em vaig quedar quiet. Vull que em prometis que no tornaràs a pensar que tu en tens la culpa, de la seva mort. M'ho promets?

—Sí —va dir Barb.

El vaixell que havien d'agafar per viatjar a Europa feia escala a Miami i anaren cap allà. Les paraules del pare sobre la professora de cant l'havien animada, i semblava més tranquil·la i menys culpable de la mort de la mare, però alhora no entenia per què el pare no havia intentat protegir-la, com tampoc havia acudit a ajudar-la a casa dels avis. Què li impedia pujar en sentir els seus crits? Només l'àvia havia pujat, malgrat donar-li la culpa de la mort de sa mare. L'àvia era l'única persona a la qual havia confessat el que havia vist al fons del mirall.

En arribar a Miami, Mike vengué la caravana a bon preu i comprà els bitllets. El vaixell era de càrrega, però també admetia passatge, la qual cosa resultava molt més econòmica que viatjar a Europa en avió o en un vaixell de línia regular.

Una tarda de finals d'abril van pujar a bord. Un mariner els va indicar la cabina en què havien d'instal·lar-se. Era petita però suficient. Tenia dues lliteres, una damunt de l'altra, i un ull de bou que a la nena li va agradar força. Van desfer l'equipatge ràpidament. Eren només dues maletes, més petita la de la nena, en la qual l'àvia li havia posat les tovalloletes doblegades en tres plecs perquè pogués usar-les quan les necessités. Barb va procurar que el pare no les veiés en col·locar-les al calaix de l'armari que compartien. Després, agafada de la mà de Mike, va sortir a coberta.

—Vine, ens acomiadarem de Miami —li va dir el pare—. Ja veuràs, Barb, t'agradarà, el viatge. En aquesta època el mar està en calma. A més, no haurem de preocupar-nos de res. El bitllet inclou esmorzar, dinar i sopar. Podrem dormir fins tard, descansar; ho necessitem tant!

Les ones llargues, planes i compassades aixecaven espurnes blanques que a la nena li semblaren núvols trinxats, núvols que el vaixell anava desfent mentre avançava per un mar blavíssim que a Barb li va parèixer una mena de cel. Potser a les ones hi veuria l'arc de Sant Martí? La remor del mar era agomboladora, però no l'ajudà a adormir-se perquè tot sovint recobrava la veu de la morta, les seves paraules, i per això la primera nit, des de la seva llitera, ja colgada, preguntà al pare, que llegia un diari assegut a la seva:

—La mare, abans que tu la coneguessis, era bona persona?

Mike se sorprengué. No entenia què li volia dir la filla amb aquella pregunta.

—Perquè ho dius? És clar que sí, la mare era bona, molt bona, ho saps tan bé com jo.

La nena insistí:

—Abans de ser la meva mare també era bona persona?

—Jo crec que sí, Barb, n'estic ben segur, perquè ho preguntes?

Barbara començà a sanglotar. Mike es posà dret per veure què li passava. Aleshores Barb li contestà:

—Perquè la veu em va dir que no tenia fills per culpa d'ella, per culpa de Margaret.

—Quina veu, Barb, de quina veu parles?

Entre plors, seguí repetint:

—Una veu, pare, deia que la mare en tenia la culpa...

—No vull que facis cas del que somies, ja t'ho he dit, tots tenim malsons, tots. Jo també des que falta la mare, però intento no fer-ne cas, tu has de fer el mateix. I ara dorm, i si torna la veu i et desperta, em despertes a mi, però recorda bé el que et dic: els malsons no són reals... Ho entens?

—Què passa quan trenquem una promesa, pare? Ens poden castigar?

—Trencar una promesa no està bé, i sí, ens poden castigar. Vinga, dorm, Barb.

XIX

El viatge des del port de Miami fins al de Barcelona, on havien de desembarcar, durà quasi un mes perquè el vaixell feia escala en diversos ports, on carregava i descarregava mercaderies.

—Jo, Rose, a mesura que passaven els dies m'adonava que el pare havia canviat, que no era el mateix que quan estàvem sols a la caravana abans d'arribar a Lambeland i només ens teníem l'un a l'altre. La meva fe i la meva confiança en ell havien minvat. Al vaixell, el pare havia retornat al món que ben segur havia perdut en casar-se, als costums de les vetllades amb amics, les bromes i juguesques. El veia cada cop més recuperat de l'ensurt ocasionat per la mort de la seva dona i em sabia greu. Les ganes de viure, de començar una nova etapa que notava en el pare quan m'explicava a quins llocs aniríem, com era l'hotel on l'havien contractat i la il·lusió que hi traslluïa, en lloc d'alegrar-me, m'entristien. No sé, Rose, si aquestes sensacions que t'explico les tenia aleshores o les vaig tenir després a força d'analitzar-les tot recordant el viatge. El que sí que puc dir-te és que sovint pensava que jo era una nosa per al pare, que li sobrava i que ja no m'estimava, que en qualsevol moment m'abandonaria, i no podia treure'm del cap que no hagués vingut a ajudar-me quan jo el cridava a casa dels avis.

»Diuen que la por a l'abandó passa pel cap de moltes criatures que tenen pare i mare i una vida normal, com una de les grans pors infantils; en el meu cas, donades les circumstàncies, aquesta por esdevenia pànic. El pare, però, m'assegurava que mai no deixaríem d'estar junts passés el que passés. Aleshores li feia prometre, una vegada i una altra, que no em deixaria. Però fer-l'hi prometre amb tanta insistència també m'espantava. Si no complia la seva promesa, li passarien coses dolentes que jo tampoc no volia que li passessin, i em preguntava si a mi, que en certa manera havia trencat part de la promesa feta a l'àvia explicant al pare que havia sentit la veu, em passaria alguna cosa tan horrorosa quasi com la mort de la mare, que no podia ser altra cosa que la mort d'ell, del pare. El pitjor càstig que m'haurien pogut imposar, i aleshores resava i convocava la presència de ma mare, que no em feia cas, només en somnis, mai desperta com abans, tret d'una vegada.

»Una única vegada, un horabaixa en què, cap al tard, estava sola a la cabina del vaixell, fent els deures que el pare em posava cada dia, com abans feia la mare. Estava segura que primer havia sentit una remor de passes suaus al passadís, després com s'obria la porta i en girar-me l'havia vist entrar, però no com la recordava de la darrera vegada, abans que el camió l'atropellés, el dia que després de sopar tornàvem al càmping, sinó com l'havia vist al mirall, com quan era petita, quasi de la meva edat, amb els cabells llargs i el vestit blanc que li arribava fins als peus. Però l'aparició fou tan ràpida que no vaig tenir temps de preguntar-li si era ella, tot i que ho vaig saber de seguida. Vaig estar segura, Rose, que no podia ser ningú més que ella. No facis comentaris, cap ni un, Rose.

No pensava fer-ne cap. La Simpson em devia veure a la cara l'estranyesa que em produïa el que em deia. Em costava entrar en aquell món seu, per més que sabia que precisament molts cantants d'òpera creien i creuen, sense dubtar-ne, en el que podem denominar parapsicologia, i confiaven i confien fins i tot l'èxit o el fracàs de les seves actuacions a les prediccions de les seves astròlogues o a accions tan simples com tirar a cara o creu la xapa metàl·lica del tap d'una ampolla de xampany abans de sortir a l'escenari —crec que era el cas de Pavarotti—, per saber si triomfaran o fracassaran, segons caigués la xapa d'un cantó o de l'altre. La Simpson havia fet una pausa llarga, concentrada en el record:

—Era la mare, ella, joveníssima, com una nena de la meva edat aleshores, la qual cosa pot semblar encara més impossible, ja que volia dir que el temps, el seu temps, tirava enrere... o era el meu? ¿Jo m'havia allunyat de mi mateixa per anar a cercar la mare jove? Que era ella, n'estic ben segura. Va agafar-me la mà i em va corregir una suma que estava equivocada, com feia sempre quan em donava classes. Qui sinó la mare m'hauria fet un petó molt suau al front, un petó dolç de comiat, just abans de desaparèixer?

»—No marxis, no te'n vagis, mare —li vaig dir aixecant-me de la cadira i anant cap a la porta per on ella havia desaparegut. Però, tot i que ja no la vaig veure, vaig sentir-me conhortada. Ella no m'havia castigat per haver trencat part de la promesa feta a l'àvia.

Barbara Simpson, la diva, l'exigent i capriciosa, la gran soprano, l'actriu magnífica, amb una enorme capacitat d'interpretar els personatges de les òperes predilectes, això és, de fingir, em va semblar de sobte una nena fràgil, espaordida, perduda en la nebulosa del passat. Quan va acabar d'evocar aquella escena es va tapar la cara amb les mans, suposo que perquè no la veiés plorar. Després va dir-me que sortiria al jardí una estona, li aniria bé prendre l'aire.

Vam continuar mitja hora més tard amb referències al viatge i especialment a un circ. Vaig escriure el que em va dir, com volia, en tercera persona.

Al vaixell hi havia pocs passatgers: un dels músics que havia de tocar amb el seu pare, el contrabaix, Bob Ogire, una senyora vella amb el seu fill, Lady Stradford, els Sandoval, una família d'argentins amb tres filles grans, i alguns passavolants que pujaven a un port i baixaven al cap de pocs dies en un altre i que només veien a l'hora dels àpats.

Al port de Nova York, però, van pujar dues dotzenes de passatgers que no desembarcarien fins a arribar a Europa, i entre els quals n'hi havia quinze o setze d'una companyia de circ, que entraren a bord fent un gran xivarri, amb paquets i maletes a dojo, l'embalum d'una carpa que, tot i estar plegada, costà d'encabir per l'escala que davallava a la primera bodega i l'hagueren de deixar a la coberta de babord ben fermada i tapada amb lones. Portaven també els seus animals. La primera que va entrar, fent reverències, fou una mona ensinistrada que es deia Bella, agafada de la mà d'un senyor molt alt i fort, amb barba llarguíssima i un barret enorme que es posava i treia, saludant tant els que els havien anat a acomiadar com els tripulants que els esperaven, igual que a la resta de passatgers que, divertits, assistien a aquell espectacle distret, alegre i engrescador, a banda de gratuït.

Per mitjà d'una grua, també van embarcar un elefant dins d'una gàbia gegantina. I dins d'una altra, prou grossa però no tant, un lleó que, com si badallés de son, perquè ben segur li havien administrat un sedant, obria una bocassa descomunal. En una tercera gàbia, més petita, hi havia un poni blanc, abrigat amb una mena de pijama del qual només sobresortien les potes nues.

Lliures de gàbia, entraren també diversos gossos, lligats amb corretges, que conduïa una noia alta i guapa que s'acomiadava amb un gest de la mà dreta dels que quedaven al moll, girant-se sovint. Després, un home forçut amb un bigoti ben engomat amb les puntes entortolligades fermades amb dos llaços de color carabassa. A les mans duia uns pesos colossals que manejava com si fossin dos brins de palla. El seguia una parella elegant, ell amb barret de copa i ella embolicada amb un xal virolat. Eren els mags i per això saludaven amb tres mans cada un. Tancaven el seguici dos pallassos, sabatots de punta exagerats, cara enfarinada i nassos vermells que es treien i posaven, quan no deien adeu movent els dits plens d'anells amb cascavells que sonaven riallers i un punt disbauxats.

Aquella *troupe* fou molt ben rebuda per tothom, excepte per les filles de la família argentina, que consideraven un perill per als viatgers i els tripulants que hi hagués un lleó a bord, encara que fora ben tancat dins una gàbia i confinat a la bodega. Per contra, a Barb li semblà fantàstic, i la va distreure de les seves cabòries tristes i encara més de les seves pors. Durant aquella darrera setmana de navegació, assistí a l'entrenament dels gossos que un noi jovenet exercia a la coberta de popa, i fins i tot un dia la va deixar baixar a la bodega per veure com el lleó es cruspia en un tres i no res un munt de bistecs.

Mike de seguida s'havia fet amic del senyor de la barba, que era l'amo i director del circ. Això permeté a Barbara conèixer els diversos membres de la colla, que estaven encantats amb aquella nena que obria uns ulls com unes taronges davant els jocs malabars que practicaven uns i també davant els trucs de màgia d'uns altres. Uns trucs que no tenien res a veure amb els de The Magic Musicians Mike and Margaret que ella havia contemplat infinites vegades i que hagué de reconèixer que, devora dels de la parella de russos, els dels seus pares eren d'una simplicitat escanyolida. A Barb tot el que feien Alexei i Nadiuska li semblava perfectament real, i encara afermava més la seva fe en la idea que les coses podien aparèixer i desaparèixer, que era cert i segur que dins els barrets de copa hi havia nius de coloms i que fins i tot les persones podien ser serrades per la meitat i tornades a confegir de manera immediata.

Barb també comprovà que no tothom tenia aquest dons, només alguns, com els mags, que eren els qui admirava més entre tots els que integraven la *troupe*. Però Barb no sols obria els ulls meravellada davant els prodigis que els havia vist fer, sinó també la boca.

—Una boca de pam —li digué Nadiuska—. Ves amb compte que no t'hi entri una mosca i es quedi a viure dins la teva panxolina amb tots els seus mosquits.

—Les mosques i els mosquits són espècies distintes, m'ho ensenyà ma mare —li contestà Barb, una mica empipada perquè li semblà que Nadiuska li volia prendre el pèl.

La resposta de la nena feu gràcia a la russa i des d'aquell dia l'avisava sempre que assajaven a la cabina que compartia amb el seu marit. Barb no pensava que el que feien fossin trucs, creia que tenien un poder extraordinari per aconseguir que les coses fossin d'una altra manera, un poder que a ella li semblava que en certa mesura compartia, perquè podia veure la seva mare, cosa que ben segur no li passava al pare que, des que la *troupe* havia pujat al vaixell, encara estava més content, en especial des que s'havia fet amic de la filla de l'amo del circ, la qual cosa la nena va comprovar el primer dia que els va veure junts, passejant per la borda. Notà com el seu pare la mirava amb la mateixa devoció que sovint Barb havia descobert que mirava a la seva mare i per això començà a odiar-la. Per contra, Mary feu tot el possible per resultar simpàtica a la nena. Li guardava els *cakes* de xocolata que sovint servien com a postres al menjador i que a la Barb li agradaven molt i l'afalagava, dient-li que era molt maca, que encara ho seria més quan es convertís en una doneta i que el seu pare se l'estimava per damunt de tot. Això fou el que més empipà la nena: qui era ella, la nouvinguda, per mesurar fins on arribava l'amor del pare?

Barbara de tant en tant se sentia, més que trista, decebuda: compartir el pare amb la saltimbanqui no li agradava gens; a més, pensava que feia massa poc que la mare els havia deixat. No entenia com ell podia substituir-la tan aviat. El pare, des que conegué Mary, arribava tard a dormir. Barb l'esperava desperta perquè tenia por dels malsons. Por de tornar a veure la calavera, de sentir la veu, despertar-se sense poder respirar a causa de l'ensurt i trobar-se tota sola. De vegades cantava baixet per no adormir-se, estirada a la llitera perquè el pare li havia prohibit que l'esperés sense haver-se colgat.

Considerava un miracle de la mare que hagués recuperat la veu i tenia ganes de tornar a cantar davant del públic. Recordava amb recança les vegades en què ho feu a l'escenari del petit teatre de Savannah, i en especial el dia del debut que, com sempre, no podia dissociar de la desgràcia.

Ja faltava poc per desembarcar a Barcelona quan el pare li anuncià que els seus amics del circ preparaven una actuació amb els gossos i la mona ensinistrada i que els mags oferirien alguns dels seus trucs més vistosos. Bob i ell havien pensat que podien sumar-s'hi amb un petit concert i, si ella en tenia ganes, podia cantar algunes de les cançons que havia assajat amb la mare, per exemple la que li agradava tant, «Over the Rainbow». Això l'alegrà no sols perquè li feia il·lusió cantar davant del públic, sinó per demostrar a Alexei i Nadiuska que ella també sabia actuar.

Assajà amb el pare força hores abans del concert, que tingué tant d'èxit com el número dels russos, si és que no el sobrepassà, i això la feu sentir molt contenta. A més, mentre cantava li semblà que la mare l'escoltava, tot i que no la veié. Estava segura que ella no volia aparèixer davant de tanta gent, però que se sentia orgullosa de la seva petita Barb. A la nit, i encara l'endemà, al menjador molts passatgers comentaven que la nena tenia una veu preciosa, que calia que es dediqués a estudiar cant. Fou Maria Sandoval, la senyora argentina, la que amb més entusiasme s'abonà a la idea i oferí a Mike fer les passes perquè la seva cosina, la gran cantant Pandora Brunellesky, ja retirada i que passava molt de temps a Mallorca, on ell anava a tocar, pogués donar-li classes. Mike, molt satisfet, amb el seu aire petulant, li donà les gràcies, però li digué que ja ho tenien tot previst. La senyora Brunellesky ja estava informada de part de Leontyne Price de la meravellosa veu de Barb i havia acceptat donar-li classes.

Tanmateix, la senyora Sandoval volgué fer valdre el parentiu amb la cantant davant Mike i el dia següent li donà un sobre amb uns fulls de paper. Un era una carta de recomanació, que va escriure en italià, i l'altre la traducció a l'anglès del que havia escrit, perquè estigués ben assabentat del que li deia. A més, li va prometre que tot just arribés a Barcelona telefonaria a Pandora per dir-li que havia conegut Barb i que la nena necessitava el seu ajut. Res no li podia agradar més a la gran diva que encaminar els cantants, ho havia fet amb molts dels més importants; ¿havia sentit a parlar de Maria Callas? Li garantia que, amb l'ajut de Brunellesky, Barbara es convertiria en una diva.

TERCERA PART

I

L'American Quartet Jazz, integrat pel magistral Bob Ogire, contrabaix, el gran saxofonista Mike Simpson, el genial trompetista Scot Waller i el magnífic bateria Jonny Castro, com es referien a ells en el fullet de propaganda que el mànager manà imprimir perquè el poguessin mostrar per Europa i que Barbara guardava entre els seus papers, havia estat contractat per primera vegada a l'hotel Formentor, el més luxós de Mallorca, de les illes Balears i un dels més recomanats de la Mediterrània. Buscant informació del lloc, vaig llegir que ja en aquella època els hostes il·lustres que hi havien passat s'hi comptaven per dotzenes: Churchill amb les seves pintures, Chaplin amb la seva dona Ona, Grace Kelly amb el seu marit, el príncep de Mònaco, l'actriu Joan Fontaine, l'Aga Khan amb el seu seguici.

A banda de molts aristòcrates, mandataris internacionals o representants d'un exotisme d'allò més variat —maharajàs amb turbants rematats de maragdes i maharanís que valien el seu pes en or, mandarins xinesos amb cares molt semblants a la que exhibia la capsa d'una marca de flam, prínceps orientals amb mitja dotzena de concubines— que quan es va inaugurar l'hotel s'hi hostatjaven temporades i que ara només hi sovintejaven de tant en tant.

Hi havia hostes rics o presumptes rics de presència i cognoms més o menys comuns, però sovint amb guionets enmig dels llinatges o un *de* d'afegitó per donar-se importància. Alguns hi constaven inscrits amb noms complicats i d'altres amb els noms falsos que utilitzen els espies que treballen per partida doble i alhora per als dos bàndols als quals juren una fidelitat que solen guardar a un tercer. També hi havia passavolants, joves i no tan joves, que invertien els diners estalviats cercant complaure altres clients per oferir-los els secrets dels seus contactes íntims, tan discrets i perdurables com els fora possible en proporció a la rendibilitat que en poguessin treure per al futur.

Els músics tot just havien arribat a Formentor dijous. Al matí, Bob, Mike i Barb havien desembarcat del vaixell de Barcelona. Al port d'aquesta ciutat, el dia abans el *Rimini* hi havia atracat en la darrera escala, abans de la de Marsella, on acabava el viatge, i des d'allà agafaren a la nit el vaixell correu cap a Mallorca. Scott els va anar a esperar al moll de Palma per marxar directament cap a Formentor, on des de feia hores ja hi era Johnny, el cubà.

El lloc on era l'hotel els semblà preciós, tot i que arribar-hi, per una carretera que semblava més apropiada per a les serps que per als automòbils, fou un turment. Sovint havien d'aturar-se perquè Barb es marejava, i el taxista, molt poc amable, remugava que el preu contractat no li bastava, «haurien d'afegir-li doblers si havia de perdre tant de temps per culpa de sa nina».

A l'hotel no comptaven que un dels músics dugués un infant. Ningú els havia avisat d'un fet tan poc freqüent. L'habitació que els havien assignat per a tots quatre era una de les de servei, petita, amb dues lliteres esquifides, on Barb no hi cabia ni tan sols arraulida a un racó del llit de son pare. A banda, no era lloc per a una nena, una convivència tan estreta amb aquells homes, ni els músics s'hi podien sentir a plaer.

La governanta, de la qual depenia tot el que feia referència al servei, en veure aquella criatura que no deixava ni un segon la mà del pare, va permetre que Mike i la filla ocupessin la cambra minúscula d'un dels jardiners, que se n'havia hagut d'anar perquè sa mare estava molt greu, a punt de morir, però feia comptes de tornar aviat, tot d'una, després de l'enterrament, no fos cas que algú li prengués la feina. La governanta estava segura que el màxim de què podrien disposar de l'habitació d'en Joan serien tres o quatre dies. Barb a l'hotel no s'hi podia quedar més temps.

Mike li donà les gràcies. Ho feu amb el seu estil més afalagador, com sempre que volia ser amable. Li explicà que era vidu, que no feia ni sis mesos de la mort de la seva dona i que la desgràcia de quedar-se sense mare havia estat terrible per a la seva filla, a la qual ell havia promès que no deixarien d'estar junts, tot i que sabia que això seria molt complicat. Mai no s'havien separat. La governanta no l'entenia gens, perquè el seu anglès no arribava a les deu paraules, però li degué agradar el to de la veu tan masculina del saxofonista, que anà a cercar Johnny perquè el traduís. Ho feu de manera simplificada: tres o quatre dies era el temps que necessitava Mike per quedar-se amb la filla. Diumenge la deixaria a Fosclluc, a casa de la senyora Brunellesky.

El dimecres anterior, a Barcelona, Mike havia parlat amb Pandora Brunellesky. La senyora Sandoval els havia posat directament en contacte des del seu hotel. El músic havia desplegat tots els recursos de les seves arts de seducció i la petita Barb havia estat encantadora i obstinada: volia ser com ella, l'hi va dir molt convençuda:

—Quan sigui gran, vull ser com vostè o quasi.

La diva no solia acollir els alumnes a casa, però el cas de Barbara era especial. Leontyne Price li havia fet saber la situació i ella estava disposada a ajudar-la. A més, tot el que li havia explicat la seva cosina li havia fet gràcia. Sempre havia cregut en les casualitats. I el fet que la petita també vingués recomanada per Ana Sandoval, que l'havia sentit cantar, li semblà un bon auguri. També l'horòscop parlava d'una nova presència que li faria companyia, d'ara endavant. Qui podia ser sinó aquella nena prodigi, desenganyada com estava dels homes...? Només hi havia un petit inconvenient: ella no viatjaria a Mallorca fins dilluns. Barb podia, però, arribar diumenge a casa seva, al poble de Fosclluc, on tothom la coneixia; donaria ordres al servei perquè tot fos a punt.

Els músics es passaren moltes hores assajant. Volien, no només quedar bé sinó entusiasmar amb les seves interpretacions. El jazz, que a Amèrica s'havia convertit en un tipus de música que, agradés o no, quasi tothom —amb excepció del KKK— considerava representativa del país, malgrat que fossin molts més negres que blancs els que l'interpretaven, a Europa encara no tenia tants adeptes, i ells, si tocaven com ho devien fer els àngels, podrien arribar a situar-se entre els primers i principals propagandistes.

Franky Sullivan, el mànager, que era una persona decidida i entusiasta, els havia repetit i tornat a repetir que, si en aquella gira aconseguien sumar adeptes de categoria, acabarien per poder tocar al casino de Mònaco. A més, qui sap si a algun dels milionaris que hi hauria a l'hotel no li interessaria promocionar la banda amb els seus diners, i llavors sí que tot aniria de meravella.

Les prediccions de Franky, a banda de la imminència de la primera actuació, aquell dissabte, els va motivar a assajar i tornar a assajar enmig del bosc, en una mena de nau que formava parts d'uns magatzems que pertanyien a l'hotel i que havia estat insonoritzada enganxant a les parets capses de cartró de les que servien per transportar ous evitant-ne la trencadissa. Barb, mentre el quartet treballava, esperava a fora.

«No volia estar lluny del pare, Rose, i m'entretenia amb els descobriments que anava fent: les cigales que cantaven sense aturall, els grills que en vesprejar demanaven companyia amb els seus xiscles d'infinita persistència i que jo, divertida, intentava contestar, el quiquiriquic dels galls que hi havia prop, el cloquejar i escainar de les gallines, i encara més el crit udoladís dels paons, uns animals que no havia vist mai. Tots els sons abans no sentits m'atreien més que qualsevol altra cosa i alguns em feien riure. També passava el temps mirant la casta de formigues distintes que hi havia vora un garrofer, abundós de garrofes, que vaig tastar per primera vegada. Ben segur que tu no n'has menjat mai, i m'agradaren força».

Barb s'estava allà tota l'estona que duraven els assajos, que era molta, perquè els músics necessitaven compenetrar-se. Mike feia anys que no tocava en companyia i Johnny procedia d'una orquestra de Cuba, d'on era i d'on s'havia escapolit cap a Miami. Només Bob i Scott pertanyien a la mateixa banda. Calia, però, que tothom pensés que l'American Quartet Jazz duia tantes actuacions com èxits aconseguits arreu.

II

Diumenge al matí un taxista de Pollença, amic de la governanta, va recollir Mike i Barb, acompanyats de Johnny en funcions de traductor. Per un preu rebaixat i pagat en dos terminis, els portaria fins a Palma, i des d'allà un autobús que els mallorquins anomenaven «el correu», els duria fins a Fosclluc.

Malgrat que prendre classes de cant era la seva gran curolla, Barb estava trista. Li feia pena quedar-se sola i no sabia com encaixaria amb la senyora Brunellesky. Per telèfon la seva veu li semblà d'allò més agradosa, però no la coneixia i no s'imaginava com serien les classes ni si ella estaria a l'altura de la seva ajuda, i això la preocupava. Però d'altra banda s'adonava que havia estat una gran sort, una sort enorme que Pandora Brunellesky tingués casa a Mallorca, d'aquesta manera no se separaria del tot del seu pare. Quan Brunellesky tornés a Milà, on vivia i tenia l'acadèmia de cant, seria una altra cosa. I això l'angoixava. Qui sap si ella no era una nosa per a Mike; si ell volia emprendre una nova vida amb Mary, ella sobrava. Pensava tot això —ho recordava bé, segons va dir-me— mentre el pare dormia, amb el cap repenjat contra el seient força dur. L'actuació de la nit anterior havia acabat molt tard i s'havien llevat d'hora per arribar a agafar l'autobús que sortia de Palma a les vuit, ple d'excursionistes que parlaven en una llengua que no havien sentit mai.

«Jo, ben al contrari, estava ben deixondida, mirava passar el paisatge per la finestreta, asseguda entre el meu pare i el cubà, tots dos amb els ulls clucs. També he de dir-te que si per un cantó m'espantava quedar-me sola en un lloc desconegut, per l'altre era tanta la meva il·lusió per aprendre a cantar, per poder-me dedicar a la música, que procurava que tot això pesés més que les pors a les veus que em parlaven d'antigues culpes de ma mare i de la calavera que hi havia al fons dels miralls i que el meu pare ja no em podria ajudar a foragitar.

»A l'arribada a Fosclluc, a peu de la parada de l'autobús, ens esperava una dona. Com que no va tenir cap dificultat a reconèixer-nos, se'ns acostà tot d'una. Ens digué que es deia Tina, treballava per a la senyora Brunellesky i era persona de la seva màxima confiança. Ella l'enviava.

»"Els he vengut a esperar en nom seu. Ahir vaig rebre un telegrama", i el va treure de la butxaca i el va mostrar.

»Com que nosaltres no l'enteníem Johnny el va llegir alhora que el traduïa a l'anglès: "Imprevist de darrera hora m'obliga a canviar el bitllet. Retardo uns dies l'arribada a Mallorca. Millor que Barbara es quedi a casa teva. Tracta-la molt bé. Et giro diners. Pandora Brunellesky".

»La sorpresa del pare, i encara més meva, fou grossa. Però Tina insistí que podien confiar en ella. Ella tindria esment de mi amb molt de gust, a ca seva mateix, i no a ca la senyora, que quedava una mica lluny del poble i on jo, tota soleta, passaria molta por. Els posaders, en Jeroni i la seva dona, vivien a la caseta que hi havia en un extrem del jardí, i la casa de la senyora era molt gran. No era lloc per a na Barbareta.

»Tot això ens ho anava explicant en Johnny Castro, perquè ni mon pare ni jo enteníem res del que deia aquella dona que xerrava pels descosits, ajudant-se amb gestos prolífics. A tots tres ens semblà força simpàtica i el meu pare va dir-me que no em preocupés, que em tractaria molt bé, mentre esperàvem la senyora Brunellesky. I jo també ho vaig pensar, perquè de seguida que em va veure em va besar de manera ben sonora i m'acaronà els cabells i començà a parlar-me sense parar.

»Jo la mirava sense entendre res i mirava mon pare amb ulls interrogants. Què deia aquella dona? Ella va repetir en veu més alta les mateixes frases, cosa que he vist fer sovint als qui consideren que no és que no sapiguem el seu idioma sinó que no els prestem la deguda atenció auditiva... Altra vegada el cubà feu de traductor. No sols traduí el que deia Tina sinó el que li digué el meu pare:

»Li pregava que em tractés molt bé, perquè era la primera vegada que ens separaven. Li digué que jo era una criatura enyoradissa, que tenia mal dormir i que des que la mare faltava em despertava sovint, i sovint plorava amb els ulls tancats sense adonar-me'n, i de vegades, adormida, m'aixecava del llit i em passejava somnàmbula. Exagerà aquest aspecte, perquè no fos cas que jo ensopegués amb algun moble o caigués, com m'havia passat a casa dels avis, puntualitzà. De seguida que tornés la senyora Brunellesky l'hi havia de fer saber, i qualsevol cosa que em passés també, i li feu apuntar el telèfon de l'hotel Formentor. A més, ell vindria a Fosclluc cada diumenge, per estar amb mi. I em telefonaria tots els dijous.

»"No tenc telèfon, jo, me sap greu, però jo li puc telefonar des de ca sa senyora o, si vol, dijous a l'hora que me digui hi puc anar amb na Baba per esperar que mos cridi...".

»"...*Barb, mejor la llamas Barb*", va interrompre Johnny, abans de tornar a traduir el que deia ella.

»Però Tina no li feu cas i m'anomenà Baba, com tothom a Fosclluc a partir d'aquell moment».

Barbara reconstruí la seva arribada a Fosclluc amb records personals i detalls que Pandora Brunellesky li explicà temps després. Com altres vegades, em demanà que ho escrivís en tercera persona:

Al poble, aquell diumenge al matí alguns dels molts que havien vist baixar del «correu» aquells dos negres amb una nina també de carbó i una maleta petita, asseguraven que aquell senyor estranger, el més alt i que semblava tan simpàtic, li havia pagat a Tina un bon grapat de diners per quedar-se amb la nena. Però d'altres ho contaven a l'inrevés: Tina havia comprat l'infant a aquell estranger i era ella qui li havia donat els bitllets que al senyor li havien vist treure de la butxaca, subjectats amb una goma, a la botiga, quan s'hi aturà amb la filla i li demanà que triés algunes llepolies abans d'acomiadar-se. A Baba li havia agradat una pepa de pedaç però sabia que son pare anava just de diners i no l'hi va demanar. La madona de la botiga es preguntava si els diners que havia mostrat aquell senyor els hi havia donat Tina, dels seus estalvis de tota la vida, o els havia manllevat a la senyora Brunellesky, els hi havia agafat d'algun calaix on eren enfonyats, perquè ella tenia claus de la casa de la cantant i tota la seva confiança per entrar i sortir a voler.

Mike volgué veure on viuria Barb i Tina l'hi va mostrar. Li va semblar que tot era força acollidor. Li va agradar el petit hort de la banda de darrere, amb les llimoneres i la morera, les plantes medicinals que també havia vist sembrades a Formentor: romaní, valeriana, camamilla, herballuïsa, que li anà recitant Tina. A Barb li feren gràcia les flors que no havia vist mai: les dàlies, els gladiols i una immensa buguenvíl·lea, que devia ser la planta del poble, perquè tot just entrar des de la finestreta de l'autobús s'havia fixat que a moltes parets de les cases hi havia un esclat de flors vermelles, fúcsies o grogues de la mateixa casta i recordà tot d'una les azalees de Savannah, el darrer ram que collí per a sa mare i les últimes flors que ella li posà als cabells, i li vingué un calfred.

Mike, Barb i Johnny dinaren al cafè el menú que la madona havia preparat per a aquell diumenge. Després, fent una passejada amb Tina arribaren fins a la casa de la senyora Brunellesky, perquè la poguessin conèixer i saber on viuria Barbara tot d'una que la cantant arribés. Tina els mostrà les sales i el dormitori ja preparat per a la petita amb un llit amb cobricel de color blanc i un tocador amb un gran mirall i un armari, on ben segur que hi quedaria lliure les tres quartes parts perquè les coses que Barb duia a la maleta eren escasses.

A la sala on la senyora Brunellesky li donaria les classes hi havia un piano de cua, un sofà amb dues grans butaques que hi feien conjunt, entapissat tot amb roba estampada amb notes musicals, que a Johnny li va semblar molt apropiat i a Barb li feu molta gràcia. Hi havia també, a banda i banda de la paret de la dreta, dos canteranos:

—Els feu dur d'Itàlia i són molt antics i d'una fusta molt bona, xacaranda, crec, amb incrustacions de nacre i ets panys de plata —puntualitzà Tina, donant-los referències que indicaven que ella coneixia bé fins i tot els mobles de la casa i sabia valorar-los de manera eficient.

Els canteranos eren plens de marcs amb fotos de la diva, algunes de les seves actuacions glorioses als teatres d'arreu el món, d'altres amb personalitats rellevants; era un suposar, perquè els visitants no en reconegueren cap, excepció feta d'Eisenhower i d'un altre polític, alt amb una mena de birret brodat, tal vegada De Gaulle. A les parets hi havia molts quadres grans amb marcs importants, la qual cosa els feu deduir que devien ser d'artistes de primera categoria.

—A dona Pandora li agrada molt sa pintura, i ets quadres són molt bons. Sempre mos diu que hem de tenir esment en fer-los nets —se sentí obligada a comentar Tina mentre observava que aquells dos senyors els passaven revista, i demanà a Johnny que ho traduís.

La sala s'obria al jardí, des d'on es veia una trinxa de mar llunyana. Ni Mike ni Barbara havien estat mai en un lloc tan luxós. Ambdós es miraren satisfets. Si la filla tenia tantes possibilitats d'arribar a dalt de tot, com havia assegurat Reynolds i havien tornat a assegurar els que la sentiren al vaixell, l'ajut de la Brunellesky havia de ser fonamental.

Barbareta, acompanyada de Tina, acomiadà el pare i Johnny a la parada del correu que tornava cap a Palma a les cinc. Des d'allà havien d'agafar un altre autobús per arribar a Pollença. La governanta els havia dit que ella els podia esperar a les nou per pujar junts a Formentor.

III

«No pots imaginar-te, Rose, el que va suposar per a mi que el pare em deixés a Fosclluc, voltada de gent que no coneixia, sense comprendre una sola paraula de la llengua en la qual parlaven ni tampoc que ells entenguessin la meva. Però cal que et digui que Tina fou sempre afable i acollidora.

»Durant la setmana menys un dia que vaig passar a casa seva no vaig tenir cap queixa del seu tracte. Ben al contrari. Intentava fer qualsevol cosa que em pogués agradar, des de cuinar-me els plats que creia que podrien ser més gustosos, com unes pastes farcides de melmelada i una mena de pastís que creixia dins el forn i després baixava i que Tina volgué que aprengués a fer. Això, ajudar-la amb la rebosteria, em va tenir força entretinguda el primer dia. Mai no havia vist pastar. Tina ho feia dins un ribell de terra i de seguida en va posar un per a mi. Em va encantar adonar-me que jo també era capaç d'arribar a aconseguir aquella mena de màgia, de convertir en un pastís la mescla de diversos ingredients: farina, aigua, mantega i una mica d'unes pólvores que va treure d'una capseta.

»Calia pastar-ho amb les mans, ficar-les dins la farina blanca, barrejar-la amb l'aigua i la mantega, sentir els dits enganxats de pasta, primer amb degotissos, després moure'ls fins a aconseguir que la massa fos un tot homogeni. M'agradava aleshores i encara ara m'agrada que les mans produeixin alguna cosa de profit, com quan la mare m'ensenyà a fer flors de paper...

»Pastàvem a fora al petit jardí de la casa de Tina, a l'ombra dels arbres, sobre una taula vella de fusta on Tina, després de pastar, estenia la pasta amb un rodell i la tallava amb uns motllos de figuretes, i em va deixar que jo també ho fes i triés els que volia emprar. Recordo el motllo d'una sabata, el primer que vaig agafar, pensant en les sabates de Dorothy, i en aquelles sabates vermelles que vaig estrenar a Savannah, la ciutat de tants sabors d'agredolç que per sempre duria impresa a la memòria i on quan he pogut, com bé saps, he ofert concerts benèfics per la bona causa dels drets humans.

»Tina em va oferir, perquè els utilitzés, tots els motllos que guardava. N'hi havia alguns amb formes d'animals, una tortuga, un peix, un parell d'estrella i lluna, i això em feu també recordar la meva cançó i el desig de tornar a veure l'arc de Sant Martí. El desig devia ser tan poderós en aquell moment que, quan vam acabar de fer les pastes i Tina va fer nets els ribells allà defora posant-hi aigua i unes gotes de sabó, de sobte van sorgir els colors estimats que em semblaven tan misteriosos, però va ser només un instant, just abans que Tina agafés el ribell per tirar l'aigua sabonosa fora del jardí, enmig del carrer, espargint-la amb les mans a grapades per mullar a poc a poc la terra.

»D'aquell primer dia recordo també les olors, del llorer i de les llimoneres, uns arbres que no havia vist mai, carregats de llimones, i també que Tina amb les mans agafava les olors diferents, de les plantes que hi tenia sembrades, i obria el puny vora el meu nas perquè jo les olorés i em conduïa fins a cada un dels matolls, el nom dels quals vaig saber més endavant —perquè a la Toscana també em vaig acostumar a veure-les, i vaig aprendre a conèixer-les: romaní, camamilla, lavanda, i, imitant Tina, jo agafava amb la mà les seves olors i, estrenyent-les dins del puny, les guardava un moment i les deixava anar en el nas de Guido, el meu primer amor, que me les pagava amb un bes.

»Pandora, que tenia afecte a Tina, m'explicà molt de temps després que, des que aquesta s'havia casat, enamorada del marit, volia tenir fills que no arribaven. L'home que estimava no li feia gaire cas. Deien que l'havia avorrit, que ja la trobava massa granada perquè havia complit trenta-tres anys, que li agradaven més joves. Aquell estiu rondava la criadeta nova que tenien al cafè, on es passava la vetllada fins que tancaven. Però a ella Jaume li semblava vell. Jaume era a mitja quarantena i Antoñita tot just havia complert els tretze.

»Si Pandora no hagués confiat en Tina, no hauria permès que jo l'esperés a ca seva fins a la seva arribada. Ho feu perquè li semblà que jo estaria millor amb ella que sola a la casa gran, on em moriria de por. Però Pandora no tenia la mateixa opinió de Jaume. De vegades havia observat blaus a la cara, que Tina atribuïa a cops que es pegava a causa del seu esburbament, però Pandora sospitava que provenien de la mà del seu home.

»Ja la primera nit que vaig dormir allà, els vaig sentir parlar molta estona, ell amb una veu forta, amenaçadora, mesclada amb crits, ella en veu molt baixa li replicava i de vegades sanglotava perquè devia plorar. Però no entenia cap paraula del que deien ni per què discutien i vaig pensar que potser era per culpa meva, perquè ell, Jaume, en creuar-se amb mi diumenge ni tan sols m'havia mirat. Tal vegada jo era una molèstia, una petita intrusa que li robava l'atenció de la seva dona, tot i que segur que la senyora Brunellesky li devia pagar molt bé per la despesa. Per Tina, m'ho assegurà Pandora temps després, com ja t'he dit, jo era molt benvinguda, li faria companyia».

Barbara Simpson desitjava, abans d'emprendre el viatge a Mallorca que tan important era per a ella, saber si els seus records no l'havien traït i els posà per escrit, com ja havia fet algun cop, però ara amb molta més continuïtat, i me'ls va donar.

Acabo de transcriure els primers i així ho seguiré fent sempre entre cometes perquè serveixin de pauta o de contrapunt a la nostra recerca. Escric *nostra* perquè a partir d'aquí incorporo el punt de vista de Carme Riera —seus són els capítols que van del VI al XV d'aquest escrit—, que va buscar testimonis que poguessin ajudar a saber si tot el que li havia passat a Barbara era com ella ho havia viscut i fins a quin punt la seva gran imaginació infantil, en què de vegades somni i realitat es confonien, no havia alterat els fets. Alguns, però, com les aparicions de la seva mare, Barb no els considerà mai fruit del seu desig, sinó esdevinguts, reals, l'explicació dels quals, assegurava, tenia a veure amb els llaços que ella i la mare havien establert i també amb la seva capacitat de percepció, que Ripper ja havia advertit que era molt més oberta en l'època del dol.

També volia, i en això m'insistí moltíssim perquè era la seva preocupació més gran, esbrinar què havia passat després que ella marxés del poble. Només sabia el que li havia explicat Pandora i necessitava comprovar fins a quin punt s'ajustava al que havia succeït i especialment quina part de responsabilitat hi tenia ella i com podia, finalment, tranquil·litzar la seva consciència per poder morir en pau quan li arribés l'hora, sense deixar res pendent.

El doctor Ripper li havia demanat que investigués què era exactament el que l'havia fet tornar i ella s'hi mostrava totalment disposada perquè, en efecte, com repetia, creia que hi havia un culpable que havia estat pres per innocent i un innocent, per culpable, i que el seu testimoni podria servir per establir la veritat de manera definitiva i demostrar-la públicament.

La missió que vaig encomanar, amb el vistiplau de la soprano, a l'escriptora mallorquina Carme Riera, que coneix molt bé la zona de Fosclluc, era la de parlar amb persones que, malgrat el temps passat, més de trenta anys, encara recordessin l'arribada de Baba i el daltabaix posterior. Per gratitud i també per delicadesa vam acordar que no faríem públics els noms dels informants, a menys que aquests ho volguessin, i que el relats dels fets que trasbalsaren Baba i també els habitants del poble es basarien només en referències de primera mà.

D'altra banda, quan finalment vaig acompanyar Barbara Simpson al poble, tot i els enormes canvis —avui és gairebé cosmopolita i força turístic—, no em fou gens difícil imaginar què pogué significar l'arribada d'una nina, com deien alguns, de color, o, com altres confessaren a Carme Riera, negra com el betum, com no n'havien vist cap d'igual de manera directa i molt poques a les pantalles del cinema o de la televisió.

Tant Carme com jo, pensàvem que la primera persona amb qui calia parlar era amb Tina, però quan l'escriptora va arribar a Fosclluc, el juliol del 2005, era a València, a casa del seu fill. Acostumava a tornar a finals de setembre, la qual cosa permetria a Barbara parlar directament amb ella, perquè havíem planificat el viatge per al mes d'octubre, si tot anava bé com aleshores i continuava millorant.

L'encàrrec de Carme Riera consistia a esbrinar tot el que li poguessin dir de Tina i de Jaume. De bon començament, va aconseguir que n'hi parlessin dues persones amb referències coincidents. Transcrivim les seves paraules en lletra cursiva.

Primera informant, Antònia Vives, havia fet feina amb Tina a casa de la senyora Brunellesky i la coneixia força:

Na Tina, des del moment que es casà va desitjar tenir fills i en duia un endarrer gros de tenir-ne. Per això alguns, quan arribà na Baba al poble, deien que l'havia comprada. Ho deien ets que no la coneixien bé, perquè ella volia nins seus, nins que fossin de l'homo que estimava i no de desconeguts, venguts de s'altra banda de món i d'un color que no s'esqueia amb es de sa seva pell ni amb es de sa pell dets seus avantpassats, que no se sentirien contents. No és que a ella es color fosc de sa nina no li paregués tan natural com es seu. Negre i blanc són ets dos ben principals, i el món no aniria bé si després de sa fosca no vengués sa claror i a s'enrevés, tampoc.

Jo crec que na Tina era i és una bona persona, es seu homo la tenia apaorida perquè quan duia dues copes de més l'atupava i sa por ens fa cloure sa boca. Jo crec que en Jaume, a més, l'havia avorrida. Na Tina no li importava gens però alhora era gelós, era d'aquells que es pensen que sa dona només ha d'estar per a ell. Ell era s'amo i a lo millor no li va agradar gens que na Tina se desteixinàs per sa menuda, tot i que sa nina no el devia molestar gran cosa perquè no la veia. En Jaume feia feina a s'embotelladora d'aigo de Foscgran. Se n'anava de bon dematí i no tornava fins horabaixa. I des de que tornava se'l podia trobar en es cafè. Fins que no tancaven no anava a ca seva, quan sa nina, ben segur, ja devia fer estona que dormia. També podríem pensar que amb sa nina na Tina no li faria tant ets comptes, tendria més feina i també més entreteniments. Ho sé, perquè a un poble petit se sap tot i sé que qualque una desenfeinada li havia encalentit es cap amb sa xerrameca que ell anava as cafè per veure sa criadeta nova i que s'hi quedava encara que ja tothom havia tocat el dos per estar tot sol amb ella, i que això d'enguany era més sèrio que lo de s'estiu passat quan encalçava na Sara, la que servia a ses cases velles del camí de Foscgran.

Segona informant, Margalida Capó, veïnada de més prop de na Tina:

Na Tina i na Baba s'entenien només per senyes. Na Tina me deia que intentava que cada dia aprengués paraules noves i que havia començat per ses més necessàries: bon dia, bona nit, gràcies, jo, tu, aigo, pa, oli, llet, flors i les hi assenyalava sense gaire èxit. Na Baba no s'hi fixava. Moltes vegades, jo, que era sa seva veïnada de més prop abans de mudar-me a Foscgran, treia es cap i li preguntava com li anava amb na Baba i me deia que sa nina se passava estones cantussejant i jugant amb es moix. L'havia batejat amb un nom diferent, Totó, i pareix que as moix li agradava més aquest nom que es que li havia posat na Tina, Bigotis. Na Baba li xerrava i es moix pareixia escoltar-la i obeir-la. Era sa seva jugueta. Na Tina me deia que de vegades llegia llibres que havia dut dins sa maleta i d'altres, asseguda davall sa morera des jardí, mirava ses giragonses que feien ses formigues de cap vermell sobre es tronc de s'arbre, i li queien ses llàgrimes.

Quan son pare la va deixar no va plorar. Jo ho vaig veure, casualment acabava d'arribar en es correu que venia i que tornava cap a Palma amb son pare de sa nina i vaig fer es mateix camí que ses dues. Na Tina la va agafar de sa mà i la se'n va endur cap a ca seva. No semblava que estigués trista. Es veu que sa tristor, me deia na Tina, li va arribar després. A estones li pareixia com si no fora en es lloc on era, com si estàs Déu sap a on, molt i molt lluny. No tenia cap interès en res ni en aprendre ses paraules de s'idioma nou per fer-se entenedora. Només quan na Tina l'amoixava després de colgar-la i li deia paraules que havia guardat pets fills que tanmateix no venien, com estrelleta fina, copinya, aucellet, reineta meva, estimada dolça o princeseta des meu cor, ella somreia i la mirava amb aquells ulls tan grossos i tan negres i llavors sí intentava repetir ses paraules que na Tina li havia dit, fluixet, amb sa veu més admetent. Després, quan na Baba s'adormia, na Tina li feia un parell de besades i li acaronava ets rínxols, com suposava que havia fet sa mare, i la tancava dins es quarto, amb sa clau posada as pany per sa banda de fora, perquè no pogués sortir.

Na Baba —vaja nom lleig, què vol que li digui!— no mos va agradar a ningú. Sap per què? Baba és un nom de llimac, nom de caragol treu banya, no xerrava més que estranger, ni gens de foraster. Res, només sa seva parla, que ningú entenia. I en Jaume deia dins es cafè que «si fora hivern podria anar a escola, a que li ensenyessin a parlar com noltros. ¿No és ella la que ha vengut aquí? Idò, és ella la que ha d'aprendre el que se xerra aquí i no noltros lo que xerren allà». Això jo sé que ho repetia en Jaume quan qualcú li preguntava per sa nina.

Na Tina me va dir que mentre esperava que es seu homo tornàs des cafè, ja colgada, sentia que na Baba se remenava dins es llit. Li pareixia que plorinyava o que es queixava, com si un malson l'hagués aclaparat, però no gosava entrar-hi, no volia que s'acostumàs a que ella hagués d'amoixar-la també de nit aixecant-se a les fosques, perquè aleshores a Fosclluc es generador deixava de donar corrent a les onze.

Potser, a banda des seu mal dormir, del que estava avisada per son pare, sa foscor terroritzava encara més aquella criatura quan obria ets ulls i no veia res. Na Tina me va dir que havia pensat en deixar-li una palmatòria, però li feu por que no cremàs ets llençols si la trabucava sobre es comodí, l'únic lloc on podia posar-la, perquè tret des llit i una cadira no hi havia cap altre moble en aquell quarto. Tampoc li agradava a na Tina deixar una espelma encesa tota sa nit cremant per ses ànimes. Li pareixia que ses ànimes es sentirien cridades i qui sap si no compareixerien. Na Tina me va dir que li digué per senyes, aclucant ets ulls, posant ses mans ben juntes, com si resés, i apropant-les a sa galta dreta —mai no sabé si l'havia entesa—, que ets vespres ses nines havien de dormir d'una tirada sense despertar-se, i sa claror, encara que fora minsa com sa d'una espelma, ho impedia.

De nit, deia na Tina, és sa claror i no sa fosca la que crida ets esperits, els desperta i val més que dormin i facin bonda. Però es veu que na Baba no podia dormir. Dormia tan poc que se li havien fet uns cercles grossos davall ets ulls. Quan na Tina de bon dematí entrava as quarto de na Baba, sovint la trobava ja desperta amb es llit fet i vestida amb ets calçons amb retranques i una camieta de color blau. Na Tina me digué que havia posat sa maleta davall des llit i que ella li havia tret ets vestits nous que havia penjat a s'armari des seu quarto perquè el de na Baba no en tenia i no volia que s'arruessin encara més. Volia presentar-la a sa senyora Brunellesky abillada amb un des dos vestits elegants que na Baba havia dut.

Fins aquí les declaracions de les informants a Carme Riera, que les va gravar en un magnetòfon i me'n va enviar la cinta. Considerava primordial que jo la guardés com a document de la seva recerca. La vaig transcriure de seguida que em va arribar i li vaig mostrar la transcripció a Barbara. Em va dir que recordava vagament només la veïna de Tina. Les seves paraules, però, li van causar una gran commoció, em consta, i alhora la van ajudar a reafirmar-se en els seus records, que també vaig transcriure a continuació.

IV

«El dia que feia tres de la meva arribada i que queia en dimarts, Tina volgué mostrar-me el poble i a la gent perquè tots em coneguessin. Va dir-m'ho amb signes, amb els gestos tan expressius de les seves passes i de les seves mans. Primer vam anar fins a la porta del jardí i des d'allà em va assenyalar el camí cap a baix, cap a la carretera, on hi havia, a banda i banda, les úniques botigues del poble. La casa de Tina quedava una mica apartada. Després tornàrem a entrar i em va dur a la seva habitació. Va obrir l'armari i en tragué els dos vestits meus que hi havia penjats i em va dir que me'n posés un, el que volgués. Vaig escollir el de mànigues amb fanalets. I mentre me'l posava, va doblegar un parell d'estovalles que havia brodat i les ficà dins una bossa.

»Sortírem agafades de la mà i em va anar presentant a tothom que ens topàvem pels carrers de Fosclluc. Ella deia el meu nom i jo intentava somriure, però m'incomodava molt. No era el mateix somriure des d'un escenari al públic, com m'havia ensenyat la mare, que fer-ho a gent desconeguda només encuriosida per la meva persona. Tina, a més, va aprofitar per comprar les coses que li feien falta i així, amb aquesta excusa, poder entrar a la botiga, al forn i a la carnisseria perquè em veiessin.

»Després anàrem a cal carter, en Tomeu. Ja l'havíem topat diumenge i Tina li havia presentat el meu pare, i el seu amic, en Johnny, havia traduït el que ella li deia: era l'home més motoritzat del poble, tenia una camioneta *pick-up* —com les que jo estava acostumada a veure quan anàvem amb la caravana—, amb la qual transportava a Fosclluc les mercaderies necessàries, i un altre cotxe, amb què també feia de taxista si algú l'havia de menester. Per això, si a mi em passés qualsevol cosa, Tomeu, que era cosí de Tina, podria acompanyar-me on fora, fins a Formentor, en cas de necessitat.

»Tina donà a Tomeu la bossa amb els brodats perquè la dugués a Palma i després pujàrem per una escala petita que hi havia al fons del taller. Tina va tornar a dir-me amb signes que la persona que ens esperava allà era de la seva família, però no hauria calgut que m'avisés perquè s'assemblaven molt. Recordo que la dona es dirigia a mi i em deia moltes coses. Pels somriures que em feia, suposo que eren expressions amables. Ben segur que, com molta més gent de Fosclluc, no havia vist mai una negreta com jo tan de prop, perquè la paraula *negreta* sí que la recordo, i també que amb signes em feu voltar per veure com era el cancan que duia sota la falda i que es bellugava amb un fru-fru, que li va encantar. Després m'oferí galetes i em va donar una grapada de caramels. I em seguí parlant, imagino que fent-me mil preguntes. Preguntes que Tina contestava per mi, mirant-me amb complicitat. Abans d'anar-nos-en, donà a Tina unes llavors dins un mocador i Tina m'assenyalà a mi i tancà els ulls i va posar les mans juntes, com si resés, vora la galta dreta, i vaig entendre que era un remei per a dormir. En acomiadar-se, la vella em feu moltes besades sonores, com una llarga piuladissa d'ocells.

»Recordo bé el que va passar quan vam baixar, perquè tal vegada tot el que vingué després té a veure amb aquells moments. Vaig veure per primera vegada algú que se m'assemblava una mica, tenia la pell fosca, encara que molt menys que la meva, i em va saludar amb un "Hello princess". A mi això que em digués princesa, com feia la meva mare, em va agradar força i li vaig donar les gràcies de la manera més educada: "Thank you very much, sir". Li deien Tià i era l'única persona del poble que parlava el meu idioma. I aleshores ell em va dir que si volia demanaria permís a Tina per passar per ca seva quan baixés al poble per si jo necessitava explicar-li alguna cosa i que ell em faria de traductor. Li vaig tornar a donar les gràcies i li vaig dir que amb molt de gust. Tina s'hi avingué.

»Després férem una passejada llarga. Tina em dugué fins a la font per a mostrar-me com brollava l'aigua, estiu i hivern gelada, perquè venia del cimal de la muntanya, i el rentador on les dones feien la bugada plegades. Seguírem fins al lloc més alt del poble, on hi havia l'església, que era tancada. Entràrem al cementiri, petit, i des d'allà m'assenyalà el casal on aniria a viure per a aprendre cant, que quedava a l'esquerra, aïllat, voltat de jardí, i després ca seva, petitona enmig d'altres casetes fetes de pedra, tapades amb teules, i comparà la grandària del casal de la senyora Brunellesky i la seva caseta amb els gests de les mans, que per a mi s'havien convertit en la seva boca i la seva llengua, i em va mostrar la mar, que era lluny, molt blava, lluenta, i la muntanya que embolcallava el poble pel cantó dret i quasi l'acollia dins la falda.

»Abans de sortir del cementiri, Tina va aprofitar per treure les flors músties d'una tomba, suposo que la de la seva família, i després agafà dos grapats de terra i els posà dins un mocador. S'espolsà la pols bufant entre els dits i em donà la mà i tornàrem a casa.

»Sopàrem, i després Tina em va preparar la infusió ben carregada i va posar les llavors de cascall sota el meu coixí i em digué amb els gestos que no les toqués ni les acostés a la boca, que allà on eren m'ajudarien a dormir tota la nit. Succeí, però, a l'inrevés del que Tina s'havia imaginat. Recordo que vaig resar i vaig encomanar-me a ma mare pregant-li que tornés, prometent-li que faria qualsevol cosa, qualsevol sacrifici, el que ella em demanés, perquè encara que no fora més que un instant, pogués veure-la. Vaig adormir-me, però només una estona, i el que em va despertar no fou el record de la calavera, com m'havia succeït de vegades al vaixell, encara que mai no havia comparegut, perquè la calavera sortia del fons del mirall i a l'habitació no hi havia miralls, com tampoc n'hi havia a la cabina del *Rimini*.

»Em va despertar un alenar espès d'algú que s'acostava al meu llit, un alenar gruixut i feréstec que feia una olor agra, una olor mesclada de suor i d'alcohol, i que a les palpentes em tocava el cos amb uns dits maldestres que lluitaven per arremangar-me la camisa de dormir i intentaven obrir-me les cames, que jo oprimia ben juntes. ¿Eren els íncubs i súcubs altre cop? O potser somiava. Somiava que havia de despertar-me. Despertar-me per adonar-me que el que em passava era que somiava. Un malson. ¿Plorava i intentava cridar adormida? Obria els ulls, estava desperta però no podia cridar. Una mà forta em tapava la boca i no m'ho permetia. Una manassa rasposa que quasi no em deixava respirar... Era la calavera que havia pres forma humana? La calavera que havia vingut per endur-se'm? ¿Era un dels dimonis que volia entrar dins meu amb molta més violència que a Lambeland? ¿L'íncub o el súcub del sermó de l'avi? I retornaven les imatges del que m'havia passat a casa dels avis la darrera tarda, que, a poc a poc, des que havíem marxat d'allà, havia aconseguit foragitar.

»Des d'aquella nit, encara vaig esperar amb més horror l'arribada de la fosca. Sempre feia el ronsa a l'hora de sopar, procurant menjar tan a poc a poc com podia per no haver d'anar al llit. Però la meva calma només retardava un poc el fet que Tina, agafant-me de la mà, em menés cap a la meva habitació, m'ajudés a desvestir-me, em doblegués la roba i es quedés una estona amb mi. Però quan, cansada d'amoixar-me, s'aixecava de la cadira on estava asseguda, avorrida de dir-me el mateix enfilall de paraules tendres, jo l'agafava del braç amb tota la meva força. L'estrenyia, era la manera de dir-li que no se n'anés, que es quedés al meu costat, almenys fins que m'arribés la son, una son ben curta perquè aviat em tornaria a despertar.

»No saps, Rose, que difícil que em resulta abordar aquests records. Em suen les mans. Tinc els palmells molls. Explica-li a Ripper l'esforç que em costa seguir els seus consells. Per avui, basta. Ja n'hi ha prou. Descansem».

V

Seguírem l'endemà, més aviat del que acostumàvem. Jo encara nedava a la piscina, que Barbara no havia tornat a utilitzar després de l'operació, quan el xofer em cridà amb un senyal. Durant aquells mesos, Stephen, en comptes de conduir anant o venint amb la diva, es passava el temps revisant les vísceres de l'automòbil i fent massatges a la carrosseria, en el garatge que quedava al costat del jardí. Com la resta del servei, aprofitava per descansar sota l'ombra del «sanàtic», que cobria tots els que vivíem amb Barbara, excepció feta de la meva persona, perquè jo sí que havia d'estar a disposició a qualsevol hora. Stephen acabava d'entrar a la casa i *madame* —el servei l'anomenava així— li havia demanat que vingués a avisar-me. Quan m'eixugués —a través de la gran vidriera havia vist les meves anades i vingudes natatòries—, em dutxés i vestís, això sí, al més ràpid possible, havíem de continuar treballant, encara que en realitat en aquells moments la meva feina consistís a posar a punt la gravadora.

«Dimecres al matí, després d'esmorzar, Tina em va fer un dibuix per a explicar-me què hi havia dins de la capsa de sabates que em va regalar. La tapa tenia forats i dins de la capsa hi guardava els cucs de seda que ja havien format crisàlides i que aviat es convertirien en papallones. Però qui m'ho va explicar de veritat, fins a poder-ho entendre bé, va ser Tià, i em va semblar misteriós i em va agradar molt perquè de seguida em va recordar les transformacions que havia vist fer als meus amics, Alexei i Nadiuska, els mags russos.

»Tià va comparèixer de sobte a mig matí i des de fora de la porta del reixat va demanar permís a Tina per entrar. Ella no li va contestar però se'l va mirar com si li digués que no feia nosa i ell va començar a parlar amb mi. Primer em va preguntar si volia que li traduís alguna cosa que jo volgués dir-li a Tina i a Tina li va demanar el mateix. Ella li va dir que em preguntés si jo necessitava res o tenia alguna queixa i, com que vaig dir que no, Tina li va demanar que jo li digués per què no podia dormir, què em passava els vespres. No vaig atrevir-me a dir-li res del que aquella nit havia notat perquè em feia molta vergonya explicar el que el monstre m'havia fet. Només li vaig dir que tenia por, que la fosca no m'agradava, que m'enyorava i que si sabia alguna cosa de la senyora Brunellesky, si vindria aviat.

»Tina va afegir que ella també estava trista perquè li sabia molt de greu que jo no em trobés bé a ca seva i que ella, per contra, ja m'estimava i li agradava tenir-me al costat, i demanà a Tià que em preguntés què em faria il·lusió. Li vaig dir que fer bombolles. Això sí que era fàcil i ho podia aconseguir de seguida, respongué. Vaig explicar a Tià que a les bombolles s'hi veien els colors de l'arc de Sant Martí i li vaig contar el meu èxit amb la cançó a Savannah. Els la vaig cantar i ells m'aplaudiren una bona estona, i Tina me feu una tirallonga de besades, quasi tan sonores com les de la seva tia. Vam fer bombolles i vaig veure els colors i vaig pensar en el que deia la cançó i en ma mare.

»Quan Tià se'n va anar, vaig demanar a Tina per signes que em deixés un paper i un llapis. Com que no en tenia cap, va estripar pel mig una bossa, després de buidar-la del tot dins una tassa, era la bossa de la farina que havia fet servir diumenge i que havia guardat perquè encara n'hi quedava una mica dins. A ca seva ningú no escrivia res a cap paper i no n'hi havia. Tampoc ningú llegia el diari, que vaig cercar per algun racó, perquè jo, sovint, a la caravana, havia fet els comptes en els marges blancs que deixava la lletra impresa. Amb aquell full improvisat i l'únic llapis que hi havia a la casa, vaig anar a l'habitació i jo mateixa em vaig posar els deures, agenollada a terra, amb el full sobre el llit, concentrada en l'operació però sobretot en el desig del retorn de ma mare. Em semblava que les bombolles de colors li servirien de reclam, que encara que ella fos enterrada a Savannah, el seu esperit podia arribar fins a Fosclluc, com havia passat quan érem a la mar i havia arribat al vaixell i m'havia ajudat amb les sumes. Però no vingué, i vaig guardar el paper i vaig tornar el llapis a Tina quan ella em va cridar per dinar.

»Vaig pensar que aquella nit ma mare em visitaria perquè, a més, Tina em va cantar una cançó perquè m'adormís, com feia ella de vegades a la caravana, però no vingué. Vaig imaginar-me que potser esperava que Tina marxés, i aquell vespre no va importar-me sentir el soroll del pany quan em van tancar, com a previsió del possible somnambulisme. Vaig esperar fins que es feu fosc, fins que no va entrar ni una ratlla de llum a través de les persianes, demanant-li que vingués. Aquell era el pitjor moment, perquè el monstre havia vingut just quan la fosca ho omplia tot.

Per protegir-me, vaig posar-me el coixí a sobre. Tal vegada així les mans del monstre es conformarien a entrar dins de la coixinera i tocar la llana del coixí i no passarien a sota dels llençols, a dins del llit, per buscar-me a mi. Jo feia com si dormís perquè, si tanmateix la mare no venia, era millor que dormís, que no m'adonés del que podia passar, i per això tancava els ulls oprimint tant com podia les parpelles. Aquella nit, la de dimecres, em va semblar que no era un sinó almenys dos els monstres que es bellugaven al voltant del llit i que en treien el tapament i a les palpentes intentaven treure'm també la camisa de dormir, i vaig tenir molta por per si eren l'íncub i el súcub i aconseguien entrar dins meu, però van marxar de seguida perquè des de fora algú va trucar a la persiana, com si els avisés a ells o vingués a ajudar-me a mi.

»Les dues nits següents foren més terribles, especialment la de divendres a dissabte, Tina m'havia posat sota el coixí les llavors de cascall, a les quals afegí un mocador amb la terra que havia agafat del cementiri, i per signes em digué que m'aniria bé per a dormir. Em cantà fluixet una cançó de bressol, que molt de temps després vaig incloure en un disc. Pandora la va identificar, perquè la tonada m'havia quedat gravada; no la lletra, és clar, que no comprenia. Em costà molt poder-la cantar, però finalment vaig aconseguir-ho, perquè és preciosa, deslligant-la dels horrors als quals malauradament anava acompanyada.

»Aquella nit, la sisena, fou la darrera que jo vaig passar a Fosclluc. Quan el monstre va entrar no em va despertar. Jo l'esperava desperta. Amb una mà estrenyia el coixí damunt meu per protegir-me, amb l'altre el mocador amb la terra. Va fer rodar la clau i va envair-me l'olor inconfusible d'alcohol, suor, tabac i l'alenar espès. S'acostà a poc a poc, va tirar el coixí que jo estrenyia a terra i no es conformà a acaronar-me de manera maldestra, m'arregussà la camisa de dormir, amb una mà em tapà la boca, amb l'altra se'm posà al damunt, em separà les cames i vaig notar dins el cos una mena de punxa i com si em xapés pel mig. En aquell moment li vaig tirar a sobre el mocador ple de terra, amb la intenció d'afinar-li els ulls. Va renegar i va marxar mentre jo plorava, i aleshores vaig sentir la veu de ma mare, em consolà i em va prometre que em vindria a buscar i marxaríem juntes».

Barbara, en acabar de parlar, va romandre callada amb els ulls aquosos durant una llarga estona. Jo vaig apagar la gravadora i em vaig quedar al seu costat sense saber què fer. M'hauria agradat abraçar-la, però no m'hi vaig atrevir. A la soprano li agradaven poc les efusions i, a més, jo no era més que la seva secretària, malgrat que m'hagués convertit en la dipositària dels seus records i conegués, ara sí i fins a quin punt, els horrors pels quals havia passat.

El silenci en què ens quedàrem sumides em va semblar terriblement dens, com un magma viscós, i vaig agrair la interrupció del timbre del meu mòbil, que m'havia descuidat d'apagar, com feia sempre mentre treballàvem. Vaig pensar que Barbara em renyaria, però no.

—Atén el telèfon —em va dir—. A més, per avui hem acabat.

Vaig sortir de la saleta on treballàvem. No sempre ho fèiem al mateix lloc de la casa si no calia manejar papers. Vaig agafar la trucada al jardí. La veu de Carme Riera m'arribava des de Mallorca. Volia explicar-me com anava la seva recerca. Per desig explícit de Barbara, durant aquells dies va buscar tota la informació que pogués trobar sobre Tià. Volia saber què pensava d'ell la gent que l'havia conegut i quina relació guardava amb Tina, per a contrastar-ho amb el que Pandora li havia explicat. Carme m'anunciava que m'acabava d'enviar per correu electrònic el resultat de les seves perquisicions. A Mallorca eren les deu del matí, les quatre de la tarda a Long Island del 28 de juliol de 2005.

VI

Benvolguda Rose,

Segueixo amb la nostra recerca, però el primer que haig de dir-te és que no m'ha estat gens fàcil el treball dels darrers dies. Als meus informants no els agradava parlar d'en Tià, qualificat d'estrany d'una manera unànime i del qual deien saber-ne poc. Fins el nom i llinatges vertaders els eren desconeguts. Tothom l'anomenava Tià, diminutiu de Sebastià, com nomia el vell carboner, el darrer que, poc abans de la Guerra Civil Espanyola, habitava encara a la muntanya a la vora de la sitja, en una cabana que el nou Tià havia reconstruït i on, deien, tenia el cau.

Vaig poder observar que, entre les quatre persones —només en vaig trobar quatre que volguessin parlar-me'n, la resta assegurava no conèixer-lo per haver nascut quan ell ja havia mort o perquè preferien no dir res—, l'opinió de les dues dones entrevistades era més amable que no la dels homes. I de seguida vaig adonar-me que la llarga ombra del seu misteri no s'havia acabat amb la seva mort sinó que arribava fins aquests moments, malgrat que el poble sigui ben diferent del de fa més de trenta anys i per on jo també m'havia passejat, adolescent, el mateix estiu que hi arribà na Baba, tot i que no la vaig veure mai.

Les quatre persones que accediren a parlar amb mi d'en Tià coincidien que sobre la seva vida circulaven moltes històries.

Alguns deien que havia estat ermità a la veïna ermita de la Trinitat, on he anat a comprovar-ho, infructuosament. Els pocs ermitans que queden no tenen cap notícia que tal cosa fos certa. El seu nom no consta en el registre del llibre de la comunitat, segons miraren el mateix horabaixa que jo els vaig visitar, però sí que tenien referències vagues de l'existència d'en Tià per altres ermitans ja difunts. I aventuraren que tal vegada havia passat una temporada allà de recolliment i meditació, com els havia succeït a altres, que finalment, després de trobar la pau que cercaven o considerar que les regles eremites de dormir sobre fusta, sense matalàs de cap casta, llevar-se a les quatre del matí per resar i treballar al camp de sol a sol eren massa dures, marxaven a refer les seves vides a un altre lloc. Un lloc que —com em deia l'ermità Pau, els ulls del qual, d'immensa serenor, em van impressionar— devia ser més còmode, però en absolut més bell. I tenia raó.

En Tià no havia estat ermità, em digueren uns altres, sinó missioner per terres d'Àfrica o d'Amèrica, les referències no eren coincidents. Havia estat capellà, però havia penjat els hàbits perquè s'havia enamorat d'una indígena (sic) amb la qual havia tengut una filla. Tres dels meus informants coincidien que la filla, o qui sap qui, li escrivia des de ben lluny. Uns em digueren que era des de Colòmbia, altres des del Nepal. D'allà o d'on fora, de tant en tant li arribaven cartes que en Tomeu, el taxista carter, li donava, i que tot d'una que les rebia les contestava.

També em digueren que era metge i que havia exercit com a tal en un hospital de Sud-amèrica, però que penjà igualment la bata blanca i deixà els pacients per cercar una altra vida, que l'havia dut fins a Mallorca per establir-se finalment al Teix.

Altres asseguraven que havia estat monjo budista al Tibet i que havia marxat després que pel seu monestir passessin un grup de hippies entre els quals hi havia una dona que el va embruixar i se'l va fer seu, i junts van córrer món fins que ella el va deixar per un altre i ell es va quedar penjat.

Una de les informants em va oferir detalls més concrets que transcric:

A Fosclluc va arribar tot sol, sense dona coneguda, i algunes es feren certes il·lusions perquè, es primer any, va davallar es dia de sa nostra festa i va ballar amb unes quantes i amb una en especial, na Tina, tot i que no va passar d'aquí. Però jo crec que amb alguna al·lota des poble sí que hi tingué a veure, una que plorà molt quan ell morí i després se'n va anar de Fosclluc. No li diré es seu nom perquè no li serviria, també és morta.

—Sap alguna cosa de la filla? O de la persona que li escrivia? Algú pot saber-ne el nom, guardar una adreça?

—El sabia en Tomeu, però també va morir. Han passat molts d'anys. Hauria d'haver vingut abans. A Fosclluc eren pobres, ara són rics i ets rics s'estimen més oblidar-se de quan eren pobres...

Cap de les altres tres persones amb les quals vaig parlar no em va dir res de la presumpta enamorada. Ni tampoc si havia tengut res a veure amb na Tina, cosa que tal vegada calia no passar per alt. Per contra, sí que coincidien que era «homo de molta lletra» i que li agradava estar ben tot sol i per això se n'havia anat a viure al bosc, «desenganyat del món i de la bolla». No es posaren d'acord amb el tipus de feina que feia o, més ben dit, de què vivia. Dos deien que era ric i que quan davallava a Ciutat era per anar a cobrar al banc, transferències que li feia, des de ves a saber on, la seva família, que era important i poderosa. Altres dos que era escultor i tallava peces de pedra que venia a Palma a clients estrangers. Però tots quatre convenien que allà dalt, al seu cau, no necessitava gaires doblers per subsistir.

Deien que a la cabana, on no deixava entrar ningú, perquè els pocs que ho havien provat els havia tret a potades, hi tenia un altar i que cremava encens, però no per a Déu sinó per als esperits. Deien que tenia molts de llibres en llengües estranyes, perquè quan arribà al poble en deixà un parell de caixes al magatzem de can Tomeu, que el dugué des de Palma, i a poc a poc els va anar pujant, com també va pujar una taula, un llit de tisora i dues cadires.

Deien que li agradava «anar deixat pel gust que sa gent no hi volgués tractes. No feia ets comptes a ningú, però tampoc deixava que ningú ets hi fes a ell».

En Pere Ros em donà unes referències que considero fonamentals:

Quasi sempre sorrut i curt de paraules, no tenia amics as poble, però quan el necessitaven era es primer en acudir. Quan se pegà foc as bosc per sa banda de sa cala, en sentir sa campana de s'església tocar a sometent, davallà de quatres i fou es primer en jugar-se sa vida per apagar es foc amb res més que una branca de pi per atupar ses flames. No dubtà ni un segon, en entrar enmig d'aquell infern de pinyes que volaven com a bombes de mà i foc i fum a lloure, per arrossegar, com va poder, en Pere Verdera, que s'havia quedat aïllat, amb es foc que l'envestia per tots ets costats. Ell el va treure i es jugà sa vida per salvar-lo. Durant quasi tres mesos estigué a l'hospital curant-se de ses cremades. Quan es poble l'hi volgué agrair i es batlle fer-li un homenatge, s'hi negà de manera rotunda. «No havia fet res que un homo no hagués de fer», digué. No hi havia res a agrair. Això que digué molestà a mig poble, molestà en especial a en

Jaume de na Tina que, molt més jove i amb més forces, no va ajudar a treure en Pere de ses flames, i era en es seu costat. Va fugir, no s'arriscà gens. «No he fet res que un homo no faci», ets repetí en Tià, i se'n va anar per amunt cap a sa sitja.

Segurament fou mentre ell era a l'hospital quan alguns pujaren a veure què hi havia a sa barraca, perquè en Tià ets tenia encuriosits d'allò més a tots. Però ets qui pujaren ja són morts, cap dets que ara viuen a Fosclluc hi va pujar o almanco ningú que jo sàpiga. En Tià no baixava sovint. Li agradava més estar-se allà dalt, tot sol. Deia que s'aire era més pur i que s'esperit de sa muntanya l'encobeïa. Això ho deia sobretot quan va arribar i baixava a Fosclluc més sovint fent viatges per pujar ses seves coses, i si de vegades qualcú l'ajudava li feia sermons i li deia que freturava viure en consonància amb sa natura, que ets arbres no es podien talar perquè cada arbre talat era una ferida oberta per on es bosc sagnava. I eren molts as poble ets que se'n reien d'aquestes prèdiques que no compartien i també quan parlava dets esperits que habitaven sa muntanya. I ho deia de debò ben seriosament.

Fins aquí les referències dels meus informants sobre en Tià. Com hauràs pogut copsar, el testimoni d'en Pere Ros és prou important i ens dona algunes dades fonamentals sobre el personatge que cal tenir en compte i que no sé si Pandora, que les devia conèixer, les va transmetre a Barbara. Fes-les-hi avinents de seguida.

Trobo que era un tipus força interessant, aquest Tià. Una abraçada.

VII

Bon dia, Rose,

Aquí t'envio la feina d'aquesta darrera setmana. És el resultat de les meves perquisicions tant a Fosclluc i Foscgran com a Palma. Com veuràs, he reelaborat els fets però sense tergiversar res, he intentat ser molt fidel al que va succeir. Cal tornar a donar moltes gràcies als informants, sense ells no hauria estat possible.

Començo, idò, per assenyalar el deute amb les senyores Vives i Capó, ja esmentades, que a banda de parlar-me de na Tina no tingueren cap inconvenient a ajudar-me a intentar reconstruir el que havia passat a Fosclluc cap a finals del mes de juliol de 1969. També he de mencionar ben especialment el batlle que aleshores hi havia al poble, en Feliu Arenós, que vaig aconseguir localitzar en una residència per a gent gran de Palma.

Gràcies a ells, a la seva memòria envejable, i a l'atestat, una còpia del qual —eren altres temps— va guardar entre els seus papers, amb unes notes sobre el cas de Barbara Simpson, el que en aquells moments era el cònsol dels Estats Units i que em facilità la seva filla, força amable, vaig poder refer els esdeveniments des que na Barbara va desaparèixer el 19 de juliol de 1969. Al seu testimoni em cal afegir el de tres informants més que m'asseguraren que havien participat en la recerca de na Baba els dies 19, 20 i 21 de juliol de 1969 i em van oferir detalls que he tengut en compte.

A més, també vaig poder localitzar n'Emili Torres, el llavors jove ajudant del comissari Caparrós, i aquest mateix, avui ja jubiladíssim, amb els quals vaig parlar en diverses ocasions, i les declaracions de tots dos em van resultar fonamentals. El que a continuació s'explica és el resultat de la recerca duta a terme gràcies a totes les persones que em van ajudar amb els seus testimonis. Algunes apareixen amb els seus noms, d'altres preferiren restar en l'anonimat i així m'ho demanaren, cosa que jo he complert, i d'altres més figuren amb un nom que no és el que consta en els seus DNI.

Començo pel testimoni de la veïnada de més prop de na Tina, na Margalida Capó:

Quan na Tina, tocades les sis, va tornar a ca seva, es darrer dissabte de juny, na Baba no hi era. Repetia el mateix a tothom que la volgués sentir: de s'hora i des dia de sa setmana se'n recordaria tota sa vida. També de tot el que havia fet durant es temps que havia estat fora. Havia anat a sa carnisseria a cercar sis costelles que li guardava sa carnissera, un dissabte de cada mes, es darrer dissabte, perquè ets dissabtes venien sa carn des be que havien mort es divendres. No hi anava tots ets dissabtes perquè es sou que entrava a ca seva no bastava per comprar carn cada setmana. Abans, però, havia arribat fins sa cotxera des seu cosí amb es paquet d'estovalles que havia brodat durant sa setmana perquè així dilluns ben dematí se les pogués endur cap a Palma i bescanviar-les per unes altres sense brodar que li haurien preparat a sa botiga de ses Sants de Ciutat on, gràcies a Déu, li donaven feina, perquè quan sa senyora Brunellesky no hi era tenia temps, només quan ella arribava s'encarregava amb ses altres dues dones que tot fora a punt.

Na Tina no li havia dit a na Baba que l'acompanyàs a fer ets encàrrecs i se'n penedia molt. Ho deia plorant. Plorant ho repetia. Li havia promès a son pare que li tendria esment, que estigués ben tranquil. Però mai de mais pensà que corregués perill si la deixava una estona tota sola, ni que qualcú l'anàs a robar o que sa nina per pròpia voluntat volgués anar-se'n, com si ella, na Tina, no la tractés amb paper de seda i no l'acomboiàs, quasi o sense quasi, com si fos un infant seu.

No l'obligà a acompanyar-la perquè li va parèixer que, com si covàs alguna malaltia, anava encara més cop piu, més a sa rota batuda que quan la deixaren son pare i aquell altre senyor, el que els va dir que era cubà i per això xerrava foraster i s'hi varen poder entendre. Na Tina no volia altra cosa que quan son pare l'anés a veure, tal com li havia assegurat, la trobàs bona i sana, el més xalesta possible. Res no li importava tant.

Quan na Tina va tornar a ca seva, tan sols una horeta curta a tot estirar perquè havia hagut de fer un poc de coa a sa carnisseria, sa nina no hi era. Sa ràdio seguia amollada amb un senyor que cantava en sa mateixa llengua que parlava sa senyora Brunellesky, potser fins i tot se sentia més fort que quan ella l'engegà —podria ser que haguessin apujat el volum?— i li digué a na Baba, amb aquelles senyes amb les quals tractava de fer-se entendre, que se n'anava a comprar i a deixar ses estovalles que tots ets capvespres brodava.

Na Tina me demanà que l'ajudàs a cercar na Baba per tota sa casa, cosa que ens costà menys d'un minut, perquè ca seva, com ca meva, era petita i pobra, només tenia dos quartos, una cuina i una mena de rebedor sala. S'excusat era fora, a sa banda de darrere, on hi havia un hortet que bastava per sa verdura de ses sopes de cada vespre, però a s'excusat, ho vaig veure tot d'una perquè era obert, no hi era. Miràrem davall ets llits, qui sap si no s'hi havia amagat, potser amb por, aquella por que la corprenia ets vespres, però que de dia semblava espassar-se una mica. Miràrem si se n'havia dut res de sa maleta, però la trobàrem igual, amb sa robeta plegada, ets dos llibres un damunt s'altre. Miràrem si dins s'armari des quarto de na Tina hi havia ets dos vestits penjats de sa nina i ets hi vàrem trobar. Na Tina va mirar si en es mateix calaix on guardava sa cartilla des banc hi havia encara ets doblers que hi posava i ets hi va trobar. No hi havia res de sospitós dins ca seva, res que no hagués trobat tal com ho havia deixat. Tot estava igual, només sa nina no hi era.

Potser a sa menuda se li havia passat pes cap de sobte anar a cercar-la. Jo vaig acompanyar na Tina a refer es camí i anàrem on havia fet ses passes, i a demanar a sa carnissera si l'havia vista, i as seu cosí es transportista, anàrem fins sa font, baixàrem as clot, pujàrem fins s'església, entràrem as cementiri, preguntàrem i tornàrem a preguntar a tothom que trobàvem si havien reparat en na Baba perquè o havia fuit o qualcú la s'havia dut, qualcú l'hi havia pres.

Demanàrem a s'amo de sa botiga, que sovint badocava damunt es portal, perquè era sa madona qui duia es pes i sa feina des negoci —tot sia dit— si havia reparat en qualcú desconegut passar per sa carretera, si s'havia fixat en ets cotxos, si qualcú era estranger, si s'havia aturat. Però l'amo, en Biel Porreta, no havia vist res que li cridàs s'atenció, tret d'un cotxo blanc que conduïa una estrangera, perquè es returà un moment per demanar-li si hi havia hotel obert as poble, i com que ell li digué que no, que aviat n'hi hauria un de molt bo ben a prop però que encara no era acabat, continuà es seu camí.

I se li va ocórrer a na Tina que en Tià l'hagués pogut anar a cercar i preguntà arreu si els havien vist. I sí, a ell l'havien vist a migdia pujar as correu. Es seu cosí l'havia vist quan acompanyà a sa parada uns anglesos als quals se'ls havia avariat es carburador des cotxo i l'hi havien deixat perquè ell l'adobàs. Anàrem a ca sa senyora Brunellesky, a preguntar a ets posaders, però no hi eren. Es portell estava tancat, i na Tina recordà aleshores que ets dissabtes solien davallar a Sóller as cine.

Na Tina i jo vàrem refer aleshores ses passes cap as centre de Foscl luc, i ella avalotà es poble com una loca, cridant na Baba, cercant-la i pregant a tothom que l'ajudés a cercar-la. Ho demanà a tots, inclús a aquells que no eren sants de sa seva devoció, com n'Antoñita i sa mare i es pare de n'Antoñita, ets darrers forasters que havien arribat a Foscl luc.

Na Tina rebé una bona insultada des seu homo, que abans de tornar a ca seva ja sabia què havia passat. Per sa carretera sa seva bicicleta s'havia creuat amb sa des forner, que s'havia ofert des primers en mirar si sa nina hauria volgut escapolir-se per allà, pensant, tal vegada, que podria anar a cercar son pare. En Jaume li digué a na Tina que mai no havia hagut de deixar aquell infant tot sol, que havia agafat es compromís de vetllar per ell i que si li passava alguna cosa, ella i només ella en seria responsable. Però fora perquè na Tina, li agradàs o no, l'hagués avorrida més o manco, era tanmateix sa seva dona i sa nina vivia a ca seva, s'uní de seguida a ses colles que, repartides pes diversos indrets, cercaven na Baba.

Na Tina, amb ets ulls vermells de tant de plorar, volia demanar a l'amo de sa botiga que la deixés telefonar a Formentor, perquè avisessin son pare de sa menuda, però jo li ho vaig treure des cap. Era massa tard, i tanmateix aquell pobre homo no hi podia fer res. Encara que algú l'acompanyés a Foscl luc, s'atorbaria almanco quatre hores. Valia més deixar-lo dormir tranquil, deixar que toqués també aquella nit amb sa seva orquestra, perquè era dissabte i ben segur que hi havia música a s'hotel, i que es colgués sense sa pena de saber què havia passat amb sa seva filla. Demà dematí ja li telefonarien, demanarien pes seu amic es cubà perquè ell li pogués donar sa notícia de sa millor manera possible, abans que vengués cap a Fosclluc. A lo millor demà dematí na Baba hauria tornat, a lo millor s'havia amagat i s'havia quedat adormida. Duia molta son endarrerida, sa pobra menuda, vaig sentir que li deia en Jaume a na Tina, parlant per primera vegada amb amabilitat de sa petita. Consolant sa seva dona devia voler que oblidàs sa carretada de retrets que li havia fet unes hores abans.

Segueixo tenint en compte el que m'explicà en Feliu Arenós:

El batlle em digué que les colles per cercar na Baba les havia organitzades ell en un tres i no res. Li pertocava com a màxima autoritat i també li tocava comunicar-ho a la Guàrdia Civil, que tenia el *cuartelillo* a Foscgran, el cap de partit al qual Fosclluc pertanyia. Ho feu des d'un dels quatre telèfons que hi havia al poble, des del de l'alcaldia —dues cambres petites en una planta baixa—, un poble de quatre-cents habitants no donava per a més luxes, una taula i dues cadires era tot el que hi havia al seu despatx, això sí, amb una gran fotografia del *caudillo* Franco, presidint la paret i atorgant l'aire oficial necessari al recinte.

El batlle, en comunicar amb el *cuartelillo*, els demanà que enviessin la parella, «que havien de trobar com fora sa nina estrangera que ets havien encomanat». I emfatitzà el plural —com si en lloc de deixar-la a cura de na Tina Cantallops l'haguessin deixada sota l'esment de tots els habitants de Fosclluc—, que cercar sa nina era més important que estar a s'aguait des contraban. Perquè s'excusa de vetllar per evitar es contraban, que era l'ocupació principal de la Guàrdia Civil, l'hi posaren tot d'una. Però ell insistí: «sa vida de sa nina val molt més que cercar s'amagatall d'un parell de saques» o encara que fossin cent o dues-centes, fins i tot d'enxampar els que les transportaven amb perill de mort per camins complicats, camins de cabra que vorejaven s'espadat, i que a més això «des desembarc pes cantó de na Foradada», des del qual algú els havia donat avís, no tenia per què passar avui, podia ser demà o passat demà, qualsevol dia en qualsevol moment.

Tant s'embalà el batlle, en Feliu Arenós, de professió mestre d'obres, parlant de l'assumpte «des desembarc i de ses saques», tant, segons ell mateix em va explicar, que el guàrdia civil en cap, amb qui ell havia exigit parlar, degué sospitar que també ell devia fumar de franc, com tants dels que ajudaven els contrabandistes per aquella zona. Fins i tot li pogué passar pel cap que la desaparició d'aquella tal Barbara Simpson, de nou anys acabats de fer, que amb tant d'interès cercaven tots els habitants de Fosclluc i per tal de trobar-la amb tanta d'insistència demanaven que els ajudés la Benemèrita, podia ser perfectament una excusa per deixar via lliure a un desembarcament important. Qui sap si alguns no l'havien ben amagada perquè tots la cerquessin inútilment? Però tant va insistir el batlle a reclamar ajut, que els va convèncer. A més, que la desapareguda fora americana era un punt a favor.

No faltava massa per fosquejar quan la parella de sa Guàrdia Civil motoritzada aparcà davant de l'ajuntament, on els esperava el batlle per seguir dirigint l'operació. El nom de la nina que sentien cridar arreu: «Baba, Baba, Baba», també els deixà una mica confosos. El caporal que comandava fou de seguida partidari que no empressin aquell diminutiu tan lleig, que la cridessin pel seu nom de debò, però ningú el sentí, i si l'haguessin sentit tampoc no li haurien fet cas.

Els crits de «Baba, Baba» es començaren a perdre cap als camins que duien a la muntanya i els que davallaven cap a la mar i a confondre's amb els que també la cridaven per la carretera que anava a Ciutat i la que, travessant el poble, conduïa fins a Foscgran i Sóller i les seves valls, molt més riques, amb arbres fruiters, especialment amb tarongers, ets fruits dels quals durant molts d'anys enviaren a França, carregats dins vaixells.

Quan arribà la fosca del tot, el nom de Baba també va anar aclucant-se. Els que la cercaven tornaren a casa, sense parlar de res més que de la desaparició de la petita i prometent-se posar els despertadors ben a punt perquè de seguida que es fes clar poguessin seguir cercant-la.

La gent de Fosclluc estava consternada i aquell dissabte 19 de juliol de 1969 ningú no podia xerrar d'una altra cosa. Quan a les onze tots se quedaren sense corrent, com sempre, alguns ja colgats, d'altres vora els llums de carbur, perquè encara feinetjaven per sa cuina, tots hi deien la seva: sa nina no se'n podia haver anat tota sola, pobrissona, cap a on havia d'anar, pobra menuda, sense xerrar cap paraula que fos entenedora? A cercar son pare? Son pare era molt enfora. A més, si se n'havia anat per pròpia voluntat, era ben estrany que ho fes es capvespre i no es dematí. Sa fosca, ho havia repetit na Tina, li feia feredat. No, no se n'havia anat per voluntat pròpia.

La conclusió a la qual quasi tots arribaren era que qualcú la s'havia endut. Podia ser qualcú que anés endarrer de nins, però la més coneguda per anar endarrer de nins era na Tina i na Tina no la s'havia dut enlloc, perquè ja la tenia. Hi devia haver més dones que volguessin un infant, però no podien ser de Fosclluc, havien de ser de fora i, a més, les dones que volien infants d'altri perquè no en podien tenir de seus robaven nadons i no infants grans com na Baba. Hi havia qui pensava en la possibilitat que la se n'hagués endut un pedòfil o un pervertit. Una nina negra era més exòtica. Déu sap què li havien pogut fer.

També el caporal acabat d'arribar de Foscgran apuntava cap aquesta possibilitat, cap a un pervertit violador i assassí d'infants. ¿Hi havia algun sospitós, a Fosclluc, algú amb antecedents?, preguntà el caporal al batlle. I com que aquest digué que no, que a Fosclluc tothom era decent i ben honorable, el caporal va considerar que el sospitós devia ser algú arribat de fora, algú potser de ben a prop, caldria inspeccionar possibles pervertits en els pobles veïnats.

El caporal Francisco de Paula Rodríguez Pérez —el batlle en recordava molt bé el nom, i que era grassonet, amb un bigoti de dos dits i una veu de molta comandera— tot d'una que arribà a Fosclluc va establir el seu quarter general a l'Ajuntament. Des d'allà envià l'ajudant —Martín Municio, alt, rossenc amb ulls blaus de voga estantissa, segons n'Arenós—, a fer una ronda d'inspecció, ben atent a qualsevol indici que pogués trobar pels carrers del poble i que no tingués cap mal de ventre, com li passava sovint, a l'hora d'interrogar qualsevol que li semblàs sospitós, o millor encara, que el menàs cap a l'Ajuntament, que ja l'interrogaria ell.

M'explicà n'Arenós que Rodríguez: *va prendre tot d'una possessió de sa cadira consistorial i des d'allà, després de fer-me ses preguntes pertinents, es posà a dirigir s'operació dets sendemà, de cercar pertot arreu, viva o morta, sa pobra menuda. Digué sa paraula* morta *per primera vegada en tot Fosclluc, perquè ningú, encara que potser ets havia passat pes pensament que na*

Baba era morta, s'atrevia a pronunciar-la. Me demanà a quants homos podien emprar per cercar sa nina, quants des poble no eren vells o tenien tares que ets impedissin endinsar-se as bosc o trescar pets camins dets penya-segats, quants ja havien tornat des servei militar i quants encara no havien fet ets seixanta. En sortiren, de ben condrets i hàbils, només una quarantena, això significava que calia organitzar-los en grups, sempre, és clar, que es presentessin voluntaris perquè, malgrat que ell els hauria obligat a quadrar-se i acceptar ses seves ordres, no ho podia fer.

—De qualsevol manera, suposo que aquests quaranta, si són homos de debò, per dignitat, se presentaran —me digué.

—Jo també ho supòs —vaig dir-li, amb sa boca petita, perquè no vaig voler deixar malament cap veïnat de Fosclluc, un poble on ses parets tenien orelles i tot se sabia, i alguns dets més vagos i predisposats a no molestar-se per res ni per ningú eren amics meus. Jo què vol que li digui, això era així... Tenia tanta comandera que me digué:

—Organitzaré sa partida com si fossin quaranta. Té llapis i paper?

Ets vaig treure de dins es calaix de sa meva taula i va començar a fer provatures. Grups de deu eren massa, de cinc potser també, però de dos i mig, que era es número exacte que li sortia de sa divisió proporcional, no podia ser de cap manera, no es podia xapar ningú per sa meitat perquè sa mesura resultàs del tot justa. Aleshores establí, d'una manera més correcta, grups de quatre, perquè ell, que era un dets darrers que havia lluitat contra ets maquis en sa seva joventut, considerà que per cercar sa petita calia organització.

Amb deu grups de quatre cregué que podia anar bé, abans que enviessin reforços de Palma, si és que ho creien necessari. Cinc partirien cap a sa muntanya i uns altres cinc cap as penya-segat, com ja havien fet horabaixa però de manera desordenada, gosà dir-me sense que ell hagués donat ses ordres necessàries. Va preguntar-me si hi havia as poble algun ca intel·ligent i nostrat, ets caçadors en solien tenir, per fer-li ensumar alguna roba de sa nina. A sa Península, d'on ell havia arribat feia un any, sa policia se servia de cans per trobar desapareguts. Com que li vaig dir que hi havia a Fosclluc un ca més llest que ets altres em va demanar que avisés ben d'hora a s'amo des ca i que na Tina li fes ensumar un vestit, o millor encara sa roba d'anar a dormir de sa menuda, per si un cas hi hagués alguna empremta de suor, alguna resta d'humors i va remarcar humors, repetint-ho, perquè jo veiés que ell era persona que emprava ses paraules apropiades, ses peces personals ajudarien a s'olfacte poderós, més que no el de ses persones, dets cans. Si ho feien així, si tot d'una que claretjàs es ca complia amb sa feina que acabava d'assignar-li, seria un punt a favor des poble.

—Per cert, batlle, què nom es ca? I de qui és?

—Fideu, nom Fideu i és d'en Macià Valent, es fuster, bon caçador.

—Vaja noms! Fideu es ca i Baba sa desapareguda. Pareixen de per riure... —ho va dir quasi sense dir-ho, en veu prou baixa, i després va afegir—: Si en Fideu comença a cercar-la abans que arribin ets cans policies, si és que en tenen a Palma, i la troba, en Fideu i s'amo d'en Fideu sortiran per sa televisió, cosa que sempre és bona.

Però immediatament posà en dubte que en Fideu fos un ca tan llest i que sa policia de Mallorca emprés cans nostrats. A sa Península sí que n'empraven. I tot seguit començà a parlar dets avantatges grossos de viure a sa Península i no en una illa. Es caporal Rodríguez anava pes quart avantatge —poder anar de Sevilla, d'on era sa seva dona, a Sòria, d'on era ell, sense que fora obligatori agafar avió o barco—, quan va arribar es seu segon de sa ronda improductiva pets quatre punts cardinals des poble sense res que cridàs s'atenció, ningú que semblàs sospitós ni digne de ser interrogat, i li va dir:

—Coño, Municio, ¿no has sido capaz de interrogar a nadie?

—No, mi cabo, solo me he cruzado con una pareja de novios y me han parecido in...

—Inocentes... eso, las parejas de novios son en esencia inocentes, ¿lo sabía usted, alcalde?

—Ah, ben segur que eren ets posaders de sa senyora Brunellesky, ets dissabtes van a n'es cine a Sóller i tornen tira tira es vespre. Ja no són nòvios. Es van casar fa mig any.

Rodríguez va decidir deixar de renyar Municio i anarse'n a Foscgran a dormir una estona abans de tornar de matinada a Fosclluc per dirigir l'operació de cercar ben arreu sa nina estrangera.

VIII

Em bastà consultar les hemeroteques dels principals diaris per constatar que la desaparició de na Baba ocupà força espai a la premsa de l'illa:

«La niña prodigio Bárbara Simpson», segons la qualificaven dos dels tres diaris locals, «hija de un conocido músico saxofonista, llegado a nuestra isla contratado por los directivos del hotel Formentor, cuyo prestigio internacional es un reclamo turístico de primera magnitud, algo que nuestras islas necesitan como agua de mayo, desapareció la tarde del pasado sábado de la casa de su niñera en el pueblecito de Fosclluc. Barbarita se encontraba allí a la espera de la llegada a dicho pueblo de la gran cantante Eleonora (sic) Brunellesky, que, sabedora de las posibilidades vocales de la pequeña, que en su país ha ganado ya diversos concursos nacionales, accedió a darle clases convidándola a que residiera a su cuidado en su mansión de Fosclluc, por lo menos mientras durara el contrato de su padre en el hotel Formentor. Puestos al habla con la señora Brunellesky, desde su casa de Milán, esta nos ha reiterado su consternación y ha ofrecido la cifra de 100.000 liras, unas 10.000 pesetas, a quien pudiera encontrar a la niña u ofrecer una pista que consiguiera dar con ella. La prestigiosa mezzosoprano ha anunciado también a esta redacción su próxima llegada a Mallorca».

Fou la premsa de dimarts —dilluns no es publicava més que un diari anomenat *Hoja del lunes*, que hi feu un esment amb un breu, «Desde el pasado sábado falta de su domicilio de Fosclluc la niña Bárbara Simpson»— la que donà noves sobre la desaparició de na Baba, oferint-les si fa no fa de la mateixa manera, més o menys exagerada o més o menys veritable, destacant, però, el que podia ser més llaminer per als qui poguessin encobrir els raptors o els raptors mateixos: els diners amb què serien compensats.

El que no deien els diaris és que diumenge de bona hora continuaren els escorcolls per tota la zona de Fosclluc. Davant l'Ajuntament no es congregaren els quaranta homes sans i útils del poble, com demanà el caporal, ni en Macià Valent amb el seu perdiguer, sinó persones de tota casta, joves i no tan joves, homes i dones, una munió amb gaiatos, alguns amb guants de fer d'hortolans, d'altres amb eines que els permetessin tallar alguna branca o treure-la almanco del mig, si molestava o cobria algun amagatall que semblés sospitós.

Just abans de les primeres albors, en Toni Curt, que feia de sagristà i tenia claus de l'església i els diumenges i festes de guardar l'obria abans que arribés el capellà, que ja no vivia a Fosclluc com abans, sinó a Foscgran, havia tocat la campana a sometent amb tota la seva ànima perquè la gent es preparés per anar a cercar na Baba. Complia l'ordre que la nit abans li havia donat el batlle, que era el seu veí. Només una altra vegada, a causa d'un incendi, la campana de l'església de Fosclluc havia sonat amb aquell dringar de desfici. Ningú, ni el més sord ni el que dormia amb el son més poderós, havia deixat de sentir-la, fins i tot na Baba si era per allà, perduda o raptada, pels voltants del poble, l'havia d'haver sentida.

El caporal Rodríguez, que covava molta comandera, ja havia fet quatre crits als congregats intentant de dividir-los en grups, al seu antull. No deixà que ningú anés a cercar na Baba per les carreteres perquè d'aquesta vigilància ja se n'encarregava la Guàrdia Civil. Envià les primeres colles cap a la banda de la mar i els digué, com si fos necessari, que anessin ben vius escodrinyant entre matolls, càrritxos, mates, esparregueres, argelagues i plantes de romaní, com si volgués ufanejar-se sobre el fet banau que coneixia la flora de la garriga que baixava cap a l'espadat.

En el grup que va anar dispersant-se hi havia mitja dotzena d'homes i una dotzena de dones. Amb les dones, el caporal no hi havia comptat. Les fosclluquenques eren abrandades i no esperaven les ordres de ningú. Estaven acostumades a caminar entre terrossos i també pel roquissar, i desitjaven amb totes les forces trobar na Baba i en cridaven el nom sense aturall.

No es torbaren massa, una horeta més o manco, en arribar les primeres als darrers penya-segats, fronterers amb la mar per la banda de baix, on hi havia la cala, però de part de dalt fronterers amb el buit, amb l'aire, amb el no-res. Na Miquela Pelut hagué d'agafar-se fort al braç de la seva filla —que fou la que m'ho va contar— quan li passà pel cap el pensament horrible: qui sap si sa nina no havia anat a parar en aquell fondal, en aquell redol, on la mar, quasi sempre enfurismada, com una mena de bèstia captiva bramulava ferotge seguit. Deien que just allà hi havia un remolí d'aigües turbulentes que voltaven un xuclador que s'empassava tot el que se li atracàs. Deien també que aquell forat era l'amagatall d'un monstre terrible que s'alimentava de les despulles humanes dels aufegats. Als nins de Fosclluc se'ls advertia dels perill d'acostar-se per aquella banda de la cala, no fora cas que el monstre els aglapís. A na Miquela, quan afinà la vista cap al remolí d'ones li semblà veure un cos que surava. Va demanar a tots els que hi havia a la vora que miressin on la seva mà assenyalava.

—Na Baba és allà, pobre infant desgraciat —repetia—. Hala, cames falagueres, anau a cercar-la, no la podem deixar que la s'endugui la mar i la sa mengin ets peixos... La mar fa forat i tapa. No ho porem consentir... Venga per avall. Agafau una barca.

D'aquesta manera demanava als més joves que baixessin a la cala, per anar a cercar el cos. Però no tots els que s'acostaren a la vorera de les penyes veien el que na Miquela assegurava. En Rafel de son Moix, que davallava una mica retardat perquè ja era gran i no estava acostumat a caminar, havia agafat els prismàtics, que eren força bons. A crits li demanaren que fes via o que deixés els prismàtics a algú més falaguer, perquè necessitaven comprovar si la nina era allà baix. En Rafel feu tota la via possible, els tenia molt gelosos, els prismàtics, li havien costat un dineral i li permetien entretenir-se moltes estones escodrinyant les vides dels seus veïnats. A banda, els volia emprar ell el primer, per comprovar si na Baba era allà baix, com deien. No, no ho era, eren xarxes i algues que suraven vora el xuclador. Després, els anà passant els prismàtics, dient que només toquessin el just per enfocar, que no moguessin cap rodeta. Fins i tot na Miquela Pelut ho veié clar i va alenar fort, alleugerida. No li agradava que li fessin el contrari, però aquella vegada s'alegrà de no tenir raó.

Cap a dalt, cap a la muntanya, cap al Teix hi havien anat més colles. No totes pujaven per la mateixa ruta, encara que els més experts estaven segurs que l'únic camí que havia pogut agafar na Baba, en cas d'haver-se'n anat pel seu propi peu, era el del pas del Racó, alguns anaren pel comellar de son Rutlan i d'altres pel camí d'en Visc. Els accessos que conduïen cap als cimals eren diversos i cada una de les trenta persones que prenien part en la recerca coneixia més o manco aquells indrets. Alguns perquè hi anaven a caçar tords, d'altres perquè hi cercaven esclata-sangs, o hi pujaven per collir arboces a la tardor i cirereta de pastor i molsa a l'hivern o per a fer un poc de llenya d'amagat, perquè ho tenien prohibit.

Per aquells camins plens de fullaca, que a mesura que s'empinaven es feien més ombrívols i envitricollats, pareixia fàcil amagar qualsevol cosa entre branques caigudes i marges també caiguts de temps ençà, quan la muntanya es dividia en partions i hi havia corrals per tancar el bestiar, en algunes clapes de terra més plana sembraven blat i alguna gent encara vivia de la tala. En una altra època, els teixos i les alzines havien poblat el bosc. Ara, però, només hi sobrevivien un parell de teixos en el cucurucull del cimal i més avall, un grup d'alzines. Els pins invasors s'havien apoderat de bona part de la muntanya sense que ningú n'aprofités la fusta, a excepció d'alguns furtius.

No tots els que pujaren amb el nom de Baba a la boca coronaren el cim, només els que estaven més acostumats a trescar pel bosc. A banda, sa nina no hauria pogut arribar tan amunt, només si qualcú l'hagués pujada per tirar el seu cos per un barranc que en alguns trams vorejava el camí. Però això semblava poc probable perquè era massa dificultós. Hi havia moltes altres possibilitats més fàcils de desfer-se d'un cadàver sense haver de pujar-lo tan amunt. Era millor concentrar-se a escorcollar més avall.

El marit de na Tina, acompanyat d'amics, fou un dels que més feina va fer per intentar trobar la nina i més fullaraca va remenar i més va cridar el nom de Baba. Deien els seus companys de colla que estava força abatut i encara més rabiós i jurava que mataria qui la se n'havia endut.

Alguns de la partida només arribaren a l'esplanada on en Tià tenia la barraca. Ell no hi era. L'havien vist anar-se'n de Fosclluc el dia abans, però ningú no l'havia vist tornar. Tampoc per allà hi havia cap senyal de na Baba.

Cap a migdia les colles van anar acostant-se al poble, després de buscar arreu sense trobar res, cap rastre que els pogués menar cap a l'infant perdut.

IX

Mike Simpson havia arribat a Fosclluc amb dos músics de la banda, Johnny i Bob, acompanyats pel cònsol dels Estats Units. Ser americà tenia això de bo, comentà de seguida el caporal al batlle, si fos de qualsevol altre lloc no l'hauria acompanyat cap representant del seu país. El pare de na Baba estava desfet. No xerrava més que anglès i era el cònsol, el senyor Tommy Bloom, l'encarregat de traduir-lo, però no calia. Les llàgrimes d'aquell homo ensorrat, absolutament acabat, no necessitaven traducció. El plor sona igual en qualsevol idioma. Era Bloom el que preguntava detalls que no sempre traslladava a Mike, que seia amb el cap cot en una de les sis cadires —quatre les havien dut de les cases veïnades perquè a l'Ajuntament només n'hi havia dues—, mentre esperava que redactessin l'escrit que ell havia de firmar denunciant la desaparició de la petita.

Mike, que diumenge dematí dormia amb un son ben espès perquè s'havia colgat molt tard, amb moltes copes d'alegria i celebració, quan el seu amic el cubà el va despertar a correcuita no va entendre el que li deia, encara que li parlava de Barb. Va suposar que es referia al fet que ell la nit abans, tot i trobar-se d'allò més eufòric perquè l'orquestra havia tingut una actuació gloriosa i l'enviat del propietari del Negresco de Niça els havia proposat contractar-los a partir d'octubre, els va confessar que estava preocupat: no sabia com dir-li a Barb que haurien de separar-se, tot i que li havia promès que mai no l'abandonaria. Però no es tractava d'això, el que li deia en Johnny era diferent.

Mike deixà que fossin els companys els que demanessin un taxi, parlessin amb el cònsol i organitzessin l'anada a Fosclluc. El seu amic cubà, que no volgué deixar-lo ni un moment, tenia por que en arribar al poble li armés un daltabaix a na Tina, que fins i tot arribés a agredir-la. Però quan na Tina se li agenollà al davant i volgué agafar-li les mans, ell, que estava assegut, es limità senzillament a enretirar-la fent-li un cop amb la cama i dient-li, en un to neutre: «You promised to look after my little Barb. You are the culprit. If anyone has killed her, I will kill you». Ningú va traduir les frases, que només entengueren el cònsol i els músics que havien acompanyat Mike.

Na Tina, tot i no comprendre el que li havia dit Mike, coincidia amb ell que si na Baba no apareixia, si algú l'havia mort, ella es mataria, es tiraria al pou o es penjaria, deia i ho repetia baixet, entre llàgrimes, en un to de veu d'altra banda vacil·lant a causa dels sanglots, però amb la convicció ferma de fer-ho.

Cap a migdia d'aquell diumenge fatídic comparegué el comissari de la policia de Palma, n'Antoni Caparrós, al qual encarregaren el cas, i a qui agraeixo moltíssim que em volgués rebre a casa seva. Tot el que em va dir em fou de gran utilitat per poder reconstruir el que succeí durant aquells dies. A banda del seu testimoni fonamental, també vull esmentar la seva amabilitat i l'autoironia, ja que començà per dir-me que dins el cos policial l'anomenaven Buldog. En efecte, conservava uns trets dels buldogs que en la fotografia d'un diari local feta de jove encara eren més evidents. Els que no coneixien aquesta raça de cans, simpàtics i juganers, el paregut els podia semblar apropiat per a un cap de policia, com em digué ell mateix, però s'equivocaven, «jo no era ni simpàtic ni juganer». Per no jugar —va confessar-m'ho— ni tan sols havia jugat mai a la loteria.

Em va recordar que, de bon principi, el cas l'havia empipat força, perquè l'havia obligat a fer feina en diumenge. A banda, no tenia més pistes que les que li volgueren donar el caporal i el batlle sobre la desaparició de la menuda, res que qualsevol fosclluquenc no sabés, i per això el primer que volgué fer, va dir- me, en arribar al poble, fou interrogar na Tina. També volia veure el lloc on havia viscut la nina. Va trobar na Tina just a la porta de l'Ajuntament, després que el pare de na Baba l'amenacés.

Li vaig exigir a na Tina que m'acompanyés a ca seva. Volia saber, vaig dir-li, per on havia pogut entrar sa persona que se n'havia enduit presumptament sa nina, si acostumava a deixar ses portes obertes, quins accessos tenia sa casa i on era i què feia exactament sa petita quan ella la va deixar es capvespre de dissabte. També volia veure sa casa per dedins, en especial s'habitació de na Baba. Després, vora sa taula de sa cuina, assegut en una cadira que me va oferir na Tina quan va veure que treia de sa butxaca de s'americana un bloc per prendre notes, li vaig preguntar pets veïnats: qui eren ets de més prop? Els tractava, sa nina? Podia haver-se'n anat amb qualcú? A qui havia conegut des poble? Na Tina anomenà en Tià, que parlava anglès, però ja sabien que el dia abans no hi era. També me digué que havia estat a ca sa tia Joana i as garatge des seu cosí, i jo anava apuntant tot el que na Tina me deia.

—Tens enemics, Tina? —li vaig preguntar de sobte, mirant-la als ulls, perquè me va parèixer que d'aquella manera endevinaria abans que contestés que en tenia.

—Vol dir si qualcú me vol mal? Qualcú des poble?

—Sí, qualcú que amb sa desaparició de sa nina te volgués fer mal, inculpar-te, vull dir.

—Hi ha una amiga, na Maria Llombarts, bé, ja no és amiga, que tengué que veure amb so meu homo i jo crec que per això li agradaria que a mi ses coses m'anassin malament... I a lo millor n'Antoñita i a son pare i sa mare... En Jaume li corre darrere, això me diuen, torna sempre tard des cafè... i si jo... si jo me moria, perquè, si na Baba no torna, jo, jo... —No acabà la frase i començà a plorar de manera desconsolada.

Vaig esperar que se calmàs. Estava clar que tenia problemes matrimonials i que se sentia sola i poc estimada per un marit més aviat infidel, un d'aquells que necessitaven anar a lloure, no li bastava amb una per molt que na Tina fos ben agradosa, tot i que en aquells moments només pogués fer de model per a un quadre de Maria Magdalena. Quan va estroncar una mica els plors, vaig preguntar-li per la menuda directament:

—Com era na Barbara? Guardar un infant que no és teu, eh Tina, deu ser difícil. A més, pel que m'han contat no vos enteníeu, vull dir que no podíeu xerrar. Això fa perdre sa paciència. Era bona de dur? O era d'aquests infants que tot ho toquen i tot ho remenen?

—No digui era, per favor. Na Baba no pot ser morta. No, no, Déu meu! Pobreta, no tocava res, estava trista i no podia dormir. Jo l'acompanyava a colgar-se i m'hi quedava una estona i la tancava amb clau es vespre perquè son pare me va dir que era somnàmbula. I ara que ho pens potser quan la vaig deixar ahir horabaixa, se va adormir i d'adormida va fugir. A lo millor la va atropellar un cotxo. No hem mirat a ses cunetes...

I, mentre ho deia, na Tina s'aixecà i feu un parell de passes cap a sa porta des corral, com si se'n volgués anar cap a sa carretera, i es quedà quieta davant des portal. Jo no em vaig moure i la vaig cridar:

—Tina, torna cap aquí. Ho hem mirat. Ho he fet mirar jo mateix avui dematí, deu quilòmetres cap a Palma i deu cap a Sóller, passant per Foscgran. Ahir no podia haver anat més enfora. A ses cunetes no hi hem trobat res sospitós. Però seguirem escorcollant. I amb so teu homo se duia bé? —M'obeí i tornà a seure davant de mi.

—Quasi no es veien. Ell pensava que na Baba me faria companyia, i era així. Me'n feia, i molta, pobre angelet.

Na Tina em digué el que deia a tothom, que estimava la menuda com si fos filla seva, que la va estimar de tot d'una, en veure-la tan desvalguda, pobrissona.

—Era sa primera vegada que la deixaves tota sola?

—No, qualque dia també s'hi havia quedat, una estoneta només, es temps d'anar a comprar es pa o a sa botiga. Ahir no li vaig demanar si me volia acompanyar a sa carnisseria i a dur ses estovalles a ca es taxista.

—Per què no l'hi demanares?

—No ho sé, pensava que no voldria.

—Quanta estona vares estar fora, Tina?

—No massa, jo crec que no arribà a una hora.

—I on anares?

—A sa carnisseria, hi havia coa, i a deixar ses estovalles, ja l'hi he dit.

Vaig apuntar que era necessari comprovar si el que deia na Tina sobre l'estona que havia estat fora era cert i també verificar què havia fet. Tal vegada aquella hora era la pactada perquè algú s'endugués sa menuda i, en combinació amb ella, l'amagués fora des poble per demanar un rescat, però fins aleshores ningú no ho havia fet.

x

Durant els dies que seguiren la desaparició de na Baba, la gent de Fosclluc, amb voluntaris de Foscgran, també alguns arribats de Deià, de Sóller i de Valldemossa, continuaren cercant-la. Son pare i els dos músics que integraven el quartet s'uniren a les colles. Mike va suposar que si la cridava ell, si la nina sentia la seva veu, respondria per molt amagada que estigués, si és que estava perduda al bosc.

Els músics, per decisió de la senyora Brunellesky, que des de Milà seguia els esdeveniments, es van instal·lar a ca seva. La diva no podia donar passada al que havia succeït. Però, tal com havia declarat en una llarga entrevista al *Diario de Mallorca* que vaig trobar a l'hemeroteca del periòdic, la seva confiança en els habitants de Fosclluc era absoluta. Ningú del poble podia haver desitjat cap mal a la petita, que estava, bé ho sabia la persona que la guardava, sota la seva protecció. Fosclluc, a més, era un lloc màgic. La muntanya del Teix l'impregnava del seu magnetisme benefactor. Ca seva confrontava amb la muntanya. A vegades havia regalat pedres del bosc als seus amics com a talismà, quan veia que es sentien desanimats. El Teix era una muntanya beneïda, dominada per deïtats femenines, assegurava Brunellesky, que era amiga de Robert Graves, el qual vivia al poble de Deià, a la vora de Foscloc, i es declarava lectora apassionada de *La deessa blanca*. Al seu entendre, la deïtat lunar, la casta diva, de la seva estimada *Norma*, habitava en les profunditats de la muntanya. Per això era optimista, qui s'havia emportat na Baba la tornaria. Ho havia repetit també a Mike Simpson, a qui telefonava matí i tarda per saber notícies. A més, al cap de pocs dies volaria a Mallorca. S'havia quedat a Milà a conseqüència d'una visita inesperada d'una deixebla extraordinària i molt estimada, Maria Callas. Aterraria a l'aeroport de Palma el dissabte següent i Barbara seria allà per a rebre-la. N'estava segura.

La confiança de Pandora animà molt Mike, que oferí, traduït primer pel cònsol del seu país i després per Johnny Castro, que igual que Bob Ogire es quedà al seu costat, tots els detalls de na Baba que li demanà la policia i els donà una fotografia, la darrera que tenia de la seva filla, feta a Lambeland per un amic dels avis, fotògraf de professió, perquè en traguessin còpies i empaperessin amb cartells els pobles de la rodalia i la ciutat de Palma.

La desaparició de la petita, «una niña prodigio norteamericana», com repetien tots els diaris locals i molts de la Península, era notícia de primera plana. La televisió —aleshores l'única que hi havia era l'estatal— havia donat àmplia cobertura als fets i entrevistat Mike Simpson i el cònsol nord-americà.

El Caso, un setmanari que tenia força tirada, centrat en crims i esdeveniments més aviat truculents, però que de vegades l'encertava més que no la policia en les seves interpretacions, se n'havia fet ressò i postulava que l'«americanita» podia haver estat víctima del tràfic d'òrgans. Un negoci que tot just començava, ja que els trasplantaments eren una innovació quirúrgica en aquella època. Els seus òrgans podien servir per al trasplantament a algú que els necessités, aventuraven els dos reporters, M. Díez i S. Muñoz, que firmaven una llarga crònica i inclús al·ludien, sense donar-ne el nom, a un important boxejador de color, musulmà, necessitat d'un ronyó nou i que s'havia retirat a Alger, casualitats que calia tenir molt en compte, tot esperant una possibilitat de trasplantament. I Mallorca, calia no oblidar-ho, era quasi tan prop d'Alger com de Barcelona. Naturalment, no eximia els que s'havien fet càrrec de la «pequeña cantante» de presumpta complicitat amb els traficants, ja que la seva cuidadora principal admetia haver-la «drogat» perquè pogués dormir, la qual cosa ajudava els raptors a endur-se-la amb més facilitat, sense que la petita pogués protestar ni demanar auxili.

A Fosclluc hi havia qui deia que a la nina li havien donat mal bocí, que el fet que no pogués dormir era un símptoma clar que hi havia alguna cosa que no anava bé; els infants dormen hores i hores, l'insomni és cosa dels vells, no de la gent menuda.

Na Tina havia explicat al comissari «que li havia fet prendre bollidures d'herbes des que se va adonar que la pobreta donava voltes dins es llit». I sa tia Joana no va tenir inconvenient a declarar que ella li havia proporcionat «ses llavors de cascall per posar davall es coixí, la qual cosa havia vist fer sovint fins i tot amb ets infants d'uè».

Si na Baba s'havia empassat les llavors, perquè no havia entès amb els gestos que havia fet na Tina que no les podia menjar, potser sí que s'havia pogut morir. Però en aquest cas l'haurien trobat morta al seu llit i no se n'hagués anat de ca na Tina. Na Joana declarà a en Caparrós que estava segura que la menuda l'havien robada. ¿Se'n volgué anar de ca na Tina un dia abans que son pare l'anés a veure? «No, això no té ni cap ni peus, vaja quin desbarat, Déu meu sant», deia na Joana, a més del comissari, a qui volgués escoltar-la.

En Caparrós considerava que, en un poble tan petit com Fosclluc, l'hora que deia na Tina que s'havia torbat per anar i venir era massa temps. Acostar-se a la carnisseria i travessar el carrer per deixar el bolic amb les estovalles a cal taxista es podia fer en deu minuts. En deu minuts ja podia haver tornat a ca seva. Què havia fet? On l'havia passada, aquella hora? Què amagava?

El comissari havia preguntat al batlle els ets i uts sobre na Tina, qui era, com era la seva família, amb qui es tractava. El batlle li explicà el que sabia, potser s'entenia amb el seu cosí, el taxista. Però això eren xerrameques de poble petit. En Tomeu i ella havien festejat, quan eren joves, després ella s'havia casat amb en Jaume. El comissari no descartava cap hipòtesi: ¿na Tina va faltar de ca seva una hora perquè algú d'acord amb ella se pogués endur sa nina amb comoditat? L'únic que havia de fer ella era no ser-hi.

La coartada de na Tina es basava en el fet que hi havia molta coa a la carnisseria. Això sí que tenia fàcil comprovació. N'Emili Torres, l'ajudant del comissari, parlà amb la carnissera i aquesta digué que hi havia dues persones a les quals despatxà abans que a na Tina: na Joana Coleu, que xerrava pels descosits, i la criada de dona Antònia Romeu de la possessió de Son Buit, que demanà molt de gènere, però a tot estirar podia haver esperat deu minuts.

El comissari va tornar a interrogar na Tina:

—Quina concepció des temps més estranya que tens —sense que na Tina entengués massa bé què li volia dir, amb allò de sa

concepció—. Deu minuts a sa carnisseria, cinc per donar ses estovalles, cinc més per anar i tornar, no fan una hora ni arriben a mitja. Què vares fer mentre? On eres?

Na Tina repetia el mateix, per ella la coa havia estat més llarga, qui sap si la carnissera no s'equivocava. I qui sap si a ella li semblava una hora el que havia estat mitja? Potser era menys temps, perquè amb en Tomeu, que tenia feina, quasi no hi havia xerrat, li havia deixat el bolic. Això en Tomeu ho corroborava.

—Te falta una coartada per a aquesta mitja hora, Tina —vaig insistir—. Hauries de fer memòria d'una vegada. En cas contrari podria involucrar-te en sa desaparició de na Baba. Sa meva intuïció em diu que amagues qualque cosa.

Na Tina finalment em va confessar el que havia fet. No ho havia dit abans perquè estava empegueïda. A més, tenia por que pogués lligar caps si parlava amb en Jaume i l'espantava l'enrabiada del seu homo.

—Vaig anar as cementiri a cercar terra. Em varen dir que si la posava davall es coixí de na Baba l'ajudaria a adormir-se. Sa terra agafada fresca des cementiri, sa que és vora ets morts, crida sa son. Per això vaig pujar fins allà.

En Jaume l'havia acusat feia anys de bruixa, quan li va tallar, mentre dormia, un floc de cabells per dur-los a una dona que vivia a Foscgran i necessitava qualque cosa d'aquest marit esquiu per a un conjur que el fes tornar amb ella, a més de preparar-li un beuratge, que en Jaume no es va voler prendre. L'hi va tirar a la cara i li va donar dues bufetades.

Vaig parlar també amb en Jaume. M'insistí que ell no havia tractat massa na Baba, se n'anava a fer feina a Foscgran de bon dematí i no tornava fins horabaixa. La veia només un moment a sa cuina quan entrava a pegar una mossegada perquè se n'anava tot d'una as cafè i quan tornava na Baba ja dormia.

—Però sa nina va desaparèixer dissabte —li vaig dir— i dissabte s'embotelladora està tancada. On eres?

—La vaig veure un moment es dematí, quan se va aixecar, just jo me n'anava a Foscgran per ajudar un amic a arreglar una teulada i de tornada me vaig topar amb ets que cercaven na Baba.

—N'estàs ben segur?

—Sí senyor, i ben segur que n'estic, no en faltaria d'altra, ho pot demanar a en Toni Marí, el vaig ajudar tot lo dia.

—A lo millor sa nina te feia nosa, na Tina estava molt per ella i volies seguir com abans.

—No me feia cap nosa. Na Tina tenia companyia, i jo, què vol que li digui? Sa dona me feia menys ets comptes. Me sap molt de greu el que ha passat, molt, li jur.

En Caparrós també em va explicar que va enviar a cercar tres policies de Palma perquè miressin si la terra de l'hort de ca na Tina havia estat remoguda, no fos que la nina hagués mort dissabte mateix o l'haguessin trobada morta al llit el dematí de la nit de divendres a dissabte i l'haguessin enterrada i per no haver de donar explicacions deien que havia fuit. Però no hi havia cap indici que pogués fer sospitar una barbaritat com aquella. Els mateixos policies també escorcollaren un parell de cases del poble.

En Caparrós pensava que tal vegada les persones enemistades amb na Tina podien, per fer-li mal, haver segrestat l'«americanita» i tenir-la tancada a ca seva. Envià en Torres a cals pares de n'Antoñita i no hi trobà cap senyal de res. La casa era tan menuda que resultava impossible poder-hi amagar ningú. També anaren a ca l'examiga de na Tina. Son pare no els va deixar passar de cap manera. Per trepitjar ca seva necessitaven un manament judicial.

El tenien? No, idò ja podien girar en coa i anar-se'n cap a Palma per cercar-lo.

Els crits d'en Tòfol Pereta es sentien des del carrer i alertaren els veïnats. Potser sí que la seva filla, que més aviat odiava na Tina, s'havia endut sa nina aprofitant que na Tina no hi era, perquè el fet de no deixar entrar la policia era d'allò més sospitós. Per això un d'ells es quedà allà mateix passejant davant la casa i l'altre va anar a l'Ajuntament a telefonar a comissaria perquè solicitessin al jutge un manament ja que en Tòfol Pereta no els deixava passar. El que va quedar de vigilància es va adonar que, per la banda de darrere de la casa que donava a l'hort, hi havia força moviment i, aprofitant que la porta era oberta, encara que li manqués el manament judicial, va entrar i tengué temps de veure com en Tòfol i la seva dona, n'Aina, tiraven a l'hort del veïnat un parell de sacs que pesaven força. El policia va sortir rabent i va entrar a ca la veïnada, que tenia la porta oberta i era damunt del portal per poder contemplar des de la primera fila en què pararia tot allò. Ella no s'hi oposà, tal vegada perquè el policia no li demanà permís o no li va deixar temps a dir ni pruna. El que trobà a l'hort de madò Antònia Ripoll foren dues saques enormes plenes de tabac. I tot d'una va entendre per què els demanaven un manament judicial.

A la costa nord de Mallorca eren molts els pobles que vivien del contraban i Fosclluc no n'era cap excepció. En veure els dos sacs, el policia es va quedar dret, palplantat al costat, vigilant-los; tot i que era allà amb una altra missió, la troballa d'aquella enorme quantitat de cartons de tabac li semblà importantíssima. Es devia preguntar si la veïnada també estava involucrada en el contraban o n'era senzillament una víctima, perquè ja la sentia escainant que ella no hi tenia res a veure, amb es tabac.

—Jo som una dona decent, no com es veïnat, es contrabandista que enguany se'n va anar de vacances a Venècia, què li pareix? Hala! Qui se'n pot anar a Venècia amb un sou de picapedrer, m'ho poden dir? I això ho sap tot es poble.

XI

A la cantina de la botiga de vendre de Fosclluc, des que na Baba havia desaparegut, tenien més feina, sobretot a la cuina, on na Francisca, la madona i cuinera, ajudada per n'Antoñita en funcions d'escuraplats, cambrera o el que haguessin menester, no donava l'abast, perquè eren molts més els clients que es quedaven a dinar, segons m'explicà n'Antoñita mateixa, quan vaig visitar-la a ca seva a l'horta de Sóller, on uns nets seus, sense escola, feien gresca al petit jardí. N'Antoñita no tingué cap inconvenient que citéssim el seu nom en aquest escrit. Més aviat li feia il·lusió veure'l amb lletres d'impremta, em digué. No tenia res de què amagar-se. A més «a lo hecho, pecho», va dir abans d'explicar-me com va viure ella la desaparició de na Baba, des de la botiga on treballava:

Eren molts ets clients d'aquells dies, alguns, policies venguts de Palma, d'altres, periodistes per aconseguir notícies ses més sucoses possibles, escorcollant per aquí i per allà. Uns tercers arribats dets pobles de ses rodalies per seguir ajudant a cercar na Baba. Hi havia també un quart grup de desenfeinats gustosos d'estar-se una estona al lloc on havia desaparegut sa nina, abans o després de prendre es camí de sa cala per anar a fer un capfico. Venir a Foslluc els feia sentir-se importants ja que així podrien explicar detalls del que havia succeït de primera mà a amics i coneguts.

N'Antoñita tenia raó. La desaparició de na Baba havia generat una expectació enorme, segons també em va insistir el comissari. En Caparrós va dir-me que l'ambaixador dels Estats Units s'havia posat en contacte amb el cònsol i amb el governador civil, oferint tot l'ajut que consideressin oportú. A la seva disposició estava qualsevol reforç que necessitessin de la base que els Estats Units tenia al Puig Major.

El cas de l'«americanita», com l'anomenaven els mitjans, amb disgust de les autoritats mallorquines, que, pendents de fer créixer les indústries de viatgers, com alguns encara anomenaven la maquinària productora de turistes, haurien preferit que la desapareguda fora autòctona i no vinguda de fora. El fet de ser estrangera, i més dels Estats Units, el gran país que, malgrat ser el darrer amb qui havíem estat en guerra, havia donat suport a la consolidació del franquisme, encara ajudava menys a la imatge d'una Mallorca com a illa de la meravellosa calma, on mai no passava res, on cap esdeveniment desagradable podia entelar les vistes delicioses ofertes per les postals dels ametllers en flor o de les suaus dunes de les platges, encara no destrossades pels assassins de paisatges.

El dimarts 22 de juliol, el cònsol dels Estats Units amb el governador civil i el comandant en cap de la base americana del Puig Major, anaren a Fosclluc plegats per girar visita d'inspecció, de la qual n'Antoñita se'n recordava bé:

Després de sortir de s'ajuntament van entrar a prendre una coca-cola a sa cantina de sa botiga, i jo els vaig servir i els vaig poder escoltar bé i vaig sentir de boca des cònsol, quan li traduïa as governador civil el que deia es comandant Ford, i d'això n'es-

tic segura, deia que es radar dets americans estava col·laborant en cercar na Barbarita.

Aquell capvespre de dimarts, es veu que Fosclluc era ple de forasters. La botiga i la cantina estaven a vessar i era molta la gent que entrava i sortia. Per això ni l'amo Biel Porreta ni na Francisca, la seva dona, ni n'Antoñita, a estones com a dependenta enfeinada, d'altres com a cambrera sol·lícita, tenien idea de qui havia pogut robar les coses que van trobar a faltar, segons recordava bé n'Antoñita. La madona, a més, l'hi feu apuntar i durant molt de temps havia guardat el paper:

Dos pots de conserva de tomàtiga i tres de confitura de pruna, col·locats en sa prestatgeria que quedava en un angle, just abans de passar de sa botiga as cafè. Una de ses dues senalles petites per jugar ets infants, penjades prop de sa porta de sortida as carrer, que sempre romania oberta, i una cosa molt més grossa i més visible: sa pepa de pedaç, sa més gran de ses tres que hi havia a sa botiga, sa que totes ses nines des poble volien que els compressin i que sa pobra Baba havia mirat amb ulls llaminers, n'estic segura, es dia que hi va entrar amb son pare i s'altre músic. Servidora ets va atendre.

L'amo en Biel deia que ets lladres havien estat diversos, segurament de fora des poble. Trobar es lladre entre ets que havien entrat a sa botiga era com cercar una agulla en un paller. Havia passat i traspassat molta gent, comprant o sense comprar res, per anar a asseure's a ses taules de sa cantina que quedaven al fons o fer coa a l'espera d'un lloc lliure. Uns s'havien endut ses conserves, uns altres sa senalla i uns tercers sa pepa. Ses conserves cabien en qualsevol lloc, dins ses butxaques, sa senalla, amb allargar un braç des de sa porta se podia agafar. Es més difícil era sa pepa, especialment perquè havia desaparegut, o almanco ets tres n'estaven segurs, quan ja no hi havia gairebé gent i ses darreres persones des poble que havien entrat a comprar, mesclades amb altres forasteres, eren de confiança màxima.

Vam trobar a faltar totes aquestes coses quan quasi estaven a punt de tancar, quan només quedava obert es cafè. Abans, amb s'enrenou de tants de clients, sa caixa registradora havia sonat amb sa major alegria de sa seva vida a Foscllue, no s'hi havien fixat. I era difícil no fixar-se, especialment en sa pepa, que estava asseguda sobre uns munts alts de cordes a sa part central de sa botiga, as costat d'altres dues pepes més petites. Per això ets tres van pensar que almanco es robatori de sa pepa havia d'haver-se produït a darrera hora, no abans.

Va ser a última hora del capvespre quan n'Antoñita va aixecar la veu d'alarma. Els tres van intentar fer memòria dels darrers clients que havien entrat, un periodista vell que va comprar formatge, uns al·lots que tornaven de la cala i van demanar llet condensada i dues botelles, una de pinya, l'altra d'herbes, i encara uns altres que, armant escàndol, volien una determinada marca de rom que a la botiga no tenien.

Entre les persones que eren del poble, n'Antoñita se'n recordava de Maria Ramon: *que se va endur un pot de pasta de sabó fluix, fregalls i una garrafa de lleixiu. Havia de fer dissabte general des rebost, me va dir, perquè havia trobat un niu de ratolins. Però a ella res del que faltava li podia interessar. Era fadrina, vivia amb sa mare molt vella, amb ses confitures que feia en tenia a bastament, no li coneixia ningú cap net o neta a qui li poguessin agradar ses senalles, ni es seu moix hi cabia i menys encara jugava amb pepes de pedaç.*

Després —segons em digué n'Antoñita— *havia entrat na Joana, sa tia de na Tina, que era de tota confiança dets botiguers. A més, amb tot el que li estava passant a sa seva famili no li passaria pes cap que algú pogués armar-li un daltabaix per-*

què s'havia endut sense pagar ses coses que faltaven. Na Joana tenia un gran disgust. Sa pobra Tina estava destrossada però confiava que na Baba apareixeria. I va dir-nos que s'endemà s'exèrcit faria una batuda, emprarien «licòteros» americans.

També vaig despatxar en Tià, que havia tornat as poble en es correu des migdia. En Tià va comprar diversos metres de filferro, llaunes de tonyina, arròs, mel, cafè, flam Potax i dos trossos de coca bamba, restes de la darrera que sa madona havia pastat a primera hora des capvespre en vista que sa clientela anava en augment. Com sempre, en Tià duia ses seves beasses penjades, allà dins sí que hi cabria sa pepa. Però, per què volia una pepa, en Tià? S'havia tornat marieta de sobte? No, era impossible que en Tià s'endugués sa pepa sense pagar-la. Li importava molt poc s'opinió dets altres. Si per alguna raó li hagués interessat sa pepa l'hauria pagada. No l'hauria robada. Ell mai deixava res a deure, ni mai havia estafat ni un cèntim. Al contrari, una vegada li vaig tornar es canvi equivocat, unes quantes pessetes as seu favor, i ell m'ho va fer notar i em va donar es que no era seu, dient-me una cosa que no vaig entendre: A Cèsar el que és de Cèsar! I qui era Cèsar? A quin Cèsar es referia?... Ni na Francisca ni l'amo en Biel ho sabien, havia de ser algú conegut d'en Tià... No, ell no podia haver estat, ell per molt rar que fora, no robava. Jo això ho tenia clar.

Entre ets darrers, també havien entrat dos policies, els hi vaig haver de preparar entrepans, i na Tina. Na Tina o sa seva ombra, s'ombra de sa dona que havia estat. Tres dies havien bastat per deixar-la pell i ossos, sense polpa, magríssima, semblava un esperit. Havia comprat espelmes, mistos i arengades, perquè en Jaume sempre berenava dues arengades amb pa amb tomàtiga. Però just quan despatxaven a na Tina, van entrar uns excursionistes, armant gatzara i demanant també alguna cosa per menjar.

Qui sap si na Tina no havia aprofitat es moment per ficar sa pepa dins sa seva bossa, on hi cabia perfectament, era gran, era sa que emprava per anar i venir amb ses estovalles brodades i sense brodar, pensant que sa pepa atrauria na Baba. Na Baba tornaria a ca seva si l'esperava sa pepa, això ho record que ho deia sa madona Francisca.

Sobre les deu de sa nit, quan ets amos de sa botiga se n'havien anat a jeure a ca seva, just damunt sa botiga, i m'havien deixat encarregada des cafè, com sempre, li vaig contar a en Jaume tot el que havia passat aquell capvespre. L'hi vaig contar tot. Des de s'arribada des general americà que havia amollat es radar per a buscar na Baba, fins a s'assumpte dets robatoris. Li vaig enumerar es que s'havien endut ets lladres i li vaig dir que mirés bé, que cerqués a ca seva per si sa pepa era allà.

Li vaig dir que jo creia que era na Tina qui havia robat sa pepa. Me pensava que l'havia robada per fer-me mal a mi. I també li vaig dir que sa policia havia vengut a ca nostra perquè na Tina els ho va dir que venguessin, els va dir que jo me n'havia dut na Baba... I li vaig dir que jo creia que na Tina havia robat sa pepa per fer-me mal. As meu poble, a Zarzalejos, hi havia una dona que emprava ses pepes per a clavar-hi agulles per tot es cos i ets hi treia ets ulls i així aconseguia que sa persona que representava sa pepa emmalaltís o es quedés cega o es morís. Li vaig dir que na Tina estava malament des boll, i que, si em passava alguna cosa a mi, mon pare la mataria. Ell em digué que na Tina estava desesperada, que des de que na Baba faltava no era sa mateixa. Li has fet alguna cosa a na Baba tu?, li vaig preguntar. Però encara és s'hora que em contesti. Se'n va anar. Va pegar una portada.

XII

El dia que feia cinc de la desaparició de na Baba, dimecres 23 de juliol molt dematí, en Tià va tornar a baixar al poble. Tothom el va veure. Va anar directament a cercar el pare de na Baba. Li digueren que era a casa de la senyora Brunellesky. Volia parlar amb ell, sense ningú al davant, i li demanà que el seguís fora del poble, camí de la seva barraca. Pogué parlar-li sense necessitat de traductor, perquè en Tià xerrava anglès de manera fluida. Li digué que havia trobat la seva filla i que el menaria on ella l'esperava.

A Mike, que aquell dimecres havia de tornar a Formentor perquè dijous havia de tocar amb la banda, sense saber com podria tenir esma de fer-ho, les cames li començaren a tremolar i quasi no podia seguir en Tià, que li anava obrint camí. L'alegria té moltes maneres de manifestar-se.

En Tià li va contar que havia trobat na Baba al capvespre del dia abans, tard. L'havia trobada a la caseta on ell guardava coses del seu passat, d'una altra vida, li digué, una caseta que hi havia amagada al bosc, no massa lluny de la seva barraca, però més a prop de Fosclluc. Per arribar-hi s'havien d'agafar uns senderons envitricollats que pocs transitaven, botar marges i passar un corral esbucat, on alguns deien que hi havia bubotes, per això evitaven el paratge. Feia anys hi havien trobat penjat un homo que feia de pastor, amb totes les ovelles mortes. Tal vegada per això ningú va voler cercar la petita per aquells indrets.

Ell era a Palma quan na Baba va fugir. Mala sort. Si hagués estat a la cabana potser hauria endevinat que ella el cercava, i a Palma estava massa distret per poder sentir el que li volia dir la muntanya sobre na Baba o na Baba mateixa, distret amb altres cabòries que no li permetien la disponibilitat d'obrir els sentits i escoltar.

Només el dia anterior va sentir-se a plaer, deslliurat del que l'havia menat a Ciutat. I va notar que la nina era allà, a la muntanya. Ho va saber abans que es trobessin. No era la primera vegada que li passava. La tarda de dimarts hora baixa va tenir el pressentiment que establiria contacte amb na Baba, que ella el cridaria, que li diria on era, i per això va baixar al poble a cercar provisions, per estar preparat per quan ella arribés, perquè estava segur que ella era allà i l'esperava i per això també havia agafat la pepa, sense pagar-la per no aixecar sospites. Estava segur que a na Baba li agradaria, era el seu regal de benvinguda. Passaria per la botiga a pagar-la quan trobés na Baba, i va esperar a la cabana una estona, amb la ment predisposada, i de sobte el reclam de na Baba li va arribar, i va anar a la caseta i la nina era allà.

Des de ca na Tina, el camí hi conduïa més recte, tot i que la darrera part era de difícil accés i encara més per a un infant. A banda, la nina havia hagut de caminar molt per arribar fins allà i fer-ho tal vegada d'amagat dels que la cercaven. Era possible que fins i tot hagués sentit les seves veus dissabte vespre, diumenge i dilluns i hagués tengut por, més por en sentir-les. Només volia fugir, allunyar-se de ca na Tina, on a les nits hi havia un monstre que entrava a la seva habitació i que ben segur que també seria entre els que havien sortit a cercar-la.

Entre els papers que em va deixar veure la filla del cònsol hi havia la transcripció de les declaracions en anglès que Mike Simpson feu de tot el que en Tià li va dir, que coincidien força amb el que el mateix Tià explicà a la policia.

Na Baba havia fugit cap as bosc tot d'una que na Tina se'n va anar a comprar perquè sa mare havia vengut a cercar-la per deslliurar-la des monstre. Sa mare l'havia guiada per sortir des poble i anar cap a sa muntanya, i amb ella va caminar força estona fins que es feu de nit i es va quedar adormida en ets seus braços. Es dia següent, quan va despertar-se, sa mare no hi era, però una altra dona, amable i bona, vestida de blanc, la va guiar fins a sa meva caseta, on li va dir que es monstre no hi podia arribar. No li vaig voler fer massa preguntes ni contradir-la gens perquè no se sentís cohibida, però vaig pensar que potser tenia al·lucinacions o convertia ets somnis en realitat, a alguns infants els passa i més quan han sofert un trauma gros com li ha succeït a sa seva filla. Esper que a vostè l'hi pugui contar tot i vostè, que la coneix, ho pugui interpretar molt millor que jo. El que sí li puc dir és que me pareix miraculós que pogués arribar tota sola fins as meu refugi. Ahir ja era molt tard i me va parèixer que estava tan dèbil que, abans de donar avís, calia que es refés i que es preparés pes interrogatoris i per si vostè la renyava pes fet d'haver fugit. Desconec si tenen bones relacions, si s'ha pogut sentir abandonada per vostè i per això va fugir, tampoc sé exactament què li va passar a ca na Tina.

Sa seva filla vol ser cantant, i Pandora... Ara l'important és que ha aparegut. És viva i està sana i estàlvia. Li repetesc que no deixa de semblar-me portentós que tota sola pogués arribar as refugi. Passés el que passés, això fou sa seva salvació. Va poder beure aigua, perquè jo a sa caseta hi tenc un bòtil, i menjar galetes que hi guard dins llaunes, però res més. Quan la vaig trobar estava força dèbil. Li vaig donar mel i una mica de conyac perquè entre es sucre i s'alcohol reviscolés, però pensant que era un infant ho vaig mesclar amb llet de sa meva cabra. La vaig dur en braços des de sa caseta fins a sa cabana. Li vaig fer fregues d'esperit, i li vaig donar a beure una bona tassa de llet, amb mel i conyac, com li he dit, i va reaccionar de seguida. També li vaig curar ses esgarrinxades que tenia pes cos, sobretot per ses cames. Li vaig fer es sopar. Vaig pensar que li convenia una dieta blana, arròs blanc i un parell d'ous durs, perquè necessitava proteïnes. Vaig fer que es colgués en es meu llit de tisora i jo em vaig quedar dormint a s'estora, en terra, per si un cas es despertava d'aquell malson dets monstres perseguidors que em va assegurar que se li apareixien.

Dues coses li vull demanar ara, just a punt d'arribar a la sitja. La primera, que s'endugui na Baba de Fosclluc, que no hi torni i que un metge, un bon metge l'examini, perquè crec que és ben necessari. Potser algú va abusar de na Baba. La segona, que parli de mi el mínim. No m'agrada que parlin de mi. I no es preocupi perquè quan vostè s'hagi endut na Baba jo aniré a declarar a la policia tot el que li he contat. Els explicaré el que sé i el que sospit.

Mike va declarar que no sabia què pensar d'en Tià, tampoc si tot el que li havia explicat era cert, si havia segrestat Barb i per algun motiu ara se n'havia penedit. O si, en efecte, miraculosament tot havia passat com li explicava. Si Barb havia fuit perquè s'havia sentit abandonada. Si se n'havia anat de ca na Tina perquè veia monstres que la perseguien i si aquests monstres tenien a veure amb qualque cosa real o eren fruit d'al·lucinacions. Però aviat ho sabria, perquè Barb era viva, i això ho considerava un miracle extraordinari, una prova que, des d'on fora, Margaret la seguia protegint.

XIII

La notícia, la bona notícia, va córrer de seguida per tot Fosclluc. Na Baba havia aparegut, duia en braços la pepa robada quan, en el taxi d'en Tomeu, ella, son pare, Bob i Johnny se n'anaren cap a Palma. Pare i filla declararien a la policia, lluny del poble i de la curiositat dels veïns, amb molt més d'assossec.

Quan ja havien marxat, aparegué en Tià. Primer, perquè li venia de pas, va entrar a la botiga i va pagar la pepa. Sense dir res, va dipositar l'import just que marcava el preu. El sabia perquè havia guardat l'etiqueta, on hi havia apuntat quant costava, enganxada a un peu de la pepa. Després va anar cap a l'Ajuntament. Volia declarar el que sabia sobre na Baba, on l'havia trobada i què li havia dit la nina. Encara hi havia el comissari Caparrós, amb l'atestat obert. Li prengueren declaració detallada. Li feren moltes preguntes, les contestà totes sense contradiccions i fins i tot donà el seu punt de vista del que havia pogut passar. Si el necessitaven per a res més ja sabien on trobar-lo.

A l'Ajuntament, quarter general dels que duien la investigació, just quan en Tià va sortir, tancaren les portes. Eren les deu del matí. Duien gairebé obertes de pinta en ample quasi cent hores i el batlle, que havia estat al peu del canó i al peu del que li manessin els servidors de l'ordre públic, volia descansar perquè ja no podia pus. Ningú a Fosclluc podia pus. Fins i tot en Biel Porreta, l'amo de la botiga, que mai de mais havia fet tant de calaix, s'exclamava davant la televisió que els guanys no els compensaven si la vida d'un infant havia estat en perill.

La tensió acumulada durant aquells dies havia enverinat el poble. Es notava fins i tot en l'aire que respiraven, polsós com si vingués del desert, envescat, quasi pútrid. A mig matí, una pluja fina que va anar fent-se més densa, va semblar que podria netejar Foscl1uc de miasmes d'enveges antigues, de culpes velles mai perdonades, de recels i sospites apuntades en veu baixa, i baratar aquell aire podrit per un aire sa. Però aviat els niguls desaparegueren i va tornar el sol. Un sol exultant molt més poderós encara que el de dies passats. Un d'aquells sols que cremava el cul de les abelles, estormeiades de calor, s'imposà per tota la Tramuntana i feu que la calor, a grans grapades, com si fora arena calenta, gens apaivagada per la pluja, caigués sobre els terrossos encara més intensa. Els termòmetres passaren dels quaranta-cinc graus.

Foscl1uc, a partir del moment en què na Baba havia aparegut i els policies i els periodistes l'havien anat abandonant, recuperava la tranquil·litat i la bona fama, malmesa arreu, des de dissabte horabaixa fins a dimecres dematí. Tothom alenava més a plaer. La companyia alemanya propietària de l'hotel de luxe quasi acabat als afores de Foscl1uc, que tants llocs de treball donaria a la gent del poble, ja no ajornaria la inauguració. Havien decidit des de Múnic que, si trobaven morta la petita, ho deixarien per a més endavant. L'hotel de Foscl1uc aniria després del de Galilea, més endarrerit, que li passaria al davant, perquè els hotelers no volien comprometre el prestigi de la seva cadena i començar amb mal peu en un lloc on els infants estrangers desapareixien.

La gent no parlava d'altra cosa que de l'aparició de na Baba. Tothom es preguntava on havia estat i amb qui, què li havia passat, com havia pogut sobreviure tota sola. ¿Havia fugit per pròpia voluntat o algú l'havia robada?, què hi tenia a veure el fet que l'hagués trobada en Tià, el qual, de sobte, s'havia convertit per a tots els veïnats en el principal sospitós? ¿Devia haver cobrat ja els doblers de la senyora Brunellesky? Podria fer-se una bona ampliació de la cabana quan els cobrés.

Quan li digueren a na Tina, que na Baba, de la mà de son pare, havia arribat pel camí del Teix al poble, sortí corrensos. Volia abraçar la petita, volia saber què li havia passat, volia que algú li ho expliqués, i no entenia per què no li deien res, perquè la nina se n'havia anat de Fosclluc sense dir-li adeu. Ella l'havia tractada bé, l'havia amoixada i vetllada els vespres, ella havia estat la que més havia patit amb la seva desaparició, ella la més afectada.

Envià encàrrec a en Jaume, que deixà l'embotelladora i tornà amb la bicicleta cap a Fosclluc, i allà preguntà a uns i altres i decidí anar a veure en Tià. En Tià li havia de donar explicacions. Les hi devia. Què havia fet amb na Baba quan l'havia robada de ca seva? Perquè n'estava segur, en Tià, quan havia conegut na Baba, li havia dit hola moneta i havia anat a ca seva amb s'excusa de fer de traductor, se l'havia fet seva i la se n'havia enduta. No debades ell l'havia tornada. Ben segur que l'havia amagada en algun lloc. Però no volia pujar a la sitja tot sol, volia testimonis.

En Jaume contà a la policia voluntàriament el que consta a l'atestat: «demanà a dos amics que l'acompanyessin a veure en Tià, si no, no s'hauria sentit un homo». Ho pregonà per tot el poble, segons alguns testimonis que encara se'n recordaven.

Als germans Paretó els agradava la gresca. Un, en Toni, li devia favors a en Jaume, l'altre era un poc entanocat i feia sempre el que li deia el germà gran; a banda, admirava l'aire de perdonavides que sovint adoptava l'homo de na Tina. I tots dos se n'anaren amb ell. En Jaume tenia raó. La petita havia desaparegut de ca seva. Calia demanar explicacions.

Pujaren cap al Teix. La barraca d'en Tià quedava a l'esquerra, a mig camí entre Fosclluc i el cimal darrer. Feia calor. A les tres de la tarda, el sol era espès. Feia molta calor. La sola de les espardenyes cremava perquè els terrossos cremaven. No passava ni un bri d'oratge. La pluja del matí no havia fet minvar gens aquella basca.

En Jaume havia agafat una botella d'aigua, no debades treballava a l'embotelladora, i en va beure a plaer fins a deixar-ne mitja. La passà a en Toni i aquest, després de pegar un parell de glops, l'oferí a en Joan, que s'estimà més, en lloc de beure, remullar-se una mica la camisa, xopa de suor. No es toparen amb ningú perquè aquelles no eren hores de passejades. Eren hores de sesta. Hores de fer-se enfora del sol i estar-se a l'ombra. Però en Jaume covava molta de ràbia i necessitava saber amb totes les seves forces què li havia passat a la nina, com era que la tenia en Tià i volia demanar-li-ho. Volia saber-ho de manera directa, de la seva boca i per això pujava amb els seus amics, guiats, pel que semblava, amb el mateix afany de justícia solidària. No és difícil imaginar que mentre pujaven devien anar xerrant:

—Sabeu què vos dic?, que aquest fill de la gran puta va segrestar na Baba i, en saber que hi havia compensació per qui la trobàs, la va tornar.

—Això no ho podia saber, no li arriben ets diaris. A més, no hi era quan na Baba se'n va anar de ca teva.

—Podia dir-li a sa nina que l'esperàs a n'es bosc. No saps que xerraven en sa mateixa llengo? Està clar que ets diaris no li arriben, tros de banc, però té una ràdio, batzol, i ho sap tot. Abans havia estat capellà.

—No, havia estat metge, ermità. Diu ma mare que el va conèixer amb hàbit d'anar a captar. Va fer de metge, per les Amèriques.

Les branques cruixien sota els peus dels tres homes, a dalt dels pins les cigales es queixaven, remugaven fort, fartes d'aquella solellada.

En Jaume s'havia fermat un mocador en quatre puntes al voltant del cap per apaivagar l'embranzida forta del sol damunt la closca que els cabells no evitaven. En Joan era l'únic que anava ben protegit amb un capell de palla. En Toni duia una gorra com les que sortien a les pel·lícules dels americans, que feia un parell de dies deien que havien arribat a la Lluna. A Fosclluc no ho havien vist perquè les televisions no funcionaven per culpa del generador, però a Sóller en Toni ho havia mirat a la televisió del cafè i era dels que no s'ho creia. Coneixia molts dels soldats americans de la base de Sóller, anaven i venien des de la bolla del Puig Major als quarters de l'entrada del poble i eren unes grans pardaleres. S'engataven tot d'una amb dos glops de cervesa. Ni la lluna ni la pruna ni res de res. «Puta propaganda. A la Lluna no hi ha arribat ningú».

—Saps què te dic, Jaume —va dir en Joan—, que haguéssim hagut de pujar horabaixa i no amb aquesta calor.

—No, ves a saber si no hagués fuit horabaixa, o ves a saber si sa policia no el manarà engarjolar i noltros mos quedarem amb ses ganes de que ell mos digui què li va fer a na Baba.

—A lo millor no li va fer res. L'ha trobada per algun racó des bosc avui dematí, això és el que diuen que ha dit. Ho ha dit es batlle abans de tancar s'Ajuntament i donar ses gràcies a tots —va dir en Joan.

—I ens ho hem de creure? Venga, no me facis riure, Joanet.

—Podria ser veritat.

—Ara, callau, ja no falta massa, que no mos senti. No sigui cosa que s'amagui. L'hem d'agafar per sorpresa i li hem de treure sa veritat. Si tiram a la dreta farem drecera. Arribarem per darrere de sa barraca, no per sa banda de sa sitja, per s'altre costat. A aquestes hores deu jeure a s'ombra, com un porcell, ben tranquil.

La drecera era més difícil. Es guanyaven metres, però calia posar-hi més esment perquè el terreny era força llenegadís a banda d'empinat i, a sobre, havien de botar un parell de marges de partions antigues, però per a les cames joves no suposaven un gran impediment. Ben segur que en Tià no pujava mai per allà perquè, tot i que estava força acostumat a caminar, preferia preservar els seus ossos de més de cinquanta anys d'una caiguda estúpida i haver-se de quedar allà dalt immòbil sense que ningú el pogués auxiliar. A més, des que va cremar-se ja no anava tan falaguer.

En Tià feia la migdiada a la seva hamaca penjada entre dos pins, a l'ombra, com havia previst en Jaume, però va obrir els ulls en sentir les passes i es va incorporar:

—Bones tardes —els digué—. Volíeu alguna cosa? Vos puc oferir aigo, vos veig ben suats.

—No volem aigo, volem saber què li has fet a na Baba —digué en Jaume, amb determinació.

—Jo no res, això t'ho hauries de demanar tu a tu mateix, perquè fou de ca teva d'on sa nina va fugir.

—La te'n vares dur tu Tià. I la vares amagar, per cobrar ets doblers...

—Vos trauré un poc d'aigo —va tornar a dir en Tià—, anau molt suats. —I entrà a la cabana i sortí tot d'una amb l'escopeta—. Jo no tenc res que dir-vos a voltros. Res —els repetí, apuntant-los amb s'escopeta—, hala, partiu i no torneu per aquí. Això és ca meva. Entesos?

Se n'anaren. No li feren front. En Tià era bon caçador. Ho sabia tothom a Fosclluc, i ells anaven desarmats. Si haguessin pujat amb les escopetes seria una altra cosa ben diferent. Davallaren en silenci i amb set. Però a mig camí en Jaume s'aturà en sec:

—El podem acusar d'haver-mos amenaçat amb s'escopeta, només per haver-li preguntat per na Baba. Encara hi deuen ser, ets de sa policia de Palma, si no, anirem a veure la Guàrdia Civil a Foscgran.

XIV

Mike va acceptar agraït la proposta del cònsol americà: el consolat es faria càrrec de les despeses de la clínica els dies necessaris perquè Barbara pogués ser tractada i refer-se del trauma que havia patit.

El juny del 2005, quan vaig acceptar col·laborar amb Rose Barnes i abans d'haver anat a Fosclluc, vaig passar per la clínica on Barbara va estar internada a finals de juliol del 1969, per saber si en guardaven els informes. Després de consultar arxius, em van dir que sí, que tenien el de la seva alta. El de l'«americanita» s'havia conservat, no com la majoria dels d'aquella època, ja destruïts. Però es van negar a donar-me'l. Només podien lliurar-los a Barbara Simpson en persona, o a mi mitjançant un poder notarial. Vaig enviar de seguida un correu a Rose, que em va contestar dient-me que no calia que em preocupés, la soprano els passaria a buscar quan viatgés a Mallorca.

Malgrat la negativa de la clínica, d'altra banda justificada, vaig aconseguir dades de l'estada de na Baba a Can Mestres, així era anomenada aleshores, i procedeixen de dues fonts: dels papers guardats pel cònsol, algunes còpies dels primers informes dels metges, i del testimoni de Geraldine Adrover, llavors joveníssima infermera en pràctiques, el 2005 cap d'infermeria a l'Hospital General de Palma.

Així vaig saber que els doctors que van examinar na Baba van comprovar que tenia diversos esquinçaments interns fruits d'abusos. Però no podien dictaminar amb precisió quants dies feia que s'havien produït i de moment tampoc ho podien preguntar a na Baba, perquè havia emmudit.

Na Baba no parlava ni tan sols amb el seu pare, al qual evitava mirar. El psiquiatre que la va atendre va dictaminar que la seva mudesa podia considerar-se dins dels paràmetres del que és normal. De vegades quan un infant se sent abandonat es tanca en si mateix, en una mena d'autisme, difícil de superar.

A banda, en el cas de na Baba, el trauma que havia sofert havia estat doble, i el metge creia que de moment valia més no insistir a preguntar-li res. Ja tindrien temps d'aclarir-ho tot en el futur, si ella els ho permetia. A vegades això no passava mai perquè el bloqueig actuava com a salvaguarda dels horrors viscuts. Mentrestant, a l'espera de les reaccions de la petita, desaconsellava a la policia que la interrogués, ni volia acceptar que contestés per escrit les seves preguntes, perquè això li faria reviure la situació. Una situació terrible, sens dubte, refer-se de la qual potser li costaria tota la vida.

El doctor Mestres, com a metge psiquiatre, igual que el doctor Escales, ginecòleg que la va examinar, van informar per escrit a la policia del seu diagnòstic, esmentant els danys físics i psicològics pels quals havia passat Barbara Simpson.

Ambdós metges creien que les dades que ells oferien podrien ser de força utilitat a l'hora de trobar el culpable. Segons el psiquiatre, era possible que qui havia abusat de

Barbara fos la mateixa persona que li havia regalat la pepa. El fet de voler agradar a les víctimes per poder dur a terme els seus plans impunement, sense que aquelles oposessin resistència, era un tret força generalitzat en la manera de comportar-se dels abusadors. Per això el regal de qui assegurava haver trobat la nina, segons el parer dels metges, era una pista que la policia havia de seguir. El mal a la petita ja estava fet, però potser podrien evitar-se en el futur nous danys a altres víctimes. I així ho va fer constar el doctor Mestres en l'informe que el dilluns dia 7 d'agost de 1969 va fer arribar a mans del comissari Caparrós, que fou molt discret i evità que es filtrés res a la premsa. A més, el pare de Barbara no volia que la notícia dels abusos transcendís als diaris i, en nom seu, el cònsol ho demanà al comissari.

En Caparrós em va explicar que va tornar altre cop a Foscllluc dimecres al matí. La seva missió consistia a interrogar José María Samper Mckinlley, de malnom Tià, com a principal sospitós, i fer que confessés els abusos, tot i que els abusos a menors en aquella època no implicaven les penes que la reforma del Codi Penal del 2008 imposaren, sinó altres de molt més lleus. A més els abusos havien de ser provats, la qual cosa era força difícil després del temps passat, més d'una setmana, i les proves d'ADN encara no s'havien començat a fer el 1969.

De cop i volta, malgrat la declaració d'en Tià, que els havia semblat convincent, l'informe dels metges mostrava un altre camí que calia tenir en compte. A banda, tot el poble sabia que havia amenaçat amb l'escopeta tres veïnats, que comunicaren el fet al *cuartelillo* de Foscgran. Malgrat que calia esperar el testimoni de la víctima quan recuperés la veu, ja que qui sabia què havia passat era Barbara.

Aquest era el punt fonamental. En Caparrós, però, decidí interrogar el presumpte sospitós, en certa manera, com a prevenció de possible fuita, i així m'ho va fer saber.

El batlle es va oferir a guiar-lo fins a la sitja. El dia havia començat boirós. No feia sol però la calor continuava sent aclaparadora. El Teix, que protegia el poble de Fosclluc, la muntanya que alguns consideraven màgica, l'energia positiva de la qual s'expandia des del cim, oferia entre boires un aspecte diferent, poc atractiu, força enigmàtic, més aviat esfereïdor. Al comissari no li venia gens de gust haver de pujar muntanya amunt. Segons em confessà, quan era nin, durant una excursió amb l'escola, s'havia perdut pel Teix, l'atractiu del qual des de llavors havia posat en dubte, però creia que era ell, en persona, qui havia d'arribar fins a la barraca del carboner i inspeccionar el lloc. Era imprescindible conèixer com vivia en Tià, on havia pogut amagar la petita. El seu prestigi de comissari en cap podia malbaratar-se davant del cònsol si manava pujar als seus ajudants i ell restava assegut al despatx.

El cas de Barbara Simpson no era un cas qualsevol. El fet de ser americana, per més que fos afroamericana, li atorgava una importància molt més gran, davant el cònsol i a través del cònsol davant l'ambaixador, i en Caparrós volia estar molt a bé amb tots dos, em digué. Pretenia una recomanació per al seu germà petit, metge, acabat de sortir de la facultat de Barcelona, que desitjava entrar a la clínica Mayo en pràctiques i necessitava els avals d'unes cartes de persones de prestigi solvent. Per això va deixar de costat les seves poques ganes i la seva mandra —es considerava un policia d'asfalt—, i va anar pujant, no massa de pressa, seguint el batlle, que obria pas i que a estones havia d'aturar-se per les dificultats de qui el seguia.

El camí, a vegades no era tan fàcil com semblava, perquè la boira anava espessint-se entre els penyals. Van trigar a arribar més de l'habitual i, quan va aparèixer la silueta de la barraca, per darrere de la capçada d'uns pins i de les branques d'unes alzines, els va semblar veure també, a la dreta, a dalt, entre els arbres, que penjaven uns peus calçats amb espardenyes i sentir un batre d'ales d'ocells grans, tal vegada voltors i àguiles agafant el vol. En acostar-se més, a la dreta van veure el cos d'en Tià, tibant de la corda de la qual s'havia penjat. Amb la cara desfigurada, fins feia només uns segons havia servit de banquet suculent de les carronyeres, que van fugir de cop en sentir el renou de passes.

La premsa del dijous 10 d'agost donava la notícia: «El suicidio del principal sospechoso del rapto de la "americanita" cierra el caso. Un extraño personaje, José María Samper Mckinlley, ex cura, conocido en el pueblo de Fosclluc con el nombre de Tià, porque se había instalado en la cabaña del último carbonero de la zona llamado Tià, por lo que parece, raptó a la pequeña Barbara Simpson, escondiéndola en el bosque, y después de retenerla durante varios días se la devolvió a su padre. La raptó presuntamente de casa de su niñera con la intención de obtener un rescate aunque, al parecer, nunca lo llegó a pedir dado que la señora Brunellesky, la conocida y reconocida mezzosoprano, había ofrecido una recompensa. Se presupone que Samper pensaba cobrarla estos días. Su suicidio, no obstante, plantea otra hipótesis relacionada con el peso de la culpa. Ayer la policía encontró su cuerpo ahorcado en un avanzado estado de putrefacción».

Els diaris locals del dia 11 feien referència als enigmes que envoltaven el cas de l'«americanita», que seguia muda en una clínica, traumatitzada pels fets, i posaven tot l'èmfasi en la misteriosa desaparició del cadàver de José María Samper Mckinlley. En un interval d'unes cinc hores, mentre el comissari Caparrós i el batlle de Fosclluc tornaven al poble per donar avís al jutge i al forense i aquests dos arribaven fins al lloc on aparegué el presumpte suïcida, el seu cos va desaparèixer. Algú el va despenjar i el se va endur. La policia no descartà cap hipòtesi.

A la premsa de l'illa, el *Diario de Mallorca*, *El Baleares*, *La Última Hora*, seguiren dies després parlant del misteri que envoltava en Tià viu i encara més mort. Qui podia tenir interès a fer desaparèixer un mort si els morts ja no poden parlar? I com havia arribat fins allà la persona o persones que l'havien robat? Els camins de la muntanya eren molts i no tots passaven pel poble de Fosclluc, es podia arribar a la sitja des de Foscgran, des de Deià, des de Valldemossa, Sóller i fins i tot des de Bunyola. On l'havien enterrat?, si és que l'havien enterrat. Però, tot i que el misteri seguia sense aclarir-se, els diaris van deixar de parlar-ne. Substituïren el cas de l'«americanita» per un altre prou truculent: el d'una dona cremada viva pel seu marit, com he pogut comprovar després de consultar les hemeroteques.

Les darreres referències que he trobat sobre el presumpte rapte de Barbara Simpson procedeixen d'un article ple d'interrogants signat per un periodista força conegut a Palma, Gabriel Fuster Mayans, que emprava el pseudònim de Gafim, en el diari *Baleares*: «Què va passar amb el cos d'en Tià? Qui el se va endur? ¿Algú que sabia que d'aquesta manera es tancaria el cas? Era o no era un suïcidi? Perquè, en el cas que no ho fora, amb l'ocultació del cos seria molt difícil de provar. Hi havia també una altra possibilitat: algú que en saber el que havia passat —la notícia s'escampà de seguida— va voler enterrar-lo dignament i, com que coneixia el paratge, va poder-ho fer amagant-lo primer i enterrant-lo després?». I obria una hipòtesi: «Podia ser algun dels ermitans de la Trinitat, que no era massa enfora i on Samper havia fet d'ermità i hi tenia amics?».

Vaig tornar a l'ermita per demanar que em deixassin visitar el cementiri. M'ho van permetre, però no hi vaig trobar ni un sol indici que el cos d'en Tià hi hagués pogut ser enterrat. Tampoc al llibre d'enterraments de l'època, que l'ermità Pau em va deixar consultar, hi havia cap anotació sobre el fet que en Tià, o Josep Maria Samper Mckinlley, descansés en el cementiri de la Trinitat.

XV

Segons em va contar Geraldine Adrover, que va servir d'intèrpret als metges que tractaren Barbara, que no parlaven anglès, durant les dues setmanes que la petita va passar-se a la clínica no va dir ni una paraula. Geraldine, de mare escocesa i pare mallorquí, es va prestar a traduir les indicacions que els doctors donaven a na Baba. Tot i que no sabia fins a quin punt la nina l'escoltava, em va dir que intentava transmetre-li de la manera més afectuosa que podia el que deien els metges. Les ferides cicatritzaven bé, sense infeccions sobrevingudes, però el trauma passat l'acompanyaria de per vida.

Sovint Geraldine era l'encarregada de donar-li el menjar. De bon començament Barbara rebutjava els aliments. No obstant, amb paciència la infermera va aconseguir que comencés a empassar-se la dieta blana prescrita. I recordava amb satisfacció el dia que na Baba li dedicà el primer somriure.

Un somriure que mai no feu a son pare, que la visitava sempre que podia. Ses seves carícies no li feien cap efecte, fins i tot em va parèixer que el mirava com si no el reconegués. Cap de ses visites que rebia, sa de sa dona des cònsol a qui de vegades acompanyava sa seva filla, uns anys més gran que na Baba, segura-

ment amb sa bona intenció que aquesta es confiés a algú de sa seva edat que parlés es seu idioma, cridaren sa seva atenció i durant es temps que va estar internada no va dir ni pruna.

Passava moltes hores dormint forçada per alguns medicaments tranquil·litzants. Quan no dormia, a vegades feia llargues sumes que ella mateixa es posava a sa llibreta que es metge li havia donat per si volia preguntar alguna cosa per escrit. Altres vegades jugava amb sa pepa de pedaç. Es psiquiatre va considerar que seria millor que la hi llevessin, tal vegada la relacionava amb el que li havia passat, però na Baba s'adormia abraçada a sa pepa. Pareixia més un consol que una amenaça i la hi van deixar. Quan es recuperés ja esbrinarien què suposava aquell objecte per a ella. Era clar que Barbara a més des rapte, molt més plausible per as metge que no sa fugida i una posterior trobada casual amb s'agressor, havia tengut una relació ambivalent amb aquest. En ets llibres de psicologia que tractaven d'aquests aspectes, ses situacions com aquella estaven perfectament descrites.

Es doctor Mestres pensava contribuir, amb un punt de vista, segons el seu parer, innovador, gràcies al cas de l'«americanita», as desenvolupament de sa recerca sobre abusos a menors amb un article que enviaria a una publicació científica, New England Journal of Medicine, *on fins llavors li n'havien acceptat dos sobre la transmissió de s'esquizofrènia a través d'uns gens determinats. Però finalment o no el va enviar o no li acceptaren perquè a la revista no hi figura o almanco no l'he trobat.*

La infermera em passà una còpia que guardava de l'article, que Mestres li donà perquè el traduís, d'aquelles amb paper carbó i que em va interessar força: el doctor Mestres apuntava que Barbara Simpson afegia, al fet de ser víctima d'abusos, el de víctima d'abandó. A la mort de la mare, que segons havia assegurat Mike Simpson als metges havia estat incapaç d'assumir, perquè estava disposada a creure que en algun moment tornaria a estar amb ells i fins i tot assegurava haver-la vist, en somnis i també desperta, calia afegir-hi la separació paterna.

Barbara havia d'haver-se sentit sola, molt sola, entre desconeguts que no parlaven la mateixa llengua, no pertanyien al seu entorn, tenien costums diferents, maneres distintes de comportar-se i fins i tot havien pogut rebutjar-la, humiliar-la o burlar-se d'ella perquè era diferent, negra i estrangera, etcètera. Els infants necessiten sentir-se segurs i Barbara havia estat allunyada d'un entorn que li pogués oferir seguretat. Totes aquestes mancances havien estat somatitzades per la petita, la il·lusió més gran de la qual era ser cantant, i precisament per això, i aquesta era la principal teoria del doctor Mestres, s'havia autocastigat quedant-se sense veu. Havia de tenir l'autoestima baixíssima i qui sap si aquest conjunt de coincidències tan horribles no la conduirien a un final autolesiu. No calia descartar una possible temptativa de suïcidi.

Geraldine m'explicà que na Baba, a qui en ingressar a la clínica havien instal·lat en una habitació alegre, amb una finestra que s'obria al jardí, l'endemà de l'ingrés va ser traslladada a una altra molt més fosca, amb una finestra reixada. A més, abans que l'ocupés, les zeladores van repassar-ho tot perquè no hi hagués res que li permetés la temptativa de poder posar fi a la seva vida.

L'índex de suïcidis era aleshores escadusser entre els nens, però Barbara ja no era cap nena. Malgrat els nou anys acabats de complir, era gairebé una adolescent; les formes de dona havien començat a desenvolupar-se. Un aspecte afegit que sens dubte havia atret el violador, al qual també

—l'informe del psiquiatre ho donava per segur— li hauria semblat excitant el color fosc de la pell de la petita. En el fet de violar una negra hi havia diversos components addicionals. D'una banda, el component exòtic, aparellat a una sexualitat més poderosa, més instintiva, primitiva, animal, i d'una altra, la consideració de la seva inferioritat deguda a la raça. Tots dos aspectes, descrits d'aquesta manera pel metge, podien contemplar-se en el cas de Barbara Simpson, amb l'agreujant que es tractava d'una menor.

No sé si cal que jo afegeixi que la croada del que avui es considera políticament correcte encara no havia començat i la gent s'expressava sense tenir en compte referències que avui podrien ser considerades de caire racista o si més no del tot improcedents.

Una tarda, na Baba va rebre una visita inesperada: la de Pandora Brunellesky. La diva havia arribat a l'illa poques hores abans. Com sempre, encara que ja estigués retirada, havia procurat mantenir el seu glamur i els seus dos caniches a l'altura de les circumstàncies.

Els tres diaris locals, més algun corresponsal estranger, li van sol·licitar entrevistes. Per estalviar temps va preferir convocar-los a tots a una roda de premsa. El gruix de les preguntes tenien a veure amb el que havia succeït a Fosclluc i a si algú li havia reclamat la recompensa. La diva va assegurar que ningú s'havia posat en contacte amb ella ni amb el seu representant. Va lamentar enormement el que li havia passat a Barbara, de la qual ella, d'acord amb el seu pare, es faria càrrec. Quan estigués recuperada del tot se l'emportaria a Milà, ja que considerava que la nena no podia tornar a Fosclluc, perquè això la faria reviure una experiència traumàtica. Ella sí que s'instal·laria uns dies allà. Per a ella el Teix, com per a tants altres artistes de la zona, com Robert Graves, Darwin J. Flakoll, Robert MacKinley, era una muntanya màgica, que calia també protegir. Ara els tocava als habitants del seu entorn encarregar-se que pogués desprendre's del malefici que ells mateixos li havien aportat. «Els humans tenim el deure de restituir a la natura el que ella ens ofereix i agrair-li-ho. Massa sovint ho oblidem».

I no va voler afegir res més.

XVI

Reprenc el relat jo, Rose Barnes. Les meves fonts procedeixen, per un cantó, del que Barb em va contar i, per un altre, dels documents que recullen els inicis de la carrera de la Simpson i la seva formació a Itàlia al costat de la seva mestra.

Pandora Brunellesky va explicar a Barb que, després d'una llarga conversa amb els metges sobre el seu diagnòstic, va proposar a Mike Simpson quedar-se amb la filla. Ell hi va estar d'acord de seguida. Era la millor opció. L'altra consistia a enviar-la de tornada als Estats Units a casa dels avis, trencant una promesa, en una casa d'acollida com la de John i Joan o deixar-la en mans de Reynolds, tot esperant que recuperés la veu i signant, en nom de Barb, un contracte que ella no podria rescindir durant molts anys. Per això, que marxés amb la senyora Brunellesky era el més convenient. La mezzosoprano, però, va posar condicions. La principal, que a partir d'aquell moment només ella seria la seva tutora legal i ell renunciaria a interferir en l'educació de la filla, de la qual només ella es faria càrrec absolut.

Barbara, en explicar-m'ho, va ometre una part important d'aquesta cessió. La part que el seu pare va exigir per signar el document que l'advocat de Brunellesky va preparar, en el qual ell, Mike Simpson, assegurava haver cobrat vint-i-cinc mil dòlars, una quantitat força respectable el 1969, preu exigit per ell a Pandora en el moment de renunciar a la filla, segons quedava clar per escrit.

En el document que recollia el tracte, del qual Barbara no em va parlar —el vaig trobar de manera casual a la caixa forta de la casa de Long Island, un dia que hi buscava uns altres papers—, també s'estipulava que, igualment, Mike Simpson renunciava a interferir en el futur de Barb i es comprometia a no tornar a demanar diners, ni un centau, a la senyora Brunellesky.

Confesso que vaig quedar-me bastant tocada després de llegir-ho, perquè Barbara m'havia presentat Mike des d'un caire positiu, prenent en compte el perfil favorable, almenys fins a l'arribada a casa dels avis. Desconeixem què va pensar Pandora del preu fixat pel saxofonista, ni tampoc com s'ho va prendre Barbara en saber que havia estat objecte d'una venda. Si hi va trobar alguna mena de justificació i la va ajudar, o no, a desfer les teranyines que envoltaven la figura paterna.

D'altra banda, per a Pandora, que era una dona molt rica, si bé encara no havia pogut calibrar la veu de Barbara i només sabia de les seves qualitats gràcies al que li havien explicat, emportar-la-se amb ella li devia semblar un repte ambiciós i l'estipendi pagat, poca cosa. Tal vegada, com va dir als periodistes, creia de debò que la Deessa Blanca del Teix li havia retornat la nena directament a ella, com a senyal d'aliança de la seva protecció.

En els diaris mallorquins que Carme em va passar i també en una entrevista en el *Corriere della Sera* (7/8/1969) que vaig poder consultar, Pandora es referia al fet que des del moment en què va saber de la desaparició de la petita va tenir la convicció que, si era a la muntanya, la muntanya la resguardaria, com havia succeït. Per això li pareixia tan important acollir-la Estava segura que quan pogués escoltar la veu de Barb —ara ja havia deixat de ser Baba— es convenceria del tot.

Pandora, com després Barb, es prenia les casualitats de la vida com una mena de destí imposat i mai no les rebutjava. Per contra, convertir-se en una segona mare per a la nena, ja que no havia pogut tenir fills, li semblava un fet providencial.

Quan els metges van creure que Baba ja podia abandonar la clínica, amb una medicació adequada i l'ajuda d'un foniatre que li permetés, amb un seguit d'exercicis, recuperar la veu, Pandora Brunellesky se l'endugué a Milà.

La mezzosoprano vivia en un pis cèntric, ampli i molt lluminós, amb grans finestrals a través dels quals es podien contemplar les agulles del Duomo. Des que es va establir a Milà, les seves cases sempre havien estat prop de la catedral. No sols perquè l'atreia la seva bellesa sinó perquè estava consagrada al naixement de la Verge, a l'ombra protectora de la qual s'acollia igualment la cantant. Sovint sostenia, en públic i en privat, la importància del que anomenava la mediació de les forces positives matriarcals, en les quals veia l'origen dels aspectes més benèfics de la humanitat: l'afecte, la tendresa i la compassió.

La diva, que tenia al seu servei un matrimoni de mitjana edat, provinents de Sicília, Sandra i Massimo, a més d'una secretària estatunidenca, els va exigir que es desvisquessin per Barb. Va assignar-li l'habitació de convidats principal, ja que comptava, atesa la seva intensa vida social, amb dues més per si les havia de fer servir per als amics als quals li agradava invitar, com després feu Barbara. L'habitació decorada amb luxe i moblada amb un gran llit amb dosser —on la nena al principi dormia cabdellada en un extrem i després, quan es va recuperar, en diagonal, ocupant-la gairebé per complet—, amb un escriptori que li anava de primera per a les sumes que continuava fent i amb un tocador, que Pandora va manar substituir per una gran casa de nines, i un cistell amb tota mena de joguines, perquè estigués tot a punt el dia de l'arribada de Barb.

Durant molts mesos la nena va continuar dormint amb la pepa de pedaç, que no abandonava, la qual cosa feia suposar a Pandora que Barb havia establert amb Tià una relació positiva; ell no li havia fet cap mal. Al contrari, l'havia salvada.

L'habitació de Baba s'obria a una terrassa amb plantes florides que van reconfortar la nena. Pandora, malgrat l'advertiment del metge mallorquí, estava segura que Baba havia allunyat les idees suïcides, si és que alguna vegada n'havia tingut, i per això li permetia quedar-se a la terrassa quan li venia de gust.

El foniatre i una terapeuta especialitzada en traumes infantils van aconseguir, al cap de mes i mig, que Barb no sols recuperés la veu sinó que deixessin d'aguaitar-la les seves pors i a poc a poc anés trobant l'assossec necessari per a sentir-se quasi recuperada. A l'habitació no hi havia miralls, els miralls eren al vestidor adjunt, que ella no utilitzava; en conseqüència, romania allunyada dels possibles maleficis. Sandra, en despertar-la al matí, l'ajudava a banyar-se i després a vestir-se a la seva habitació. Els grans armaris del vestidor folrats de miralls s'obrien només per a treure els vestits que la diva li havia comprat a les millors boutiques de Milà. L'equipatge amb què va arribar a Fosclluc s'havia quedat allà. Tina, que estava desolada, l'hi havia lliurat a la senyora Brunellesky pregant-li que li permetés anar a veure Baba a la clínica, a la qual cosa aquella es va negar. Creia en la innocència de Tina, que no tenia res a veure amb la fugida de la nena, però estava segura que la visita seria contraproduent.

Les classes que oferia Pandora, als qui havien superat un difícil concurs per a ser admesos, començaven a finals del mes de setembre. La sala, amb l'immens piano de cua, en la qual rebia els deixebles, insonoritzada perfectament, era a l'ala sud del pis i s'hi accedia per una altra porta. Entre els deixebles de la Brunellesky hi havia joves cantants disposats a fer-se un lloc entre els grans noms de l'òpera. Tots tenien més anys que la fràgil petita, que n'havia complit només nou, però cap sobrepassava les possibilitats de la seva veu prodigiosa. Ho va saber la primera vegada que la va sentir cantar, una tarda en què Barb, somrient-li, li va fer un petó i li va demanar que escoltés les cançons que havia preparat amb la seva mare per al senyor Reynolds, de qui li va parlar per primera vegada.

A partir de llavors, Pandora Brunellesky va ser la seva mestra i el seu principal suport. Malgrat que la veu encara infantil de Barb no estava formada, com li havia succeït amb altres cantants de la talla de Maria Callas, la mezzosoprano estava disposada a prendre-la sota la seva absoluta tutela. La guiaria amb la seva mà dreta, fèrria, per a fer-la treballar, cosa que a Barb no li importava en absolut, tot al contrari, i amb la mà esquerra tractaria d'oferir-li l'afecte que creia imprescindible per al seu desenvolupament personal, com li escrigué a la seva amiga Leontyne Price.

Pandora parlava als seus amics de la seva filla Barbara, en la qual tenia posades enormes esperances com a cantant. Barb s'esforçava tant com podia per aprendre no sols cant sinó el que li ensenyaven els professors particulars que la seva protectora li va posar, especialment d'italià i de piano. Si volia triomfar en l'òpera, havia de conèixer bé aquesta llengua, i saber tocar el piano l'ajudaria, sens dubte, a comprendre millor les partitures. Estudiava amb gran dedicació, i a Pandora li costava molt que s'entretingués en altres coses que no fossin la música. A vegades durant les vacances viatjaven. La va portar primer per Itàlia. «És tan bella, Itàlia», li repetia amb entusiasme, perquè volia que conegués bé el seu país d'adopció. En això també coincidien.

Pandora havia nascut a l'Argentina d'avis ucraïnesos, fugits d'un pogrom, i, gràcies a una beca, s'havia traslladat de molt jove a Itàlia, on havia triomfat. El seu cognom de cantant, Brunellesky, no corresponia a l'heretat del seu pare, però tothom la coneixia per aquest nom i, en ser-li concedida la nacionalitat italiana, fins i tot se li havia atorgat la potestat d'emprar-lo també en el passaport.

Durant quinze dies del mes de juliol, uns íntims amics de la cantant, que tenien fills de l'edat de Barb —Guido va ser el seu primer amor, el seu gran amor d'adolescència—, es feien càrrec de Barbara a la casa d'estiueig a la Toscana, quan Pandora anava a Fosclluc, on estava convençuda que la nena no havia de tornar. Mai cap de les dues havia mencionat el que li havia passat allà. Els terapeutes li havien dit que no li preguntés res, que deixés, en tot cas, que ella prengués la iniciativa. I ella, mentre va viure amb Pandora, no li va explicar mai res del que havia passat a partir del moment en què el pare l'havia deixat a cura de Tina.

Va ser molt després, dos anys abans que Pandora morís, arran de la venda de la casa de Fosclluc, quan finalment van parlar del succeït. Barb li va contar el que recordava. Potser no era exacte, perquè ja sabia que sovint la memòria és selectiva i no tot ho memoritzem com va passar. A mesura que ens n'allunyem, no recordem els fets sinó els records d'aquests fets, que la nostra percepció va modificant així que els recuperem. Barb va fugir de casa de Tina, va caminar pel bosc i es va refugiar en una caseta però no recordava quant de temps hi va passar, només que Tià la retornà al pare. Se'n va anar perquè de nit l'atacava un monstre. Com li va fer observar la terapeuta, inicialment el va associar als seus terrors. Al principi potser procedia d'aquests terrors que van començar a casa dels avis, junt amb les veus culpabilitzadores que sentí, tal vegada de la germana de la seva mare, que s'havia quedat tetraplègica a conseqüència d'una caiguda, després que Margaret li donés una empenta. Ho feu jugant, i sense intenció que rodés per l'escala. Un fet al qual es devien haver referit els avis parlant amb el seu pare i ella va poder sentir des de la seva habitació, sense quasi adonar-se'n ni percebre-ho. La germana tetraplègica havia mort a la cambra del costat de la de Margaret, uns quants anys abans que aquesta marxés de Lambeland. La cadira de rodes devia fer el mateix soroll que sentí Barb. No debades Margaret li havia dit que els llocs guarden les empremtes dels que hi han viscut.

Mike havia explicat, traduït per la jove infermera, als metges mallorquins tots els antecedents que pensava que podien ajudar a curar la seva filla i aquests ho havien transmès als milanesos en els seus informes. No obstant això, als monstres de la casa dels avis, dels quals el pastor la volia deslliurar, se n'hi havien unit uns altres, perquè Barb havia estat atacada brutalment, tal com demostraven les ferides produïdes a la zona genital. Fins que no ho confessà a Pandora, Barb no havia dit a ningú que creia que havia estat Jaume, el marit de Tina, el monstre que l'havia atacat a Foscllluc, i Pandora, al seu torn, li va explicar que, per contra, al poble consideraren culpable Tià, el cadàver del qual havien trobat penjat d'un arbre i tot feia suposar que s'havia suïcidat. També li va explicar que el seu cos havia desaparegut. Pandora tenia dues teories. Els ermitans amics seus l'havien enterrat amb tot el sigil al seu cementiri, perquè si s'havia suïcidat no mereixia un lloc sagrat i ells malgrat tot l'hi donaven. Tal vegada tampoc creien en el suïcidi de Tià. Però Pandora tenia encara una altra hipòtesi: la Deessa Blanca havia emparat Tià, se l'havia endut per convertir-lo en un dels esperits protectors de la muntanya. Tià viuria per sempre més. Ho intuïa perquè coneixia la llegenda de la Deesa Blanca, que just aquell dia li va explicar i li va donar escrita perquè mai no l'oblidés.

Potser sí que en Tià s'havia convertit en un esperit protector de la muntanya, com insinuava Pandora. D'acord amb la llegenda, Barbara no ho descartà, però alhora es va prometre a si mateixa retornar-li el bon nom, perquè sense la seva ajuda possiblement hauria acabat morint al bosc. Sempre va tenir la certesa que la seva mare i qui sap si la Deessa Blanca, la protectora del lloc, la mateixa de la qual finalment li havia parlat Pandora, l'havien conduït fins al refugi de Tià.

Necessitava trobar el moment i la força per tornar a Foscllluc, cosa que precisament el fet d'haver triomfat en el món de l'òpera li impedia. Tenia contractes signats fins al 2010. La seva carrera havia estat una de les més brillants. Per a alguns havia superat Callas i Tebaldi plegades, amb el mèrit afegit que era una cantant negra. L'avís del seu infart, el seu retorn a la vida i la promesa feta a Ripper li havien, finalment, assenyalat el camí.

Barbara m'explicà que tenia tretze anys quan va actuar per primera vegada en un escenari d'òpera. Encara que el seu debut, i ella sempre el recordava, havia estat al Grand Theatre Price de Savannah, fou a la Scala on s'havia iniciat la seva carrera, en un festival en el qual també prenien part molts altres alumnes i exalumnes de Pandora Brunellesky, a qui el teatre dedicava precisament l'homenatge. Per desig de la diva, la seva filla d'adopció va tancar l'acte. A causa de la seva edat, passaria al Llibre Guiness dels Rècords: era la cantant més jove de totes les que havien debutat en un teatre de la categoria del de Milà. Maria Callas ho havia fet als quinze anys, Pauline Viardot als setze i la seva germana, la Malibrán, als disset.

Barb va cantar l'«Ave Maria» de Gounod, es va encomanar a la seva mare, per la qual resava cada nit, tot i que mai més va tornar a aparèixer-se-li, i la va dedicar a la que va considerar la seva «Altra mamma, la miglior guida, la miglior mestra, Pandora Brunellesky». El públic deia que havia cantat com els àngels, i els crítics, que havia nascut una estrella, de la veu de la qual calia esperar els prodigis més grans.

No fa falta que esmentem aquí la llista d'èxits de Barbara Simpson, prou coneguts, però sí que el debut en una òpera completa va tenir lloc també a una edat molt primerenca, als divuit anys en el Festival de Florència. Interpretava el paper de Santuzza a *Cavalleria rusticana.* La seva mare i mestra li havia recordat que la seva deixebla més cèlebre, Maria Callas, la qual Barb tant admirava, havia debutat amb la mateixa obra. Però per a la Simpson, *Tosca*, la seva òpera predilecta, va significar sempre un repte de superació fins al darrer dia en què la va interpretar. Ho va ser d'una altra manera quan es va quedar sense veu sobtadament, just en l'instant d'iniciar el «Vissi d'arte» al Metropolitan i que és el punt de partida d'aquesta història.

QUARTA PART

I

Barbara Simpson i jo mateixa, Rose Barnes, en funcions d'acompanyant, biògrafa i secretària, vam agafar un vol a l'aeroport Kennedy, a principis de setembre del 2005, amb destinació a Barcelona.

L'havia acompanyat algunes vegades a aquesta ciutat per actuar en el Gran Teatre del Liceu i d'altres per anar al Festival de Peralada, on l'acollien amb gran afecte i potser per això el poble de Peralada era un dels seus racons predilectes per descansar, i no descartava que passéssim uns dies en el resort, en tornar de Mallorca. A l'anada, no. Tenia pressa per arribar a Fosclluc i va voler enllaçar directament amb un altre vol cap a Palma.

Barbara va advertir Hans del viatge i li va ordenar que li donés publicitat. Volia que els mitjans s'ocupessin de la seva visita a l'illa. En aquesta ocasió sí que li interessava tot el que normalment volia evitar. Detestava les entrevistes i les rodes de premsa, especialment quan els periodistes li feien preguntes sobre la seva vida privada, que ella sempre intentava preservar, i recordava com un veritable malson l'època, no gaire llunyana, en què, després de la mort de Pandora Brunellesky, a qui tant trobaria a faltar, li preguntaven pels plets que les nebodes d'aquella li havien posat, impugnant el testament. La molestava que els periodistes, fins i tot atiats pels advocats de la part contrària, que tractaven de sembrar la zitzània on podien per a atacar-la, l'acusessin d'haver pressionat Pandora, quasi centenària, perquè en el darrer moment, en comptes de repartir l'herència entre els seus nebots i ella, com en un testament anterior, l'hi deixés tot a ella, «a la seva filla adoptiva, la persona a qui més he estimat», com assegurava el testament a favor seu, que era el darrer i en conseqüència el que comptava a efectes legals.

Res no podia treure més de polleguera Barbara que la titllessin d'aprofitada. No ho era. Havia après de la seva mestra a no ser-ho i, a més, com a bona filla, adoptiva o no, havia estat al seu costat tant com havia pogut, encara que a vegades em deia que hauria d'haver-s'hi quedat més temps, suspenent les actuacions que calguessin per no deixar-la sola.

Però aquesta vegada no li van preguntar res relacionat amb la Brunellesky. Tal vegada a l'illa, l'interès fonamental de la qual es centrava en el turisme, cap periodista sabia qui era Pandora Brunellesky ni el que havia representat i potser tampoc sabien exactament qui era ella, Barbara Simpson: Una activista a favor dels drets racials? O una cantant de gòspel en comptes d'una prima donna?

Les preguntes, en realitat hauríem de dir, amb més propietat, «la pregunta», perquè va ser una a la qual donaren voltes, anaven destinades a les pàgines de societat dels diaris mallorquins, als quals s'havien unit els micròfons de les principals emissores de ràdio, els de la televisió estatal i d'algunes altres cadenes. La roda de premsa es feia a l'hotel La Residència de Deià, on jo havia reservat la millor suite i l'habitació del costat. Barbara no s'havia vist amb forces d'allotjar-se a Fosclluc, malgrat que hauria de parlar d'aquest poble i estava segura que això couria els seus habitants. Tot i que li sabia greu perquè ells no eren responsables del capteniment dels seus predecessors, difunts la majoria, però no podia evitar-ho si volia que finalment es fes justícia.

A la pregunta, amb variants, de si estava, com tants altres famosos, a Mallorca de vacances, si havia escollit Mallorca per fer vacances o si opinava que Mallorca era un bon lloc per descansar durant les vacances, Barbara Simpson va contestar que no, d'una manera rotunda.

—No he vingut de vacances. He vingut a retornar el bon nom a algú en qui van recaure culpes alienes. Acabar d'esbrinar uns fets succeïts el 1969, la darrera setmana de juliol, quan jo era petita i vaig patir una violació.

Els periodistes es miraven amb sorpresa els uns als altres. La Simpson va callar per observar l'efecte de les seves declaracions. Parlava força bé el castellà, no debades havia estat casada amb un mexicà, però va preferir fer servir l'anglès i que jo la traduís. Després va prosseguir:

—En les televisions de tot el món —avui impera la globalització— triomfen els reality shows, no es pensin que me n'he contagiat... No, no, ni de bon tros. He vingut a constatar, espero poder-ho fer, que les meves suposicions tenen una base real. Vostès són massa joves i probablement no recorden el que va succeir a Fosclluc el juliol del 1969, encara que, tal vegada, aquell senyor que maneja una càmera de televisió, al fons a la dreta, i que deu tenir un parell d'anys més que jo... encara que les dives no tinguem edat —va fer broma, amb una sonora riallada—, potser el recorda.

I li va dedicar una llarga mirada còmplice...

—Se'n recorda? Té idea de la desaparició d'una nena, una nena negra com jo...

—No —va dir i ho va repetir i ho va corroborar amb un gest del cap.

—Llavors busquin en les hemeroteques. I si els sembla, abans que torni a Amèrica els diré si he pogut provar el que m'ha portat fins aquí. Moltes gràcies.

La Simpson, que lluïa un conjunt força elegant de jaqueta i pantalons de color beix, va esperar els flaixos dels fotògrafs amb la paciència acostumada. Malgrat que notava els efectes del jet-lag, tenia bon aspecte i estava relaxada. Va somriure als objectius. Després es va aixecar per a retirar-se. I just en aquell instant se li va acostar el càmera:

—Som de Fosclluc —li va dir— i vostè és sa nina que en Tià va robar... Jo tenia catorze anys...

—He vingut —va dir Barbara— precisament a dir la veritat. En Tià no em va robar. En Tià em va salvar i per això crec que el van matar.

—Per què no ho va dir?

—No vaig saber res, llavors, sobre la mort de Tià. Ho vaig saber fa tres anys, trenta-tres anys després que a Tià el trobessin penjat. Ell no va abusar de mi, qui ho va fer va ser un altre i aquest altre podia tenir molt d'interès que en donessin la culpa a Tià. El suïcidi posava la cirereta en la culpabilitat de Tià...

Barbara es va retirar a la seva suite. Em va dir que estava molt cansada, potser més que del viatge —que havia estat còmode, malgrat el canvi de vol— de la roda de premsa en la qual havia revelat què la portava a Fosclluc i l'enfrontava amb els traumes infantils.

No va sortir de l'habitació ni tan sols per passejar pels jardins ni per dinar. Va demanar que li servissin un plat lleuger a la terrassa privada i va descansar tota la tarda. Em va dir que mirés jo, ella preferia evitar-ho, si els informatius de la nit de les tres cadenes de televisió que havien anat a entrevistar-la emetien les seves declaracions i com tractaven la notícia. Em vaig ocupar de l'assumpte, atenta als horaris televisius que vaig buscar a internet. Només en dos informatius es feia referència a l'arribada de Barbara i al fet que l'havia portat fins a Mallorca, «un interès justicier», i mostraven algunes imatges de la roda de premsa. En la tercera no l'esmentaven, tal vegada perquè ho pensaven fer més endavant o consideraven la notícia, que a mi em semblava una bomba, d'escàs interès.

Li vaig trucar per a explicar-l'hi i em va dir que anés a la seva habitació i que li fes una estona de companyia. Em va semblar que la persona que tenia al davant, la gran diva, acostumada als triomfs, segura de si mateixa, no era res més que una nena espantada, poruga i insegura, que havia retrocedit als seus nou anys, als dies que va passar a Fosclluc, que tant l'havien terroritzat. No obstant això, no es va referir ni un segon al que jo m'imaginava que li estava succeint. Per contra, em va ordenar que ho organitzés tot per a l'endemà anar a veure Tina. Era la seva prioritat. Vaig aparaular a recepció un taxi perquè a les onze del matí ens portés a Foscllluc, ens deixés a l'entrada del poble i ens esperés per a tornar a l'hotel. Barbara volia fer una passejada i anar caminant a casa de Tina.

II

Vaig comprovar que els records de Barbara eren força fiables. Fosclluc, separat per només uns pocs quilòmetres del nostre allotjament, a l'hotel La Residència de Deià, seguia partit en dues meitats per la carretera, amb les cases arraïmades a banda i banda. No obstant això, semblava que des del 1969 fins al 2005 havia crescut moltíssim, i s'havia expandit cap a la muntanya i també cap a la mar. Els anuncis dels nombrosos bars i restaurants en llengües estrangeres em feien la sensació d'entrar en una mena de soc per a turistes.

Barbara desitjava saber si la botiga, l'única botiga de queviures que hi havia al poble quan ella va arribar, on Tià li havia comprat la pepa, continuava oberta. La va trobar convertida en una elegant boutique de vestits de bany, barrets i túniques, dissenyades per una anglesa establerta a Fosclluc que, molt amable, ens va explicar la meravella que suposava viure en un lloc que potenciava la imaginació creadora i ens va animar que ens hi quedéssim, oferint-nos fins i tot un val que equivalia a un descompte en qualsevol hotel del poble si compràvem alguna de les seves peces exclusives. Hi havia cinc allotjaments oberts, opcions per a totes les butxaques, des d'una fonda a un cinc estrelles i amb el seu bonus ens sortiria molt bé de preu.

Malgrat el creixement desbordat del poble, la Simpson em va assegurar que les cases de pedra, en els murs de les quals continuaven creixent les buguenvíl·lees, conservaven alguna cosa del seu vell encant.

A més, en els carrerons estrets que conduïen fins a la zona alta, on hi havia el cementiri, els canvis només es notaven en les diferents procedències estrangeres dels qui ocupaven les cases, pel que semblava venudes o llogades pels autòctons a una colònia d'artistes o pseudoartistes, alemanys i anglesos. Les portes estaven decorades per servir de reclam de les pròpies obres, ofertes al públic: ceràmiques, pintures, teixits, andròmines diverses i fins i tot mobles rehabilitats. Barbara va tafanejar una estona i va comprar un petit quadre, una vista de Fosclluc en què apareixia la casa on ella havia passat una setmana i que la pintora, una noia molt jove que la va reconèixer, va voler regalar-li.

—Li agrada l'òpera? —li va preguntar molt satisfeta Barbara.

Per la cara d'estranyesa vam suposar que el reconeixement es devia a un altre motiu. I ho comprovàrem quan ens va ensenyar els periòdics palmesans amb les fotos de la diva...

Seguírem cap al cementiri. Barbara me'l volia mostrar. Aquell passeig, em digué, era el primer que feu amb Tina quan arribà al poble. La vista des d'allà era magnífica i volia que jo ho comprovés. També volia ensenyar-me, com feu amb ella Tina, el casal de la senyora Brunellesky i la casa minúscula de Tina des de dalt.

Vaig pensar que amb aquella anada al cementiri intentava dilatar el moment d'enfrontar-se definitivament amb el deute pendent que li havia impedit marxar per sempre, embolcallada en la sensació plaent de l'amor i de la llum, i l'havia impulsat a tornar a la vida. Però si havia arribat fins allà, després de remoure amb molt de dolor el seu passat, era absurd que tractés de posar excuses per posposar la trobada amb l'única persona que podia ajudar-la a corroborar que el monstre tenia un nom conegut. Però quasi de seguida, després de mirar les làpides de les tombes, tal vegada buscant-ne una, es va acotar per agafar dos grapats de terra i els va posar dins un mocador.

Vaig adonar-me que la seva intenció en entrar al cementiri no era ensenyar-me'l ni tampoc ajornar la trobada amb Tina. La intenció fonamental era una altra. No obstant, a mi em va servir per poder contemplar Foscllúc des de dalt i el primer que vaig copsar fou que, en efecte, és un lloc màgic, d'una bellesa que captiva no sols els ulls sinó que t'impregna la resta dels sentits. Situat entre el mar a la banda sud i la muntanya al nord, a l'est i a l'oest garriga i oliveres, petit i misteriós, vaig pensar de seguida que el seu traçat era com el del palmell d'una mà, perquè hi havia molts caminois i senderols, quasi invisibles, igual que les ratlles que es formen a la pell i que només veiem bé amb l'ajuda d'una lent d'augment. Uns baixaven cap a les aigües de la cala i d'altres pujaven cap a la muntanya, com si el mar i la muntanya imposessin a Fosclluc la força dels seus reclams.

—T'agrada? —va preguntar-me Barb.

—Molt —li vaig contestar—, és màgic, magnètic.

—És la muntanya. El Teix.

I no va afegir res més. Després va guiar-me sense vacil·lació cap a la casa de Tina, i se'm va penjar del braç. Quan ja estàvem a punt d'arribar, vaig notar la pressió de la seva mà, la qual cosa em transmetia la seva tensió. Barbara no va voler que avisés Tina de la seva visita, encara que, ben segur, ella ja sabia que havia arribat a Mallorca. Deià és a la vora de Fosclluc i, a banda, tothom li devia haver explicat que el juny passat Carme Riera havia entrevistat gent del poble i que ella i el seu marit havien estat objectius principals de les preguntes.

Tina estava brodant, com l'havia recordat Barb tantes vegades, asseguda en una cadira baixa, a l'ombra de la vella morera, al petit jardí. Duia ulleres i el cabell blanc recollit en una trena. No va aixecar-se, ni a penes va alçar la vista quan va notar la presència de Barbara, però de seguida se li va adreçar en la seva llengua, en mallorquí, que la soprano, que li va parlar en castellà, semblava que entenia, tal vegada perquè s'assembla molt a l'italià.

—T'he esperat tants d'anys... Vaig anar a veure't a Barcelona al Liceu, quan vas cantar Tosca. Vaig anar-hi amb en Tomeu. No em van deixar passar as teu camerino... Tampoc sa senyora Brunellesky em va permetre mai posar-me en contacte amb tu...

—Ho sé —va dir Barbara, que estava escoltant-la, amb emoció continguda, encara agafada del meu braç.

—No saps com m'he alegrat dets teus triomfs... No saps es greu que em va saber lo que va passar... —Tina no va poder continuar perquè les llàgrimes l'hi van impedir.

—Necessito saber una cosa, Tina —li va dir Barbara agenollant-se al seu costat i agafant-li una mà—. Necessito saber si tu saps qui va ser... Pots dir-m'ho? ¿El mateix monstre que va matar a Tià? Tià no em va fer res.

Tina s'havia tret les ulleres i mirava Barbara, amb els ulls plens de llàgrimes. Després, amb esforç s'aixecà de la cadira.

—Anem dedins, podràs seure. Vols prendre alguna cosa? I vostè?, li puc oferir un refresc —digué dirigint-se a mi i entrant a la casa.

Vaig aprofitar el moment per preguntar a Barbara si volia que l'esperés fora. Em digué que no. Passàrem a la cuina i ens asseguérem al voltant de la taula. Barbara va obrir la bossa, va treure el mocador amb la terra i el va deixar damunt de la taula.

—El monstre va entrar a la meva habitació quatre nits. Tina, la quarta... Ho sabies, Tina, i no vares fer res...

—Ho vaig saber es dissabte, no abans. Es dissabte vaig trobar llavors de cascall entre sa seva roba, ses llavors de cascall que eren davall es teu coixí... i ets ulls li coïen perquè li havien entrat busques... de sa terra que tu li tirares, sa terra que me deien que te faria dormir. Quan sa senyora Brunellesky em va demanar explicacions, ho vaig negar. No podia denunciar-lo, Baba, no podia... Ni tan sols ell va saber que jo ho sabia. Si ho hagués sabut m'hauria mort de sa pallissa. Em va deixar finalment embarassada sa nit des dissabte as diumenge en què tu te'n vares anar i tots te cercàvem... Va satisfer ses meves ànsies de nins... Es meu fill, Manuel, és un bon al·lot, no sap res de sa conducta de son pare... Creus que val la pena que se n'assabenti? Avui tots ets diaris diuen que has tornat per fer justícia, que has assegurat que en Tià no es va suïcidar, que el van matar. ¿En Jaume ajudat pets seus amics? És possible que tenguis raó. A vegades de nit es despertava i cridava es seu nom. Em deia que veia el penjat, es cos d'en Tià tentinejant-se... Però què hi guanyes, Baba? En Toni va morir també, de mala manera, a sa serradora on treballava, i en Joan, que sempre li va faltar un bull, és a sa residència per a vells de Sóller, amb sa memòria perduda...

—Ho sé, Tina, no hi guanyo res. El cas, a més, està sobresegut. És impossible, després de més de trenta anys, que es torni a obrir. Però volia cerciorar-me que les meves sospites eren certes, el monstre... A més, Tina, necessito desfer-me de la part de culpa que em correspon. Jo vaig tenir la culpa de la mort de Tià i per això he tornat, per fer justícia.

—Justícia, a aquestes alçades? Saps què li passarà as meu fill si acuses son pare? Paga la pena que li facis mal? És bon al·lot, treballador, casat i esperen es seu primer fill per aquesta tardor. Si acuses son pare, arruïnaràs sa seva vida. Ell no en té cap culpa. Sa culpa és només meva, jo sí que ho podia suposar i vaig callar. Amb sa mort d'en Tià es va tancar es cas. A Fosclluc a ningú li interessava continuar furgant, tampoc a sa policia, més preocupada pes contraban. Mai no sabérem qui despenjà es cos d'en Tià, qui el se'n va dur.

—Tinc una hipòtesi —va dir Barb—, crec que sé qui se l'endugué, algú que tenia poders per retornar-lo a la vida i l'hi va retornar d'una altra manera. Per això m'ha fet venir fins aquí.

Barbara es va aixecar i em feu un senyal i, sense afegir res més, va donar per acabada l'entrevista mentre Tina plorava i li deia molt baixet:

—Pes que més vulguis, Baba, estimada, no li facis mal a en Manuel.

En silenci, agafada del meu braç, amb el cap cot i els ulls plorosos protegits per les grans ulleres de sol, la Simpson i jo vam anar cap a l'entrada del poble, on ens esperava el taxista per tornar a l'hotel.

III

Barbara Simpson, a pesar del que li demanà Tina, volia complir la seva missió. Necessitava tancar el cercle. No podia tornar a Nova York sense fer-ho, perquè en aquest cas tot hauria estat debades. Si va abandonar la pau, la llum i els colors de l'arc de Sant Martí que havia vist, va ser per a retornar-li el bon nom a Tià i denunciar Jaume. Però això significava esguerrar la vida de Manuel. I no fer res li semblava una claudicació.

Per tot això es debatia entre les dues opcions. Molt contristada em deia que, malgrat tot, el seu deure era acusar Jaume de violació i, encara que no pogués provar-ho, de l'assassinat de Tià. Jaume havia comptat amb l'ajut dels seus amics i un d'ells encara vivia. Tina l'havia posat sobre la pista. Aniria a veure'l i després decidiria.

Jo intentava llevar-li la idea del cap. Me pareixia que no li convenia gens fer un esforç semblant. Tot i que les residències d'ancians, aquests llocs previs a les morgues, sempre m'han incomodat, vaig oferir-me per anar-hi jo en lloc seu. A ella, convalescent d'una operació a cor obert força delicada, no li convenia gens. Ja en tenia prou amb el cansament del viatge.

Vaig esbrinar on era la residència i, una tarda, el mateix taxista que ens havia recollit a l'aeroport per encàrrec de l'hotel i ens havia dut a Fosclluc em va portar a Sóller per una carretera de revolts inoblidable, tant pel paisatge com pel risc que vam córrer, ja que gairebé vam xocar amb l'autobús de línia que feia el mateix itinerari Palma-Valldemossa-Deià-Sóller que el que havien agafat Barb i el seu pare per arribar al poble la primera vegada, encara que el d'ara disposés de seients amplis, aire condicionat i anés força de pressa, conduït fins i tot, com era el cas, amb excés de velocitat.

La residència de Sóller no era de les pitjors. Almenys pel que feia a la ubicació. Ocupava un casal immens i tenia un gran jardí amb palmeres, moltes heures enfiladisses per les parets i massissos de flors. L'havia fet construir un indià a mitjan segle XIX i l'havia deixat en herència a una congregació religiosa femenina, de molt mèrit, les Germanetes dels Pobres, perquè servís de recer final als ancians desvalguts de la zona. Alguns dormisquejaven als bancs, a l'ombra. D'altres devien tenir visita de fills o nets perquè algun bri d'una alegria mentida vaig creure percebre en el to de les seves veus, al costat dels seus acompanyants, mentre jo feia cua davant de la porta d'entrada esperant que m'atenguessin. Quan finalment em va tocar el torn i vaig poder preguntar per Joan Paretó, em van menar al segon pis, on una noia em va assenyalar un home que estava assegut en una cadira de rodes, amb el cap cot, la mirada absent i un tremolor fort a les mans.

—No diu ni pruna i no coneix a ningú —em va fer saber la cuidadora que em va acompanyar fins on era.

Em vaig asseure al seu costat i li vaig parlar, però la seva mirada continuava absent, perduda en algun llimb privat. I vaig marxar en veure que era inútil intentar establir-hi cap tipus de comunicació.

Vaig fer un volt pel poble. Li vaig comprar a Barbara una bossa preciosa, confeccionada de manera artesana que estava segura que li agradaria, de roba de llengos, em van dir que es deia la tela a la botiga on la vaig comprar, del carrer de La lluna. Em va encantar el nom amb què els encarregats del nomenclàtor de l'Ajuntament de Sóller l'havien batejat. El carrer sortia de la plaça principal i acabava a les darreries del poble, gairebé al camp. ¿De nit devia conduir fins a la lluna per una escala secreta?

Vaig tornar a l'hotel cap al tard. Barbara m'esperava, encara que no impacient, com jo suposava, sinó tranquil·la, i es va anticipar al que anava a explicar-li:

—Un mort en vida, veritat? N'estava segura. Et deurà semblar impossible però mentre eres fora he notat, com quan era nena, la presència de la meva mare i m'ha recordat una cosa que em va dir a Savannah i que et vaig explicar: a vegades cal transigir per a no perjudicar, per a no fer mal. Insistiré en la innocència de Tià i no diré res sobre Jaume. Espero que amb això n'hi hagi prou, que a Ripper no li sembli una claudicació, que no m'impedeixi seguir el meu camí quan m'arribi l'hora. Haig de pensar en la manera d'homenatjar Tià.

IV

Havíem fet la reserva a La Residència per a dues setmanes. Podíem, però, prorrogar l'estada si necessitàvem quedar-nos a Mallorca més temps, perquè al setembre l'hotel no estava complet. Tampoc hi havia cap inconvenient a cancel·lar dies, depenent de si a Barbara li venia de gust quedar-se a l'illa, anar a Peralada o tornar a Long Island més aviat. Encara no m'havia dit quins eren exactament els seus plans, però sí que m'havia deixat clar que, per cada dia que l'acompanyés, me'n donaria dos de vacances quan tornéssim als Estats Units. Jo estava encantada. Si hagués hagut de fer-me càrrec de les despeses, no m'hauria pogut allotjar en un lloc tan luxós, ni viatjar en primera classe, com havia fet; a més Barbara quasi no m'exigia res.

El temps era esplèndid i la piscina privada de la suite de la soprano, on em permetia banyar-me, magnífica. Ella, en canvi, quasi no sortia de la seva habitació i encara que em deia que es trobava bé, jo la veia amb poques forces i en un estat massa melancòlic que em preocupava. Menjava molt poc, bevia una mica més, però no en excés, i escoltava les seves òperes predilectes. Jo crec que a més de l'assumpte de Tià, la preocupava la seva veu. La preocupava si podria tornar a cantar com abans.

Una tarda, l'alcalde de Fosclluc va preguntar a recepció si la diva voldria rebre'l i em van cridar a mi. Era un jove alt i fort, d'aire hippy, força simpàtic. Barb va accedir a parlar-hi. Semblava ben informat dels propòsits de la Simpson respecte a la seva idea de fer justícia i havia indagat sobre l'estada de Baba al seu poble i el que això va suposar.

S'havia apressat a veure-la perquè volia demanar-li permís per posar el seu nom a un petit auditori a l'aire lliure a punt d'inaugurar. Això, vaig suposar-ho de seguida, li proporcionaria publicitat, cosa que sempre interessa als polítics, i podria convocar la premsa a costa de la Simpson. D'aquesta manera, a més, demostraria que el poble se sentia orgullós que la gran cantant hagués passat per allà de petita, obviant, és clar, el que va succeir. Barb li va dir que d'acord, però va posar una condició:

—Que no l'hagi d'inaugurar, ni tallar cap cinta, ni res de tot això, i si vostè evita que m'amoïnin amb entrevistes sobre el seu auditori.

—Li ho prometo —li va dir l'alcalde.

—Però a canvi vull una cosa —li digué ella, amb un gran somriure seductor—, vull retre un homenatge a Tià. Sap qui és?

—Sí, me n'han parlat, un bon tipus, un hippy, m'agrada —i digué això darrer amb èmfasi.

—Tià em va salvar la vida. L'hi dec, és de justícia, jo... —Barbara vacil·lava buscant la paraula exacta— tinc un gran deute amb ell i el vull saldar. Vull fer-li un homenatge i m'agradaria que a aquest homenatge s'hi unís el poble de Fosclluc. Voldria una cosa que preservés la seva memòria, la muntanya, el bosc. Encara existeix, la cabana? —va demanar-li i ella mateixa es va respondre—: No, és clar que no. Ja no en deu quedar res.

—Però sé on és —digué de seguida l'alcalde, satisfet—, conservam sa sitja. De vegades m'hi arribo, m'agrada molt caminar. Sap, noltros volem preservar el que és nostro, des poble, de tots, sa muntanya ho és... des de que governam noltros hem......

Barbara el va tallar perquè no estava disposada que li desgranés les meravelles que havia aconseguit el seu govern, el govern de torn.

—Sí, senyor alcalde, m'ho imagino. Aleshores si la muntanya és propietat municipal espero que ens donarà permís perquè puguem homenatjar Tià vora la sitja.

La visita de l'alcalde va animar Barbara i va començar a pensar en possibilitats. Em va demanar que indagués quins escultors hi havia a l'illa i va remarcar que, si era factible, en trobéssim un de sexe femení, perquè creia que entendria, sense que li calguessin massa explicacions, el sentit que desitjava donar a l'homenatge. Una escultura al costat del lloc on havia viscut Tià, senzilla, que apuntés cap al cim de la muntanya i alhora s'integrés en la natura. Volia una cosa simbòlica.

Em vaig dedicar a buscar entre els escultors mallorquins o residents a l'illa, alguns de molt reconeguts, com l'austríac Ben Jakober o el mallorquí Jaume Mir, si hi havia alguna dona interessant. Durant una setmana vaig visitar alguns estudis i, finalment, vaig dir a la Simpson que havia aconseguit una candidata perfecta: Barbara Weil. Si preferia una dona, em va semblar que havia trobat la idònia.

L'estudi de Weil, creat en col·laboració de Daniel Libeskind, al Port d'Andratx, era preciós, i l'artista, de primera categoria. Li vaig dir que la visitaria altra vegada amb la soprano. I vam anar-hi. El fet que ambdues fossin nord-americanes va facilitar que s'entenguessin des del primer minut. A més, a Weil li encantava l'òpera i pensava que la veu de Barb era la millor d'Amèrica i l'hi va dir, encara que la Simpson hauria preferit, coneixent-la, que eixamplés l'afalac i digués «la millor del món»...

Van quedar que l'escultora li presentaria esbossos perquè la cantant triés. Encara que ja era força gran i treballava poc, l'encàrrec la va il·lusionar. Després de tot el que la soprano li va explicar sobre Tià, la Weil va interpretar, amb l'anuència de Barbara, que la seva obra havia de ser delicada, subtil i alhora ferma, potent, capaç de transmetre el nexe entre les ànimes, la importància de la interconnexió espiritual. Havia d'estudiar quin material seria l'idoni, havia de ser imperible. Aviat tindríem notícies seves, encara que no podria començar a treballar fins al cap d'uns mesos. Quant al lliurament, un any almenys. Barbara s'hi va avenir. Tornaríem a Mallorca per a la inauguració l'any següent.

—Convidarem Ripper —em va dir de tornada a l'hotel—. Creus que voldrà venir?

—Si l'hi demana vostè, segur que sí —li vaig contestar, sorpresa del dubte de Barbara, acostumada que els seus desitjos es convertissin en ordres. Però jo tampoc estava segura que Ripper volgués anar a Mallorca, al cap i a la fi, per a ell la soprano només era una pacient, una més.

Barbara se sentia alleujada. Havia trobat una solució contemporitzadora. Pandora la beneiria perquè sempre havia sentit compassió per la pobra Tina, i la seva mare, Margaret, ben segur que també.

La missió que ens havia portat a Mallorca havia estat complida, almenys en part, encara que aquella justícia anunciada a so de bombo i platerets en la roda de premsa havia quedat rebaixada. Tal vegada per això, la Simpson no va voler rebre cap dels reporters que van sol·licitar entrevistes

—finalment, semblaven interessats en el que pogués destapar la diva— i jo vaig haver de dir-los amb bones paraules que no, que la senyora Simpson estava cansada i ningú l'havia de molestar.

Podíem tornar a Nova York quan ella volgués, només faltava anar a recollir l'informe de la clínica que havien negat a Carme Riera. Malauradament, l'escriptora no va poder esperar-nos a Mallorca per a acompanyar-nos-hi perquè tenia un compromís des de feia temps amb una altra universitat i no el podia ajornar. A finals d'agost havia volat als Estats Units, aquesta vegada a Chicago. Quedàrem que vindria a Long Island un cap de setmana, quan nosaltres hi tornéssim, per poder conèixer la soprano de qui tantes coses havia arribat a saber.

V

L'endemà de la visita a Barbara Weil, la Simpson em va demanar que telefonés a la clínica perquè preparessin una còpia de l'informe per poder-lo passar a buscar al més aviat possible. Van dir-me el mateix que a Carme, que d'acord, però que només li podien donar a ella en persona o a mi mitjançant un poder notarial.

La vaig acompanyar. La clínica ja no era dels mateixos amos de llavors. L'havia comprat una multinacional mèdica, però la mantenien igual, amb el mateix nom i no l'havien tirada a terra, només ampliada, sacrificant el jardí. Era als afores de Palma, al barri de la Bonanova; això de la bona nova, em va agradar i vaig pensar que l'informe oferiria a Barbara bones notícies.

Després de recollir-lo, vam demanar al taxista, que Barb havia contractat només per a nosaltres durant aquells dies i s'havia convertit en el meu home de confiança motoritzat, que ens portés a algun lloc agradable, amb bona vista, per a llegir-lo tranquil·lament.

Ens va deixar a l'hotel Maricel, la terrassa del qual, al costat del mar, en efecte, té una vista portentosa sobre la badia de Palma. Barbara, amb un daiquiri a la mà i jo amb el meu còctel preferit, un margarita, brindàrem per la vida, i a continuació em va demanar que li llegís l'informe.

A totes dues, però, per descomptat molt més a ella, ens va causar una commoció profunda. Constava de només dues pàgines i en la primera s'assegurava que els abusos als quals havia estat sotmesa la nena Barbara Simpson semblaven venir de lluny; tal vegada havia conviscut també mesos enrere amb el que ella en deia «monstres», segons testimoni de Mike Simpson. I no només al període de Fosclluc, sinó abans, i potser un d'ells, seguia l'escrit, «fora el seu propi pare, després de la mort de la mare o també abans, amb consentiment d'aquesta». No hauria hagut de llegir aquesta frase ni tampoc la continuació: «l'incest és molt més corrent del que suposem, especialment entre els qui tenen una convivència tan estreta com les classes baixes de color...».

Vaig parar i vaig oferir un mocador a Barb per eixugar-se les llàgrimes que li començaven a caure. Després va buscar dins la bossa les ulleres de sol, amb què solia anar d'incògnit, encara que a l'illa no fos necessari, i se les va posar de cop per evitar que veiés els seus ulls aquosos.

—Deixa-ho. No llegeixis més. No m'imaginava que aquí també, com tantes vegades als Estats Units, el color de la pell impliqués indicis de culpabilitat. Dona-me'l. —I agafant l'informe el va estripar en mil bocins.

Malgrat que Barb conservés una imatge ambivalent del seu pare, si el que insinuava l'informe era veritat encara resultava més comprensible que Pandora els separés, que se l'emportés amb ella, previ pagament, tal vegada també per a salvar-la d'ell, que a partir de llavors quasi no es tractessin i fins i tot que Barbara fes referència a una «reconciliació». Intentava dissimular davant meu? ¿Havia abusat d'ella, el seu pare? ¿A Formentor, al vaixell, a la caravana després de la mort de la seva mare? Qui era el monstre que la terroritzava a casa dels avis?, era el clergue? I per què el pare no va córrer per deslliurar-la de l'exorcisme quan la sentí cridar demanant auxili?

Totes aquestes preguntes em passaren pel cap, però no em vaig atrevir a dir res ni tan sols a esmentar que l'informe es basava en una suposició dels metges. Barbara no feu cap comentari més ni em va preguntar què n'opinava. Es va acabar el daiquiri i va decidir que ens quedàvem a l'hotel. Em va demanar que ho organitzés tot, que anés a comprar camises de dormir i roba interior per a les dues i que després despatxés el taxista fins a l'endemà. Se sentia massa cansada per a tornar a La Residència.

Vaig complir els seus encàrrecs. Aquesta vegada la meva habitació no es comunicava amb la seva suite, com de costum, perquè va triar la de la torre, els finestrals de la qual s'obrien als quatre punts cardinals, «serà com acostar-me a l'arc de Sant Martí. Em fa falta», em va dir quan hi vaig entrar per desitjar-li bona nit.

A les tres de la matinada em van telefonar de recepció. La senyora Simpson havia marcat el 9, el número que comunicava amb ells, però no els havia dit res i el telèfon de l'habitació seguia despenjat. Li havia passat alguna cosa? Em vaig aixecar i sense vestir-me, en camisa de dormir vaig córrer a la seva habitació. A la porta m'esperava un dels guàrdies nocturns amb una clau magnètica a la mà. Quan vaig obrir, Barbara encara respirava, sí, però molt feblement. Vaig demanar amb urgència un desfibril·lador i una ambulància.

Els mitjans de comunicació de mig món i la meitat de l'altre es van ocupar de la mort de Barbara Simpson a l'hospital de Son Espases de Palma, la matinada del 6 d'octubre de 2005, la més trista i espantosa de la meva vida, just abans que la traslladessin al quiròfan.

Em sentia absolutament consternada, sense saber què fer, a més de culpable.

Jo aquella nit no estava sola. Tinc el costum de dormir amb el mòbil vora meu, a la tauleta, però aquella matinada el tenia en silenci i no vaig sentir la trucada de Barbara, cinc minuts abans que truqués a recepció. El desfasament horari entre Nova York i Espanya em va portar a silenciar el telèfon perquè no em venia de gust que ens interrompés qualsevol dels meus amics d'allà, oblidat de les sis hores de diferència. Vaig ser jo la que vaig demanar a Juli, el taxista, que es quedés amb mi a l'hotel. Jo la que el vaig seduir, amb l'excusa que així s'estalviava haver de tornar a buscar-nos l'endemà al matí i que la meva habitació era un luxe que em venia de gust compartir amb ell. Tenia la seguretat que jo també li agradava i portava massa temps d'abstinència per a no aprofitar l'ocasió. Mai no m'hauria imaginat que Barbara em necessités en aquelles hores.

Quan es va fer de dia vaig telefonar al consolat. La soprano sempre m'havia dit que volia ser enterrada a Beaumont, a la tomba de la seva mare, i havia d'ocupar-me de la repatriació del cadàver, recollir les nostres coses a l'hotel de Deià, pagar els comptes, etcètera, i tornar a Nova York sense ella al meu costat, amb el seu cos en un taüt, a la bodega amb els equipatges.

Em sentia desolada. Em preguntava si aquesta vegada el trànsit cap a la llum, cap a l'arc de Sant Martí —havia estat l'últim que m'havia dit— havia estat tranquil. Si havia trobat de seguida la pau, si havia pogut marxar sense la necessitat d'haver de tornar, i em deia a mi mateixa que Barbara no em perdonaria mai que no l'ajudés a acabar de saldar el seu deute.

VI

Vaig demanar encaridament a l'escultora Barbara Weil que seguís amb l'encàrrec que li havia fet Barbara Simpson, ara també com a homenatge no sols a Tià sinó també a ella, la gran soprano.

El 6 d'octubre de 2006, primer aniversari de la mort de Barb, va tenir lloc la inauguració, al costat de la sitja de Tià, de l'escultura, senzilla, evocadora i potent, que estic segura que a Barb li hauria agradat: una enorme ala d'acer a punt d'emprendre el vol. A la base, una petita làpida inclou una inscripció: «Barbara Simpson dedica aquest homenatge a José María Samper Mckinlley, Tià, que li va salvar la vida, al qual s'uneix el poble de Fosclluc».

A la inauguració, a més de l'escultora i l'equip de la seva fundació, de Ruggero Raimondi, de Plácido Domingo i del director del Met, que van voler mostrar el seu afecte per Barb, malgrat les seves atapeïdes agendes, entre actuacions, hi van assistir els veïns i per descomptat les autoritats locals i autonòmiques, així com la ministra de Cultura del Govern i l'ambaixador dels Estats Units. L'acte va ser sobri. Sense quasi discursos, que tant Hans com jo mateixa vam procurar que s'evitessin en nom de la soprano, a la qual no li agradaven gens.

Va comptar, d'altra banda, amb força renou mediàtic, periodistes, fotògrafs i càmeres de televisió, enviats especials arribats de diversos països i molta més gent fent fotos amb el mòbil. I Jo també en vaig fer. En les meves, les que enfoquen la muntanya, entre la frondositat dels arbres, boirosos perquè el dia no era assolellat, pot albirar-se una imatge. La imatge vaporosa d'una nena vestida de blanc.

He insistit en aquestes planes que, quan vaig començar a treballar amb la Simpson, la meva ment massa racional molt sovint m'impedia acceptar les seves supersticions, que prenia com una excentricitat, i encara menys considerar seriosament els seus contactes amb el més enllà a través d'aquestes portes de la percepció, tan diferents de les meves, que segons Ripper ella tenia obertes. No obstant això, a poc a poc, després de saber molt més de la seva vida, vaig començar a pensar que les barreres racionals que jo m'imposava de manera inconscient tal vegada havien d'obrir-se.

Ara, fins i tot, he arribat a altres conclusions que em permeten pensar que en morir no tornem al no-res d'on se suposa que venim, abans que un espermatozoide en lluita aferrissada amb milions de congèneres rivals fecundi un òvul. Barbara, a la fi dels seus dies, creia tot el contrari, creia que ella, la seva essència, el seu esperit habitava en algun lloc ja des d'abans de néixer i que estava predestinada a viure el que havia viscut, a exercir una carrera que demostrés les capacitats d'una dona negra i pobra de triomfar amb la tenacitat, l'esforç i l'ajuda d'algunes persones a les quals mai no va voler oblidar. L'ajuda que li havia prestat Reynolds, en primer lloc, i després per intercessió de Leontyne Price, Pandora Brunellesky.

Jo, que no soc creient i cap religió em satisfà, estava convençuda que després de la mort no hi ha res. Pensava que tornem a aquest res del qual procedim. Però el meu tracte amb Barbara i després amb Ripper, amb el qual em vaig entrevistar moltes vegades quan vaig tornar a Nova York l'octubre del 2005, abans i després de lliurar-li, com volia Barb, aquest text, em van convèncer del contrari. Em vaig adonar de fins quin punt tenim por d'acceptar l'irracional, el que Jung anomena l'ombra, i sobretot que els altres considerin que estem plens de fantasies o dominats pel pensament màgic, com vol el materialisme científic.

Els cristians asseguren que anem al cel o a l'infern, segons la nostra conducta, i fins fa molt poc també es deia que al purgatori, esperant l'ascens a un lloc millor. Igualment, als musulmans, segons l'Alcorà, els espera el paradís si han estat bons, amb les hurís del profeta —bé, en realitat suposo que no a nosaltres, les dones, que per als musulmans som d'una categoria inferior que els homes, de fet, com en les tres grans religions monoteistes—, o l'infern si s'han portat malament.

El Sheol dels jueus és un lloc, o més aviat un no-lloc, com en diríem avui, on es porta una existència ombrívola, potser més d'acord amb l'Hades dels grecs, encara que a partir d'Ezequiel es distingeix entre un lloc especial per als justos i un altre per als condemnats. Conten que va ser Epicur el que va alliberar els grecs de la por a l'Hades, un paratge gens grat, ple de fantasmes descarnats, i, seguint Demòcrit, va considerar que amb la mort s'acabava l'existència, la qual cosa no deixa de ser un consol si es creu que el més enllà és aterridor.

El budisme planteja l'assumpte d'una altra manera: en morir-nos ens alliberem de la nostra existència i entrem en una altra de millor, en una reencarnació, també present en l'hinduisme, depenent del capteniment anterior.

Les religions han mirat de donar resposta a les preguntes dels humans des que les vam plantejar precisament per a obtenir respostes, i la més important, potser, donat el nostre instint de supervivència, és saber si després d'aquesta vida n'hi ha una altra, si la mort no és el final. Freud assegurava que no som capaços d'acceptar la nostra anihilació i per això inventem la transcendència, la creença en el més enllà.

Avui pocs dubten que el cos és matèria perible, però el cos, ja ho asseguraven els antics, no és més que el receptacle, l'atuell del que els grecs i després els cristians denominaven ànima, i aquesta ànima, que alguns per influència budista han anomenat residu kàrmic, d'altres energia o consciència, aquesta consciència, segons Ripper, és la que perviu després de la mort en iniciar el seu viatge embolcallada per la llum, com va explicar Barbara després de la seva EPM i el seu retorn.

En els seus escrits, Ripper assenyala que la hipòtesi de la vida després de la mort encara no està científicament demostrada. Tampoc la tecnologia, fa anys, no havia aconseguit la fita de comunicar-nos i veure'ns de manera immediata a milers de quilòmetres. Els nostres avantpassats haurien considerat que això entrava dins dels marges de la bruixeria, que aquesta possibilitat no era real, i ara les dades que ho proven són aquí, al nostre abast. Tal vegada algun dia, ben aviat, sabrem de quina manera sobrevivim després de la mort. És cert que ningú ha tornat per dir-nos amb paraules com és la seva vida, però sí amb altres indicis que, en general, intentem no prendre seriosament, de debò, o no volem interpretar.

Encara a hores d'ara, em continuo preguntant si hauria pogut evitar la mort de Barbara. Si quan em va telefonar hagués contestat de seguida, potser seguiria viva, tot i que sovint em sembla sentir la seva veu que em diu que no em culpabilitzi, que és dolent carregar aquest pes. Però ha estat precisament per a alleujar-lo, també per a acabar de tancar el cercle que ella es va proposar tancar, després que el 2020 Tina i uns dies més tard el seu fill es morissin de coronavirus, i en homenatge a la gran soprano, que he volgut donar a conèixer, amb el vistiplau de Ripper, mitjançant aquest llibre, la part més oculta de la vida de la diva, la més desconeguda i misteriosa.

Les fotografies que vaig fer de la inauguració del monument en les quals es veu una ombra blanca que emmarca el rostre d'una nena, segons alguns poden ser degudes a un efecte òptic, però per a mi són la prova que l'esperit de Barb, Baba per als fosclluquencs, és lliure de penes, a la muntanya, i que ha saldat el seu deute amb Tià.

Barcelona, 2020 — Cala Major, Mallorca 2021 —
Sa Marineta, Deià, 2022 — Barcelona, Cala Major,
Barcelona, 2023